大鼻子的故事

茅盾 著

茅盾（一八九六年—一九八一年）

原名沈德鴻，字雁冰。浙江桐鄉人。現代著名作家、文學評論家、文化活動家以及社會活動家。著有長篇小說《子夜》《蝕》三部曲（包括《幻滅》《動搖》《追求》），短篇小說《報施》《創造》《農村三部曲》（包括《春蠶》《秋收》《殘冬》）《大鼻子的故事》，散文《白楊禮讚》《風景談》《賣豆腐的哨子》《全運會印象》等。《大鼻子的故事》是其最好的兒童文學作品之一。

總序一

兒童文學的歷史與記憶

林文寶

大陸海豚出版社所出版之中國兒童文學經典懷舊系列，要在臺灣出版繁體版，這是臺灣兒童文學界的大事。該套書是蔣風先生策劃主編，其實就是上個世紀二、三十年代的作家與作品，絕大部分的作家與作品皆已是陌生的路人。因此，說是經典有失嚴肅；至於懷舊，或許正是這套書當時出版的意義所在。如今在臺灣印行繁體版，其意義又何在？

考查各國兒童文學的源頭，一般來說有三：

一、口傳文學

二、古代典籍

三、啟蒙教材

而臺灣似乎不只這三個源頭，綜觀臺灣近代的歷史，先後歷經荷蘭人佔據三十八年（一六二四—一六六二），西班牙局部佔領十六年（一六二六—

一六四二），明鄭二十二年（一六六一—一六八三），清朝治理二〇〇餘年（一六八三—一八九五），以及日本佔據五十年（一八九五—一九四五）。其間，相當長時間是處於被殖民的地位。因此，除了漢人移民文化外，尚有殖民者文化的滲入；尤其以日治時期的殖民文化影響最為顯著，荷蘭次之，西班牙最少，是以臺灣的文化在一九四五年以前是以漢人與原住民文化為主，殖民文化為輔的文化形態。

一九四五年十月二十五日國民黨接收臺灣後，大陸人來臺，注入文化的熱血液。接著一九四九年十二月七日國民黨政府遷都臺北，更是湧進大量的大陸人口。而後兩岸進入完全隔離的型態，直至一九八七年十一月臺灣戒嚴令廢除，兩岸開始有了交流與互動。一九八九年八月十一至二十三日「大陸兒童文學研究會」成員七人，於合肥、上海與北京進行交流，這是所謂的「破冰之旅」，正式開啟兩岸兒童文學交流歷史的一頁。

其實，兩岸或說同文，但其間隔離至少有百年之久，且由於種種政治因素，目前兩岸又處於零互動的階段。而後「發現臺灣」已然成為主流與事實。

因此，所謂臺灣兒童文學的源頭或資源，除前述各國兒童文學的三個源頭，又有受日本、西方歐美與中國的影響。而所謂三個源頭主要是以漢人文化為主，其實也就是傳統的中國文化。

臺灣兒童文學的起點，無論是一九〇七年（明治四〇年），或是一九一二年（明治四十五年／大正元年），雖然時間在日治時期，但無疑臺灣的兒童文學是屬於華文世界兒童文學的一支，它與中國漢人文化是有血緣近親的關係。因此，了解中國上個世紀新時代繁華盛世的兒童文學，是一種必然尋根之旅。

本套書是以懷舊和研究為先，因此增補了原書出版的年代（含年、月）、出版地以及作者簡介等資料。期待能補足你對華文世界兒童文學的歷史與記憶。

林文寶，現任臺東大學榮譽教授，曾任臺東大學人文文學院院長、兒童文學研究所創所所長、亞洲兒童文學學會臺灣會長等。獲得第三屆五四兒童文學教育獎，中國文藝協會文藝獎章（兒童文學獎），信誼特殊貢獻獎等獎肯定。

總序二

原貌重現中國兒童文學作品

蔣風

今年年初的一天，我的年輕朋友梅杰給我打來電話，他代表海豚出版社邀請我為他策劃的一套中國兒童文學經典懷舊系列擔任主編，也許他認為我一輩子與中國兒童文學結緣，且大半輩子從事中國兒童文學教學與研究工作，對這一領域比較熟悉，了解較多，有利於全套書系經典作品的斟酌與取捨。

一開始我也感到有點突然，但畢竟自己從童年開始，就是讀《稻草人》《寄小讀者》《大林和小林》等初版本長大的。後又因教學和研究工作需要，幾乎一而再、再而三與這些兒童文學經典作品為伴，並反復閱讀。很快地，我的懷舊之情油然而生，便欣然允諾。

近幾個月來，我不斷地思考著哪些作品稱得上是中國兒童文學的經典？哪幾種是值得我們懷念的版本？一方面經常與出版社電話商討，一方面又翻找自己珍藏的舊書。同時還思考著出版這套書系的當代價值和意義。

中國兒童文學的歷史源遠流長，卻長期處於一種「不自覺」的蒙昧狀態。而清末宣統年間孫毓修主編的「童話叢刊」中的《無貓國》的出版，可算是「覺醒」的一個信號，至今已經走過整整一百年了。即便從中國出現「兒童文學」這個名詞後，葉聖陶的《稻草人》出版算起，也將近一個世紀了。在這段不長的時間裡，中國兒童文學不斷地成長，漸漸走向成熟。其中有些作品經久不衰，而一些作品卻在歷史的進程中消失了蹤影。然而，真正經典的作品，應該永遠活在眾多讀者的心底，並不時在讀者的腦海裡泛起她的倩影。

當我們站在新世紀初葉的門檻上，常常會在心底提出疑問：在這一百多年的時間裡，中國到底積澱了多少兒童文學經典名著？如今的我們又如何能夠重溫這些經典呢？

在市場經濟高度繁榮的今天，環顧當下圖書出版市場，能夠隨處找到這些經典名著各式各樣的新版本。遺憾的是，我們很難從中感受到當初那種閱讀經典作品時的新奇感、愉悅感、崇敬感。因為市面上的新版本，大都是美繪本、青少版、刪節版，甚至是粗糙的改寫本或編寫本。不少編輯和編者輕率地刪改了原作的字詞、標點，配上了與經典名著不甚協調的插圖。我想，真正的經典版本，從內容到形式都應該是精致的、典雅的，書中每個角落透露出來的氣息，都要與作品內在的美感、精神、品質相一致。於是，我繼續往前回想，記憶起那些經典名著的初版本，或者其他的老版本——我的心不禁微微一震，那裡才有我需要的閱讀感覺。

在很長的一段時間裡，我也渴望著這些中國兒童文學舊經典，能夠以它們原來的面貌重現於今天的讀者面前。至少，新的版本能夠讓讀者記憶起它們初始的樣子。此外，還有許多已經沉睡在某家圖書館或某個民間藏書家手裡的舊版本，我也希望它們能夠以原來的樣子再度展現自己。我想這恐怕也就是出版者推出這套書系的初衷。

也許有人會懷疑這種懷舊感情的意義。其實，懷舊是人類普遍存在的情感。它是一種自古迄今，不分中外都有的文化現象，反映了人類作為個體，在漫長的人生旅途上，需要回首自己走過的路，讓一行行的腳印在腦海深處復活。

懷舊，不是心靈無助的漂泊；懷舊也不是心理病態的表徵。懷舊，能夠使我們憧憬理想的價值；懷舊，可以讓我們明白追求的意義；懷舊，也促使我們理解生命的真諦。它既可讓人獲得心靈的慰藉，也能從中獲得精神力量。因此，我認為出版本書系，也是另一種形式的文化積澱。

懷舊不僅是一種文化積澱，它更為我們提供了一種經過時間發酵釀造而成的文化營養。它為認識、評價當前兒童文學創作、出版、研究提供了一份有價值的參照系統，體現了我們對它們批判性的繼承和發揚，同時還為繁榮我國兒童文學事業提供了一個座標、方向，從而順利找到超越以往的新路。這是本書系出版的根本旨意的基點。

這套書經過長時間的籌畫、準備，將要出版了。

我們出版這樣一個書系，不是炒冷飯，而是迎接一個新的挑戰。

我們的汗水不會白灑，這項勞動是有意義的。

我們是嚮往未來的，我們正在走向未來。

我們堅信自己是懷著崇高的信念，追求中國兒童文學更崇高的明天的。

二〇一一年三月二〇日

於中國兒童文學研究中心

蔣風，一九二五年生，浙江金華人。亞洲兒童文學學會共同會長、中國兒童文學學科創始人、中國國際兒童文學館館長。曾任浙江師範大學校長。著有《中國兒童文學講話》《兒童文學叢談》《兒童文學概論》《蔣風文壇回憶錄》等。二〇一一年，榮獲國際格林獎，是中國迄今為止唯一的獲得者。

目錄

大槐國

唐時東平縣裡，有個淳于棼，父母曾做邊將，後兵敗，投降蕃人（唐時稱回人為蕃人），久無音信，存亡不知。淳于棼自幼便喜刺槍弄棒、結交朋友，專好替人排難解紛，不務正業。只因學得一身好武藝，倒也得人看重，在淮南軍中做了一名裨將。

淳于棼既做了官，是有職位的人了，應該謹慎小心，方是正道。他卻老脾氣不改，仍喜打架生事。一天，又吃醉了酒，使氣罵人，被主帥聽得，喚去告誡一番。淳于棼酒在心頭，話在口頭，不免頂撞了幾句，主帥大怒，便將他逐出營門，革了裨將之職。

淳于棼失了官職，卻也毫不介意，仗著家資富足，就在廣陵（即今揚州）城東，買了一所大房子。一天到晚，無非呼朋喚友、飲酒作樂，無拘無束，倒也爽快。他住宅之南，有一片大場。場中一株槐樹，長得粗枝肥葉、匝地漫天，如一頂綠布幔，把幾畝大的場子都罩住了。淳于棼的日子，大約有一半是在這槐樹下過的。

一日，正是九月天氣，淳于棼備下佳餚美酒，請了兩個朋友，在樹下痛飲。知己相逢，不覺多灌了幾杯，醉得如泥人一般。朋友便扶他到家，在一座小廳中睡下，他們自去洗足喂馬不提。

淳于棼在小廳獨睡，恍惚之中，見兩個紫衣人，拜倒床前，口中說道：「小人們奉槐安國王之命，特來相請。」淳于棼立即下床穿衣，跟了使者便走。到了門首，早有一輛青油小車，白馬一匹，皂隸模樣的人六七個，悄悄兒候著，服侍淳于棼上了車，一齊向場上的槐樹而去。到得樹旁，那車馬直向樹穴裡去了。

進了樹穴一看，哪裡是黑洞洞的樹穴，竟別是一個天地。約行數十里，到了一座城池，車即進城。城中極是鬧熱，紫衣使者一路上厲聲高呼，命街上的車馬讓路。車馬行人見了，都紛紛地避在兩旁，甚是恭敬。行不多時，又進了一座城。城門上重樓傑閣，屋角高飛，軒窗洞啟，好不壯麗。朱漆大門上，白石匾額，嵌著「大槐安國」四個金字。

淳于棼之車，在此停住。紫衣人下車，通報進去，便有一人騎馬而至，高聲道：「大王有旨，駙馬遠來疲乏，且在東華館休息一宵，明日進見。」紫衣人等遂簇擁著車馬，再到一處，請淳于棼下車入內，這便是東華館了。

東華館的繁華，一言難盡：蓋造的盡是雕粱畫棟；鋪陳的是繡褥珠簾；侍候的是俊童美婢；受用的是海味山珍。淳于棼喜出望外，也不想到此事的古怪了。少停，報說右相將到。淳于棼連忙整衣下階，迎接那紫衣金冠的一位官員。賓主相見，坐定了。右相開言道：「敝國君主，愛先生大才，忘其鄙陋，願結為婚姻。」淳于棼略略謙謝，便請右相同至宮中，拜見國王。

到得宮中，但見千門萬戶，劍戟森嚴，果然皇家氣概。淳于棼幾曾見過這種勢派，此時只是目瞪口呆，局促不安。忽見侍衛中有一人，是平日的酒友，名叫周弁，怪他何以也在此處，此時又不便問訊，只得悶在肚裡。

不一會，已到正殿，內侍傳喚進見。淳于棼隨他進去。見殿上一人，身材高大，相貌堂堂，白袍朱冠，端坐椅上，這便是槐安國的國王了。淳于棼拜見已畢，聽得國王說道：「寡人次女瑤芳，尚未許字。前與令尊商量，以此女奉事足下，已得令尊許允，故遣使奉迎。」淳于棼又驚又喜，俯伏地上，不敢說一句話。國王又說道：「現在且在東華館暫住，待一切齊備，再成嘉禮。」說罷，命右相引淳于棼出宮，仍至東華館歇息。淳于棼無意之中，做了槐安國的駙馬，好不得意。

槐安國的官員，聽得新駙馬已到，都來拜見。這趨炎附勢，原是做不厭的把戲，看不穿的西洋鏡，不足為奇。內有一人，姓田，名子華，本是淳于棼的舊友，相見之後，敘起舊日之事，異常親密。淳于棼又問起周弁。田子華道：「周弁如今是貴人了，官為司隸，聲勢極大。」淳于棼道：「原來如此。」數日之後，與公主納聘成婚，少不得有一番熱鬧，不必細表。

淳于棼自做了槐安國的駙馬，登時闊綽起來，衣食住三項，般般適意，自不必說。來往的人，不是皇親，定是國戚。加之公主又美貌，又賢慧。至於國王，自然丈人看女婿，越看越愛。淳于棼早把廣陵城南的第宅，槐樹底下的景致，一概忘去，只顧享受目前的快樂了。

常言道歡娛嫌短，淳于棼在槐安國內，享用富貴，轉眼之間，已是秋盡冬來。冬景寂寞，國王安排法駕，挑選兵馬，動了打獵的興致。打獵的地方，在都城西面，靈龜山下。淳于棼自然相從。看他跨了白馬，穿了錦袍，在獵場上東馳西騁，箭無虛發，射得飛禽走獸無數。上自國王，下自百姓，沒有一人不喝彩的。淳于棼高高興興回宮，見了公主，把獵場上的光景，述了一遍，公主也是歡喜。

公主因勸淳于棼何不出去做官，免得埋沒英才，但淳于棼自小只知鬥雞走狗，飲酒擊劍，有甚安邦的妙策，治國的經綸。今見公主相問，便直說原由。公主笑道：「不妨，你但掛個名，我替你辦理。」說罷，公主逕自入宮，奏聞國王。國王立即應允，使淳于棼為南柯郡太守，許帶公主隨任。淳于棼拜謝已畢，又上表請調周弁為南柯司憲，田子華為南柯司農。臨行之時，國王特為餞行，賜金銀珠玉，不計其數。

看官須知南柯是槐安國內第一城池，熱鬧富庶，與京都不相上下。淳于棼又是駙馬，威勢權力，除卻國王，還有何人及他？外有周田二人，內有公主相助為理，淳于棼逍遙坐鎮，太平無事，政績甚好。真個萬家頌德，比戶感恩，連任二十年，國王得知，特封為侯爵。公主所生的兩男兩女，也都婚配王族，功名富貴，都到極點。

豈知富貴榮華，容易消歇。淳于棼守南柯二十年，正是極得意極順利的時候，忽然有個檀蘿國，來伐南柯。邊疆上告急文書雪片也似的飛來。淳于棼命周弁領兵三萬，前去征討。

周弁仗著一勇之氣，不把敵人放在眼裡，豈知檀蘿國兵強馬壯，志在必勝，也不是好惹的。兩軍約定日子，下了戰書，廝殺一場，周弁大敗！三萬人馬，生還的不到一半。遺失輜重鎧甲，不計其數。周弁連夜逃回南柯，此時衣甲不全，赤著身體，見了淳于棼，放聲大哭。淳于棼見他這副形狀，知是戰事不利，因此日夜憂慮，不知如何是好。

淳于棼自到南柯，一向過的是稱心日子，如今大將敗回，敵人逼境，已急得束手無策。公主教他囚了周弁，申奏國王，候旨發落。因周弁是淳于棼一力保薦的，如今出了岔子，固應自行檢舉，且可卸去自己罪名。

淳于棼再調兵馬，抵敵檀蘿，但自周弁敗後，兵氣已衰，淳于棼深恐再打敗仗，敵兵直到城下，那時身家性命，安得保全？榮華富貴，轉眼成空，因此整日裡長吁短嘆，愁做一團。

好容易熬了四五日，淳于棼已瘦了許多，連公主也替他著急，國王聖旨已到。內說：「周弁素日忠勇，此次敗衄，應免其罪，仍令照舊供職。駙馬守南柯二十餘年，政績卓然，予甚嘉之，特晉爵一級，賞金千兩，以示國家報功之意。」淳于棼得了這道溫旨，自然轉憂為喜。又據探子報說：檀蘿國雖然得勝，卻也死傷甚多，因南柯郡援兵已到，連忙收兵退去，此時槐安國境，已無敵人蹤跡了。淳于棼更加大喜。

天下的事往往禍福相連，可喜的未必可喜，可憂的未必可憂。就如淳于棼得了溫旨，退了敵人，豈不是天大的喜事？哪知他的禍事，又跟手而來。看官們皆知他的幸運，是靠著公主得來的，豈知好端端的公主，竟會一病而亡，淳于棼終日悲痛，無心政務，只得解了南柯太守的職務，護喪歸京，遺缺委田子華代理。

淳于棼自公主死後，便不再做官，只在京中閒住。他本性好客，做南柯太守時，食客三千，座上常滿。今雖閒居，豪情還在，賓客多了，難免魚龍混雜，賢愚不分，便不免在外生事。國王知道了，自然要疑到淳于棼身上，再則淳于棼久鎮外藩，一切排場，都和國王仿佛，在南柯郡時，橫豎天高皇帝遠，還不打緊，輦轂之下，怎得放肆？應該謹飭些才是，淳于棼仍是照舊，所以國王心中，更加不悅。

過不多時，又有人參了淳于棼一本，國王把他的門客盡驅逐了，並禁止淳于棼出遊。一個威勢赫赫的駙馬爺，頓時做了無形的犯人。淳于棼平時何等得意，一朝失勢，自然抑鬱寡歡。一日，國王向他道：「卿離家日久，可暫歸裡，一見親族，三年之後，當再差人相迎，四甥無人照管，盡可留養宮中，可勿紀念。」遂命前次相迎的兩個紫衣使者，送淳于棼歸家。此時淳于棼一無威勢，滿朝官吏，也並沒有相送的，冷清清出了宮門。

不消一盞茶工夫，已出穴口，見了本里街巷，又見了自己家門，忽然已醒。張眼一看，原來仍睡在家中小廳上，同飲的兩客，洗足未畢；牆上日影，還未移過。二十年富貴，只是一場大夢罷了。

淳于棼連呼怪事，定了定神，將夢中情事，對兩客說了。同至槐樹下尋時，只見一個大蟻穴，中間土堆略高之處，有兩個大蟻，都有三寸來長，白翼紅頭。淳于棼嘆道：「此即槐安國國王了。」又見南枝上又有較小的一穴。淳于棼又嘆道：「此即吾所治的南柯郡了，看來人世富貴，也不過如此。」淳于棼從此看破一切，爭名奪利之心，消化到無何有之鄉去了。

千匹絹

唐朝開元（玄宗年號）年間，南方洞蠻造反。看官知什麼叫做洞蠻？原來蜀漢之時，南方有九溪十八洞，皆是蠻夷所居。自為武侯征服之後，歷晉至唐，相安無事。武則天為帝之時，因欲買服人心，歸附自己，把九溪十八洞的蠻民，每年一小犒賞，三年一大犒賞，花費錢糧不少。玄宗即位之後，把這注犒賞，都裁革了。蠻人不講道理，賞時不見好，減時便見惡，因此舉兵造反，以圖雪憤。

那時朝命李蒙做姚州都督，調兵進討。李蒙受命，先到宰相郭元振處辭行。元振有個侄兒，名喚仲翔，生得文武全才，豪俠仗義。元振想湊著機會，替他謀個官職。今見李蒙出師，便喚仲翔出見，向李蒙道：「舍侄仲翔，頗有才幹，今教與將軍同行。將來將軍破賊立功，舍侄也好攀附成名。」李蒙唯唯答應，即命仲翔做了個行軍判官，仲翔拜辭伯父，跟著李蒙起程。

仲翔於四川地方素無朋友，一日，行至劍南，有人投進一封信，打開一看，乃是遂州來的，發信人是吳保安，現做東川遂州方義尉（唐時官名）。雖與仲翔同鄉，卻從未識面。信中大意說：「保安與足下雖未相識，仰慕已極，以足下大才，輔李將軍蕩平小寇，成功即在旦夕，保安苦學多年，僅得一尉，官小路遠，家鄉萬里。況此官任期已滿，流落他鄉，將成餓莩，久聞足下分憂急難，有古人之風。今大軍出征，正在用人之際，倘垂念同鄉之誼，使保安執鞭相隨，稍效馳驅，感恩不盡。」

仲翔把信細看了一遍，嘆道：「此人與我素昧生平，卻怎地深信，竟以身家相託，真是我的知己。大丈夫不能替知己出力，豈不愧死。」從此見李蒙時，常誇獎吳保安之才，欲調來軍中效用。李蒙聽了，便行文到遂州去，調取方義尉吳保安為書記。才打發差人動身，探馬來報，洞蠻將要逼近營寨了。李蒙連忙迎敵，見蠻兵正在搶劫財物，不做準備，大軍一到，早已四散奔走。唐兵乘勢衝擊，殺得蠻人大敗。李蒙追趕五十餘里，方才紮營。

仲翔見李蒙深入敵境，因諫道：「蠻人多詐，其勢尚強，我軍不宜深入。」李蒙自恃其勇，哪裡肯聽。到了明日，一發前進，走了數日，直到烏蠻界上，只見千山萬嶺，樹木重重，辨不出一條路來。李蒙大疑，傳令安營停進，差人探路，忽然山谷之中，鼓聲四起，蠻兵穿林渡嶺而來，如鳥飛獸走，全不費力。唐兵為蠻人圍住，死力衝突，終逃不脫。李蒙嘆口氣道：「罷了罷了，如早聽郭判官之言，哪有今日。」遂拔出短刀，自刺其喉。左右奔救不及，死於馬下。軍士見主將已亡，紛紛逃散，都被蠻人擄去，郭仲翔也在其內。

蠻人把捉住的漢人，分與各洞頭目，功多的分得多，功少的分得少。各頭目將所得的漢人，任情驅使，直同牛馬一般。漢人到此，真是求生不得，求死不能。蠻人又想出新法，將擄得的官員，許他寄信到家中去，出錢來贖。被擄的人，哪一個不想還家，家中得信，哪一個不東拼西湊，備足了錢，前來贖身。蠻人借此敲詐，隨你孤身窮漢，也要勒取好絹二三十匹，上一等的，更不必說。郭仲翔在本洞頭目烏羅名下，烏羅聞知仲翔是當朝宰相之侄，視為奇貨，索絹一千匹，方得贖回。

仲翔想道：「若要一千匹絹，除非是伯父那裡，方可辦到。只是路途遙遠，怎得便人寄個信去？」忽然想著吳保安，可以相託。又想：「我與他無半面之交，只見得一封信，便力薦與李都督，召為書記，想他必然感我情，此番幸他來遲，未曾遭難。現在料他已到姚州，只消託人帶信與他，央他轉寄長安，豈不甚便？」乃寫好一信，備說兵敗被捉情形，請保安速為轉達京中，早早來贖。其時恰好有個姚州解糧官，被贖放回，仲翔便將此信託他帶去。

且說吳保安自接了李都督調取的文書，知是仲翔之力，心中好生感激！便留下妻張氏，和未滿周歲的孩兒，仍在遂州住下，自己帶領僕人一名，飛身上路，趕到姚州，始知李都督早已陣亡，情勢皆變。正是「只因一著錯，遂致滿盤輸」。

保安此時，不管別的，且打聽仲翔下落要緊。東探西問，一無消息。正急得不可開交，恰好解糧官從蠻洞放回，帶了仲翔的信來。保安拆開看了，心如刀割。此時一心想救仲翔，等不及回家，就從姚州進發，直走長安。姚州到長安，足有三千多里路程，那時交通不便，吳保安晝夜趕路，行了一月，方到長安。去尋郭宰相時，誰知元振已亡。他的家小，已於一月之前，搬回原藉去了。吳保安此時，弄得進退兩難，在長安道上，走來走去，想不出一條計策來。尋思元振已死，就是找到他的家小，也是無用，不如且回遂州，或者還有法子可想。主意既定，便欲趕回遂州，只是旅費已盡，如何行得？不得已只好將僕人和馬匹賣了錢，來做盤川。

保安回到遂州，見了妻子，放聲大哭！張氏慌問原故，保安將仲翔失陷蠻中，自己到長安去找郭元振，又不湊巧的事，說了一遍；又說如今要救他，怎奈自己無力，若不救他，使他在蠻地受苦，我心何安？說罷又哭。張氏勸道：「常言道巧婦不能為無米之飯，你已盡心救他，到京去過，不是你不忠，是他無命，哭也無益。」保安道：「我從前偶然去了一封信，仲翔即薦我為書記。今他在蠻中，有性命之憂，事急求我，豈可以力不從心四字，自欺欺人。」遂不聽張氏之言，將家中所有，盡行賣去。看官須知保安本是一個窮官，有甚值錢的東西？僕馬早已賣去，如今極力搜括，連略好的衣服，略整齊的傢伙，統賣去了，也只得了二百匹絹。

保安心中，卻早已有個打算：他先送信給仲翔，告知他伯父的情形，又教他安心等待，必定設法相贖。保安取了這二百匹絹，撇下妻子，去做買賣，又怕遠了，不得仲翔信息，故只在姚州左近一帶，販賤賣貴。身穿破衣，口吃粗糲，一錢一粟，不敢妄費，都積下為買絹之用，就是家中吃用，也沒寄過。整整積了十年，才湊得七百匹絹，還未足千匹之數。保安更加勤儉，誓不贖回仲翔，不再回家。

再說吳保安之妻張氏，同一歲的孩兒，住在遂州，無依無靠，保安初出門時，尚有人看縣尉面上，一餐半頓，小意周旋。過了幾年，保安的蹤跡，竟如風箏斷了線，與家中絕無音信，也就沒人理他了。所有值錢的東西，又早被保安賣去，只靠十指口，換到十年之久，孩子漸長，費用愈大。無可奈何，只得把幾件破傢伙一併賣去，當作盤纏，也說不得　頭露面了，領了十一歲的孩子，同往姚州，去尋丈夫。

從遂州到姚州，足有千里之遠。一個婦人家，帶領了小孩子，盤纏又少，如何去得？張氏勉強上路，到得姚州界上，離城還有數百里，卻已兩手空空，一個錢都沒有了。自恨薄命，不如一死，卻又捨不得孩子，左思右想，肝腸如絞，坐在烏蒙山下，放聲大哭！來往的人聽了，雖覺可憐，然也愛莫能助。正是：關山難越，誰悲失路之人，萍水相逢，盡是他鄉之客。

古人說的：窮極則通。吳保安的太太此時已到了山窮水盡的境界，正在沒法之時，忽有新任姚州都督楊安居，率領兵馬到任，適從這條路上經過，聽得張氏哭聲，料去必有難言之痛，因停車相問。張氏攙著孩子，含淚上前，說道：「妾是遂州方義尉吳保安之妻，丈夫為朋友陷落蠻中，欲營求一千匹絹，贖他回鄉，怎奈家貧無力，迫得變賣家產，出外經商，想湊足一千匹絹。住在姚州，十年不歸，棄妾母子二人，貧苦難堪，千里相尋，到此盤川已完，思量無計，所以痛哭。」安居聽了，意極感動，因道：「夫人勿哭，我今將往姚州，當在前面驛站相等，夫人隨後即來，那時自有去處。」說罷自去。張氏也收了眼淚，重行上路。到了驛站，與楊安居見面，安居給與路費，又代備一輛車，以為代步，自己率領人馬，往姚州去了。

楊安居一到姚州，即訪保安下落，不上二三日，便已尋到，引至衙門相見。安居執保安之手，說道：「我讀書見古來仗義之人，好生羨慕！私念此等人，今日難得，不意復見兄，兄為一個不相識的朋友，吃盡辛苦，十年不變。如此風義，古人也少。若非路遇尊嫂，怎知天地間尚有這般好人。」保安聽了，知妻子為窮極了，自來投靠，心中未免著急。又聽得楊安居說他好，倒不覺慚愧起來。安居問：「你苦了多年，需的絹還缺多少？」保安據實對了。安居道：「我初到任，恨無餘錢可以相贈，姑且在庫內借官絹四百匹，助兄成功，兄可急去贖人。尊嫂到來，自有弟照料。」保安知安居是一片熱心，遂不推讓，拿了四百匹絹合自己的七百匹，共是一千一百匹，逕到邊界，找著熟番，託他辦理仲翔之事，將一千匹絹贖仲翔，餘下的一百匹，給與熟番，以為酬勞。

且說仲翔自託解糧官帶信與保安之後，日日盼望回信，好容易等了兩個月，方得保安之信，才知伯父已死，保安將自去設法來贖，心中又是感激，又是煩悶，只得耐心等待。初時烏羅蠻指望有人來贖，相待還好，過了一年，不見動靜，烏羅心中不悅，便命仲翔喂象養豬，操作苦工。仲翔打熬不過，遂行了三十六計中的上計。一日，乘烏羅出外打獵之時，帶了糧食，向北逃走。蠻中之地，盡是高山峻嶺，走了一晝夜，兩腳盡穿，流血滿鞋，蹲在路旁，不能再走。為看象蠻子見了，上前捉住，送歸原洞，烏羅發恨，把仲翔轉賣與南洞洞主。

南洞離烏羅洞，有二百多里，這個洞主，生性更惡，得了仲翔，百般虐待，略不稱意，便用藤鞭抽打，背上常青。仲翔吃苦不過，因再逃走，奈路徑不熟，只在山凹內盤旋，又被蠻子捉回，獻與洞主，洞主又轉賣與更南一洞洞名菩薩蠻。

仲翔在菩薩蠻洞中，住了一年，比前更苦。逃入荒山，暫時躲避，仍被捉回。菩薩蠻洞主更賣與別個洞主。那個洞主聞知仲翔屢次逃走，大怒道：「你會逃，我有教你不逃的法子。」叫小蠻子取了五尺來長，四寸來厚的木板兩方，命仲翔立在板上，將長釘從腳背上釘下，直透板皮。仲翔大叫一聲，痛極暈去。腳上瘡口，過了兩年，方才痊癒。從此足下多了兩塊木板，行走不便，不能再逃。洞主又格外作惡，夜間把仲翔關在一個地洞內，洞口的門，每夜親自鎖閉。如此七年，真比地獄還苦。

保安只知仲翔陷落蠻中，哪裡知道他這般受苦，又有這等轉賣的糾葛呢。幸虧差去的熟蠻，深知一切，便先找烏羅蠻，問他要人，烏羅追問南洞洞主，南洞洞主又追問菩薩蠻，如此尋根究源，方把仲翔贖了回來。那腳上的兩隻長釘，日久瘡愈，已同生成一般，此時將它拔出，只痛得發暈過去，醒來不能走路。好容易抬到姚州，憔悴不堪，三分像人，七分像鬼，見了保安，相抱大哭。兩人至此方得識面。

楊安居本是郭尚書的門生，見了仲翔，更加悲傷！另撥房屋，與二人居住，把好酒好肉，與仲翔將息，仍舊用為判官。仲翔痊癒後，吳保安欲進京補官，安居極力替他張羅，送了許多錢帛，又寫信給長安的貴人，稱讚他棄家贖友之事，力請放個好缺，姚州一府的官吏，見都督如此，也各有幫助。保安把各人送的，分一半與仲翔，仲翔不受，保安苦苦留下，兩人灑淚而別。保安仍帶妻子到遂州住下，自己逕往長安，得了四川眉州彭山丞之職。

在下說到此處，已把吳保安棄家贖友的一段故事，交代明白。若問二人的下落，並郭仲翔讓官報恩之事，在下暫且停一停，要把他另做一本童話了。

負骨報恩

〈千匹絹〉那篇童話，說到吳保安棄家贖友，千辛萬苦，贖出郭仲翔。諸君看過了，必定讚嘆吳保安的為人，真真難得。他所做的事，比郭仲翔替他做的，難到百倍；就是歷史上所說的管仲鮑叔（管仲鮑叔皆春秋時齊國人，管仲家貧，鮑叔分財與之。齊桓公即位，鮑叔又薦管仲。仲常曰：「生我者父母，知我者鮑子也。」），范式、張劭雞黍之約（編注：典出《後漢書‧卷八一‧獨行傳‧范式傳》）也沒有吳保安這般義氣，郭仲翔似乎不及。

看官且慢說著，須知郭仲翔也非等閒之輩。他受了吳保安天大之恩，何曾忘去？他的報答，也是出乎常情之外，至此方知吳保安眼力不差，當初拋棄家小，救他一場，也值得了。

這篇童話所說的，就是郭仲翔報恩之事，卻先要請看官們把他們上半截的事情記清楚了，看去便有頭緒，編書所以特地重提一筆。

話說郭仲翔自與吳保安分手之後，只在楊都督處辦事，心裡卻掛念著保安進京補官之事。過了數月，京中官報到來，才知保安放了四川彭山縣（今四川彭山縣）的縣丞，心中好生歡喜。接著又得了保安的一封信，信內敘些別後之情，並謝楊都督的照應；又勸仲翔到京做官，說有兩層好處：一可替國家做點事業，二可侍養老親。

看官須知，仲翔自陷落蠻中，直到如今，總沒有接得家中一信。家中自聞李蒙兵敗，不知仲翔下落，好生著急！打聽了幾次，沒有消息，便疑仲翔已死，哭了一場，只索甘休。此因當時交通不便，既沒有如現在的郵政，就如老式的信局也沒有，出外之人，要寄家書，不是專差遞送，便逢著便人託帶，所以十年八年不通信，算不得稀罕。仲翔在蠻地之時，自然日夜思念父親，無奈身體尚不能自由，安能寄信？如今到了姚州，雖然有吃有穿，件件齊備，卻是寄信一層，還辦不到，思親之心自然更切，看了保安這封信，不覺打動了他的愁腸。

自此之後，仲翔日夜思歸，只有兩件事，委決不下：第一是盤川無著；第二是受了楊安居的厚恩，未曾報答，不便就走；左思右想，還是暫住為是。

仲翔在蠻中住過十年，蠻人的風俗，全都熟悉。他知道蠻地女子，耐勞忍苦，性情和善，相貌也盡有看得過的。蠻人重男輕女，故此身價很低。仲翔在楊都督處住了年餘，手頭有些積蓄，便託了個熟番，到蠻洞中購買年輕蠻女十個，都要相貌端正，性情溫柔的。買到之後，仲翔又親自教導，不消數月，一應禮節，都已習熟，便親自帶領，送與楊都督。

仲翔見了安居，先將回家省親的話，說了一遍。又道：「某從蠻洞回來，兩手空空，一無所有，而且一身是病。明公解衣推食，某之一絲一縷，都是明公所賜，此恩此德，沒世難忘，怎奈家中尚有老親，十數年未見一面。今不得已，將辭別明公回去，這十個蠻女，經某盡心教養，略略懂得中國規矩，特送與明公，略表區區之意。」

安居早聞仲翔購買蠻女之事，卻不知仲翔的用意，今見說為報恩之故，送與自己，滿口辭謝道：「賸兄回國，乃吳保安之力，我不過略略相助，有何恩德？況我不少使喚的人，留此無用。吾兄家有老親，正該帶回侍奉，以盡孝道。」

仲翔定要留下，楊都督見推辭不過，乃喚出最小的女兒來，叫她在十個蠻女中，挑取一個。他女兒挑了個最小的蠻女，楊都督遂把其餘的九個，還了仲翔。指著女兒對仲翔說道：「此是我最小的女兒，素常愛憐，今留下一小女做伴，總算已領盛情了。」仲翔見楊公堅不肯受，只得甘休。把九個蠻女，分贈與楊公帳下的九個心腹將校，就借此表揚楊公謙讓之德。

仲翔決計回家，行期既定，姚州一府的官員，都忙著替他餞行。一連鬧了幾日，方才打發清楚。末了是楊公餞行，酒酣之後，楊公道：「老師在日，門生故舊很是不少，吾兄此番進京，總有照應。但是人情冷暖，俗語說：人在人情在，深恐目下不比從前，我已修好一表，密保仁兄，並將前次李蒙因驕致敗，仁兄諫阻不聽之事，代為聲明。想朝廷厚待功臣之後，看先太師昔日軍功份上，定必重用。吾兄文武全才，將來事業，未可限量，惟恐老朽年邁，不能見了。」仲翔謙遜一番，道謝過了，方盡歡而散。次日，仲翔動身上路，楊公及帳下官員，少不得至十里長亭相送，彼此灑淚而別。

且說仲翔一路上早行夜宿，過有一個多月，方才到了家鄉。只見老的死了，少的壯了，真是山川如故，城郭已非。到得家門，心裡想著十五年不見的老親，不知如何，心裡不禁突突地亂跳。叩門而入，見顫巍巍一個老者，扶杖而出，正是父親，喜得什麼似的，搶前一步，跪下說道：「父親！孩兒回來了。」不覺滴下淚來。他父親十五年不見兒子，如今忽然見面，疑是夢中。抱住相看，也喜得說不出話來，只有老淚紛紛。停了一停，方才止淚。仲翔又一一和家人見過，大家想起十五年內的事情，正不知從何說起，在下也只好略過，不及細表。

仲翔在家中住了一月，將一應家務，料理清楚，便進京補官。朝廷早已得了楊公的奏章，備知一切。仲翔一到，便補他蔚州錄事參軍。仲翔領了文憑，一面走馬上任，一面迎接家小。看官試想：一家骨肉，十五年不得聚首，今得團聚，怎不歡喜。只是仲翔心中兀自鬱鬱不樂，為的是吳保安遠在四川，不能見面，雖然消息常通，總免不了異地相思，以此心中如有所失。

仲翔在蔚州做了兩年官，名聲很好，極得上司看重，升他做代州戶曹參軍。仲翔便又帶了家眷，到代州去。那代州遠在山西，而山西的交通，更是不便；與吳保安交情雖濃，音問常稀，仲翔心焦得什麼似的，迫於欽命，可也沒法。

仲翔在代州住了三年，又已滿任，正想謀個四川地方的差缺，好和保安相見，忽然父親一病而亡。仲翔就報了憂，在代州發喪，扶柩回鄉。等到服滿，仲翔對妻子說道：「我非吳公相救，性命早休，哪裡還有今日？一向為的是老親在堂，無人奉養，所以勉強做官，此恩未曾報得。如今父死服滿，正該報答前恩，誓即去尋吳公，倘若尋不到時，我也不回家了。」

仲翔自到代州以後，沒有接得保安一信，此時卻探聽得保安任滿之後，仍在彭山居住，便帶了盤纏，立即向入川大道而去。

不言郭仲翔千里訪友，且說吳保安自到彭山之後，忽忽三年。只因為人古道，不善逢迎，任滿之後，不曾再補官職，欲進京謀幹，又無路費，便在彭山縣租了所小房子，將就住下。哪知時運不濟，忽地裡患起病來，醫治無效，夫婦二人，接連死了。剩下兒子天，好容易當賣借貸，東湊西補，才把兩件喪事敷衍過了，又虧了黃龍寺裡的和尚，指與他一片空地，靈柩方得浮厝。

吳天自從埋葬父母之後，真個窮無立錐之地，幸虧自小讀書，寫作皆能，便在寺裡坐了一個蒙館，教幾個小學生，得了一吊八百的束修。和尚有什麼筆墨事情，也請他做做，抵過房錢，這才把衣、食、住三項事對付過去。如此混了四五個年頭，恰值仲翔到來。

仲翔到得眉州，聽人說保安已死，便放聲大哭。當下換了孝服，棄車步行，直赴彭山，一路上哭聲不絕。尋到黃龍寺，在保安夫婦柩前，具禮祭奠，酹酒跪拜。口稱「永固（保安字）靈魂在上，仲翔不能早來送終，其罪莫贖。」匍匐地上，連訴帶哭，好不淒慘。旁邊的看客，也陪了許多眼淚。

仲翔哭罷，與天相見，呼之為弟，商量歸葬之事。仲翔想出主意：命縫工先做下兩口綢袋，用檀香薰過，擇個吉日，叫齊土工，予先祭禱過了，然後掘開土堆。只見棺木半爛，僅存枯骨二具。仲翔痛哭不已，親手取出骨殖，又恐亂了次序，節節用墨記明，裝入綢袋。又將保安夫人的遺骨，也墨記了，另裝一袋，同藏在竹籠之內，親自負背，率領天，同回家鄉。

仲翔因欲親負保安之骨回鄉，故一路不搭船，不坐車，與天兩人，徒步而行。天看了，很過意不去，常言此是我父母的骸骨，應該我負。仲翔哪裡肯放，哭道：「永固為我之故，拋卻妻子，奔走十年，我替他負骨，算得什麼！」每逢住歇客店，仲翔先將竹籠供在上坐，擺設祭供，焚起好香，和天拜過了，然後自己進食，自始至終，未曾倦怠。

仲翔到得家中，就將竹籠供在中堂，設下靈位，一面備了衣衾棺槨，將保安夫婦遺骨厚禮改殮；一面擇下日子，替保安發訃開喪。一應排場禮節，都照自己父親一般。喪事既畢，又辦葬事；買下高敞墳地，親自督率匠人，種樹造墳。墳前高高兒地立個石碑，詳記保安棄家贖友之事，使過路人看了，盡知保安之義。

葬事停當，又親自廬墓（父母葬後，子在墓旁築個草廬居守，謂之廬墓）三年，把自己房屋，分一半與天居住。請了個人品端正，學問淹通的老先生，教天讀書，又為他娶親成家，將自己二十萬家財，盡與天。

仲翔為保安戴了三年大孝。服滿之後，到京候補，拜為嵐州（今山西嵐縣）刺史。仲翔帶了天上任。此時天已念完經書，文理是通順的了，仲翔公餘之暇，常把官中文書，教他練習。

過了二年，仲翔見天才具成就，很可以做官了，便上了一道奏章，願將官職誥封，一齊讓與天祐，以報保安之德。他那奏章中有一段道：

臣遭遇兵敗，被擄為奴，家鄉萬里，無信可通，困苦十年，早絕生歸之念，保安與臣素不識面，徒以意氣相投，不惜棄家來救。奔走風霜，啖粗衣敝。離家之時，子未離乳，逮乎再合，兒已成童，為臣辛苦，私恩如海。今臣幸得以虎口餘生，備位州群，而保安已歿，報德無由。清夜捫心，常不安席。竊見保安子天，年富學深，才具英挺，足堪任使，願以臣官，讓之天，庶幾國家勸賢之意，與下臣酬恩之義，一舉兩得。

這道奏章到了朝中，滿朝公卿，盡皆讚嘆，一齊奏聞皇上道：「吳保安、郭仲翔之義氣，直可上比古人，應請以吳天試署嵐谷縣尉，郭仲翔仍居原職，以為好義者勸。」玄宗准奏施行。

後來兩人官聲都好，各有升遷，嵐州百姓感念恩德，替仲翔和保安立了個雙義祠，香火不絕，這都不在話下。在下卻另外要添幾句話，說與諸位聽聽。俗語說「酒肉朋友千個好，患難之中無一人」，這句話無非勸人交友之時，不要結交酒肉之徒，但看吳郭二人的故事，便知交友是在意味相投，施恩亦要擇人而施。其人若非善士，厚待了他，反致引狼入室，自貽後患。

獅騾訪豬

山中的獅王，到了晚上，就從洞裡出來尋夜飯吃。走了許多路，不曾遇見一獸。獅王餓極了，便大膽跑到村莊裡去。一眼見了農人家的騾子，心生一計。三腳兩步，走到面前，笑嘻嘻對騾子說道：「呵！騾姑娘呀，你的身體這樣光潤肥壯，是吃的什麼呢？你的毛色這樣美麗，又是塗的什麼呢？聽說你的主人待你極好，把嫩草和肥小豬給你吃，是不是呀？」

騾兒道：「不是，我沒吃什麼好東西，不過我心氣和平，不喜同人吵嘴罷了。」獅子聽了，便竭力恭維騾子，說道：「像你這樣的好人，真是世間少有，我是極喜歡同你做朋友的，但不知你肯不肯？」騾說：「這是哪裡的話。」獅說：「承你不棄，我們就一同出去走走好嗎？我要找我的朋友豬先生，你領了我去罷。」

騾兒聽說獅子要同他出去，心中畏懼，暗想去又不是，不去又不是，一時答應不出。獅子不管它肯與不肯，一疊連聲地催促，竟要動手來拉。嚇得騾子慌了，只得跟他出來，領它到隔壁人家的豬棚裡去。

獅子幾曾同豬做朋友呢？他同騾子說的，全是謊話。他是防豬見了他時，不肯開門，所以約了騾子同去。果然一到豬棚旁邊，早給小豬看見，便沒命地大叫。嚇得獅子連忙躲過，對騾子道：「你去叫他出來吧，他怕我呢。」

騾子不知獅子的鬼計，便來叫豬開門。母豬聽是騾子的聲音，就開門相迎。獅子見了，突然跳出，張開大口，把豬拖了便走。豬在獅子口裡，大呼救命！騾子看了著實不忍，便替豬討情。

獅子說：「我家裡豬多著呢，讓他去做伴也好。」不聽騾子的話，只顧走。騾子沒奈何，也跟在後面。不多幾時，走到一張獵網之前，網的後面，蹲著一隻肥狗。獅見了狗，猶如不見網一般，放下了豬，想去捉狗。狗見獅子捉他，哀鳴求饒，獅子一腳抓住狗，回頭騙騾子道：「這狗可惡極了，我們好意來問候他，他倒想咬人，你快來幫我捉住他。」

蠢騾子還不知獅子之詐，聽了他的話，走上前來，早被獅子一爪抓住，哈哈笑道：「豬狗騾，三頓好飯，全都到手了。」

話猶未完，只見黑影一瞥，那獵網兜頭落下，把獅騾兩獸，都關在網裡，只便宜了狗和豬，各自逃生去了。

到了天明，獵人來收網，見捉了一獅一騾，喜之不勝！騾子向獵人哀求道：「獵人哥呀！你是認識我的，我不是歹人，你放了我罷。」

獵人搖頭道：「依不得你，你雖是好人，但已和歹人做了朋友，我只把你當歹人看待。」

獅受蚊欺

話說某年夏天，久不下雨。山裡的溪水河水，都乾得涓滴全無。有一獅子，渴得慌了，跳出洞門，四下裡去尋水。哪知左近竟沒有一滴水。直跑到數里之外，才遇著了一口古井，井裡雖然有水，卻不很鮮潔。獅子急不暇擇，也顧不得了，自言自語道：「這水的好不好，倒也罷了，只是水在井底，我怎樣喝它呢？」獅子擔憂井水難飲，不知還有一個主客問題在內。原來這口古井，是野蚊的居處，子子孫孫，不知有幾千萬。為首的野蚊，見獅子在井上探頭探腦，便發話道：「快些去吧，不要你來，這是我們的家，與你非親非故，河水攙不到井水，快些去罷。」

獅子聽了大怒，叫道：「你們這種冒失小蟲，我是獅子呀，我來飲水，你們怎不避開呢。我是山裡的大王，我從小至今，只消發一聲喊，隨你豺狼虎豹，都嚇得亂抖。你這一些兒小蟲子，倒這樣大膽，敢得罪我，真是反了。」

獅子咆哮了一陣，指望把蚊子嚇退，再不敢做聲，哪知蚊子公然不懼，益發大聲說道：「你的嗓子，真是響亮，一個人的聲音，足足抵過我們數百人，雖然如此，我們毫不怕你，你說你是山裡的大王，這井你是該管。但你未出娘胎以前，我們早住在此，生長子孫，也不知多少代了。在我們家裡，自然有權力攆你出去，你如何反要趕我們走呢？老實說：你再不走，我們就要圍困你了。」

獅子聽了這話，直氣得三屍內冒火，七竅裡生煙！大叫道：「反了反了！你們是什麼東西，敢在我面前放肆。我把你們斬草除根，也非難事。我飲水之時，只消張大了口，便可將你們吞到肚中，看你還能逞強麼？」蚊蟲道：「傲漢，我們倒要試試你的手段。我們知道你是獅子，是百獸之王，獨有我們不怕你。」

獅子暴跳如雷。直著喉嚨，在井上喊道：「我出娘胎以來，從沒受過這等鳥氣，我倒來受你們的教訓不成。小蟲子不要逃，快來領死罷。」喊了又跳，跳了又喊，兩隻腳攀住了井口，恨不得一口氣把井也吞下半截來。

獅子要與蚊子打架，這個主意早已錯了，不到一盞茶工夫，但聽嗡嗡之聲，不絕於耳，井內的蚊子，成千成萬地飛上來，獅子向前一撲，蚊蟲立刻飛散，兩腳一停，又立刻合攏來圍住。耳朵裡、鼻孔裡、嘴唇邊，全是蚊子的世界了。獅子提起腳想抹，蚊子嗡的一聲便逃；放下了腳，又飛過去，那利鑽似的尖嘴，刺到肉裡又痛又癢。獅子到了此時，才知彼眾我寡，這小東西合了群，便也不可輕視了。

此時獅子願向蚊子講和，蚊子倒不肯罷手了，圍住獅子，和他酣戰。急得獅子忽而打滾，如個地鈴；忽而亂跳，如個炮仗。一不經心，早把兩隻前腳吊在井裡，身子向前一縱，塞入井眼。那井又狹又深，吊了下去，再也縮不上來。他倒掛在井裡，雖然有力，也無用處。直到臨死的時候，方才嘆道：「這都是我魯莽驕傲的不好，我若好好兒與蚊子商量，就沒有這場禍，要不然，換個地方去解渴，也就罷了，偏要與他鬥氣，白白送了性命。這不是我本事不濟，多因一時憤怒，沒了主意的緣故。」

蚊子雖然得勝，因井眼被獅子塞住了，回不得舊居，只好另覓住處。

傲狐辱蟹

狐是著名的刁鑽精，詐謀百出，只有去愚弄人，沒有他被人愚弄過的。豈知狐一驕傲，也有失敗的時候。古人說：「利令智昏」，在下卻要添一句道：「驕傲也令智昏」。無論怎樣有能耐的人，一大意，一驕傲，便要鬧出笑話，自取侮辱。狐與蟹的事情，不過是個榜樣罷了。看官要知狐為甚事失敗，且聽在下慢慢道來。

有一狐狸，一天出門散步，見一螃蟹，舉起了一雙鉗，橫著八隻腳，從對面爬來。狐見螃蟹爬得好不吃力，便嘲笑他道：「爬行漢呀，你一生一世，都是這樣爬的麼！可憐！你有八條腿，倒沒有我四條腿跑得快，連我也替你害羞，若是你的八隻腳，生在我的身上，我跑起來至少比你快十倍，像你這樣的懶漢，真是少見。」

狐帶笑帶罵地說了一頓，蟹聽了，一毫不怒，一毫不羞，心中早定了計算。開口對狐說道：「你不要誇口，你肯同我賽跑麼？你不要小看了我。」狐搶口說道：「有何不可，我看你好不識羞！」蟹也不與狐分辯，只是接著說道：「我身體小，你身體大，自然力氣也比我大，你說我腳多，跑不快，替我羞；我說你白白身大力強，也不過如此，我也替你羞哩。」

蟹這一激，真把狐狸氣壞了！頓時暴跳如雷，全改了樣兒。氣衝衝地對蟹說：「笨漢！還有得你說嘴呢，我們快來賽跑，跑不過時，我要揭你的殼，折你的腿。」蟹卻笑吟吟答道：「你真欲同我賽跑麼？你跑的時候，總把你那美麗的尾巴高高豎起，賽如風篷一般。你使了篷，自然跑得快了。你敢拖了尾巴同我賽跑，我才佩服你。」

狐聽了蟹這一番話，笑道：「笨漢，笨漢，你疑心我的尾巴作弊麼？罷了罷了，同你講也講不清，依你便了。笨漢呀！你要怎樣我便怎樣是了。」

蟹見狐已中計，便說：「我還不信你不借重尾巴，須得讓我縛住你的尾巴，方才相信。」狐不知是蟹之計，當是蟹真認作尾巴能當篷，笑得要死。便道：「笨漢呀，看你怎樣縛呢？」蟹也不答，慢慢兒爬到狐的尾巴邊，說：「我要縛了。」狐便掛下尾巴，卻暗暗地好笑，笑猶未了，猛聽得蟹在後面喝道：「預備，向前跑！」狐狸即時撒開四腿，沒命地向前而去。卻不知道蟹已鉗住他的尾巴，跟著去了。

狐跑了一陣，回頭四望，不見蟹的影蹤，認作已在前面，更又捨命亂跑，直跑得頭昏眼花，腿酸腳軟，方才在路旁歇下，四腳才停，蟹已放下尾巴，閃在旁邊。

狐見了螃蟹，深覺詫異。蟹先說道：「你現在跑到哪裡了。我只道你已經跑得比我十倍遠了，豈知你用盡了氣力，卻不曾跑出我一個頭，羞也不羞！」

狐氣喘喘地說不出一句話，只得服輸，垂頭喪氣，急急逃了。

學由瓜得

古時有一位先生，學問高明，弟子眾多。有一天，先生在園中散步，倦了，就坐在一棵無花果樹下乘涼，偶一回頭，見地下種著西瓜，那斗大的西瓜，卻生在又細又脆的藤上。看那無花果樹，樹身極粗，所結的果子卻又極小。

那先生看了西瓜，又看了無花果，心裡忽然起個念頭，想道：「據我的意思，造物應該把西瓜結於無花果樹上，才覺相配。」說著，立起身來，把無花果樹，用手搖了幾搖。說道：「你的枝幹很硬，若結出西瓜大的果子，也載得住，怎麼天倒叫你生這小果子呢？」又走到西瓜田裡，把瓜蔓輕輕一拉，早斷了幾根。便說道：「你這樣軟弱細小的東西，偏結了這般大的瓜。你若結了無花果般大的果子，才覺相配，天公真真顛倒，我看萬物的位置，不稱的多著呢。」

先生說完這句話，仍回到無花果樹下坐了，剛剛坐定，一個無花果落將下來，不偏不倚，恰恰打中先生的鼻子，鼻尖上早紅了一塊。先生頓時大悟道：「吾知道了。天生萬物，各有各的用處，也各有各的道理，決不會顛倒弄錯的。假如照我的話，把這大西瓜結在無花果樹上，我這面孔，早已打壞，或者竟至喪命。幸而是小果子，不過小傷罷了。可知世界上的萬物，造物都把他安置得十分妥貼，我們何得妄去議它。」

風雪雲

風雪雲聚會一處，將欲施展神通。忽然雪先說道：「我們三人，究竟誰有用誰沒用，趁今天沒事，比他一比。」雲說道：「有用的莫如我，你看大暑天氣，日光如火，晒得地皮上起了裂紋。農夫都仰天嘆道：雲呀雨呀，怎麼不來救我們呀。我來了，農夫就很歡喜，可知我是最有用了。」

雪冷笑道：「你只說得一件事，你不記得某某將軍出征的事麼？他帶著幾萬人馬，和匈奴打仗，只因為你在天空中撒下了漫天帳，把日月星辰都遮得無光，幾萬人馬，迷住道路，活活餓死。這也是你的功勞麼？我在臘月裡落到地上，能把地裡的害蟲，一齊殺死，來年的收成有望，人家讚美我，呼為瑞雪。我若夏天出現在世上，人家都當做活寶，說可以解熱驅暑；還有許多人趁著冬天，把我藏在地窖子裡，預備夏天用。你想我在世上，無論冬夏，都受歡迎，看來還是我最有用。」

雲聽了雪的話，自然也不肯服輸。便譏笑他道：「你說熱天人喜歡你，你為何偏不去呢？冷天人家凍得要死，你倒偏要去。越冷得厲害，你就去得越勤，凍死的人畜也有，壓倒的廬舍也有，這樣害人，還要自己說嘴麼？」

雲雪兩面爭辯不休，風說道：「兩位休得相爭，我看兩位都沒有我厲害。我雖然沒大用，可是兩位的行蹤，全仗我的指導，我要東便東；我要西便西。世人雖然歡迎兩位去，去留的權柄卻是在我手中，不是我最有用處麼？」

平和會議

有一牧人，家中養了牛馬豬三種家畜，使他們同在牧場上過活。牛和馬兩家，很是和好，唯有豬的性子，原是愚笨，面貌又不乾淨，舉止又粗魯，因此牛馬很討厭他，他還不知，時到牛馬家裡，吃食玩耍，無所不至。牛馬常要打他，打的結果，自然是豬輸的，但牛馬家中，不是門破，便是壁塌，也未免大受損失。如此已不止一次。

一天，母牛和馬說道：「現在已經年底了，明天我們開個宴會請幾個客。豬和我們做了半年鄰舍，天天打架，大家不安。我想借此請他來吃一頓，我們大家講和，從此以後，兩不侵犯，豈不是好。你們若是同意，今天就好去下請帖。」馬自然答應。於是牛馬兩族，公舉出一隻年紀很輕、性情溫和的小母牛，做了請豬的專使。

小母牛領命而去。到得豬棚門首，早聽得幾個頑皮小豬，咿唔咿唔地叫道：「你到這裡來怎的？敢是又要和我們打架麼？」小母牛恭恭敬敬答道：「不是不是，明日我家和馬家，略具杯酒，專請府上的叔伯哥兒們賞個光，煩你快去通個信兒，我還有事，就要走呢。」小豬聽得有吃，也不懶懶，忙忙奔進，見了老豬，說知如此這般，老豬自然答應。小母牛得了准來的回音，便自回去覆命不提。

到了明日，牛馬兩族，各備了清水黃豆，番薯無數，借牛家做個會場，專等豬宅客人到來。不多一時，老豬帶領豬子豬孫，蜂擁而來，足有二三十隻，那做會長的老母牛，滿面春風地迎了進來，挨次坐下。牛家的人，獻上食物，眾豬一頓大嚼，頃刻而盡。會長見宴會已完，便對眾豬說道：「豬大哥，今天諸位肯來，兄弟是非常榮耀，想起從前我們三家，時常不和，兄弟覺得很抱歉！從此以後，我和馬家大哥，都竭力約束孩子們，不許他們冒犯你家的小哥兒們。豬大哥，你也得囑咐哥兒們，不要來汙了我們的欄柵，也不要吃我們的糧食，我們大家和和氣氣過日子，豈不很好。」

眾豬聽了，便推一隻年輕的豬，出席答覆道：「貴會長所說的話，我們自然同意。只有一件，這牧場原是主人的，主人叫我們三家住下，原沒有指定三家的牆界。我們人多，家宅又小，自然要到外邊來走走。至於吃你們的糧食呢，橫豎是你們剩餘的罷了，我們不吃，也是白糟蹋了的，你們又何苦不給我們呢？還有一層，我們不都是主人養的麼？主人叫夥計替我們整理房屋，給東西我們吃，給水我們洗澡，我們安然享受，也不做工，你們卻天天有一定的工作，這樣比起來，不是主人愛我們，不愛你們麼。主人既愛我們，你們又何苦同我們作對呢？」

老母牛聽了，無言可答，搖著頭，連說哞哞哞哞。那老馬聽了，也只連聲的嘿嘿嘿嘿，沒有什麼說的。到後來還是會長說道：「話雖如此，但是主人的意思，我們不能明白，不去說他也罷，我們的話，總是為好，聽不聽也由諸位去。」眾豬胡亂回答了幾句，便一哄而出。路上只聽得小豬們亂嚷亂叫道：「我你我你。」「我你贏，我你贏。」

於是老馬和老牛彼此談論道：「我們比豬，又強壯、又聰明、又有用，為什麼主人待我們反不及豬呢？」過了幾日，只見牧人揀肥的豬都殺了。馬牛看在眼裡，才明白道：「主人不是愛豬，為的是養肥了，好吃他的肉，他們終究活不長的，我們何苦同他們鬧呢。」

蜂蝸之爭

一日，蜂王率領臣民，鬧哄哄地在蝸牛門前經過。蝸母聽了，出來發話道：「我有十六個孩子，在一張樹葉子上睡著，你們這樣的胡鬧，勢必要把他們嚇醒了。在我們門前經過的蟲子，也不知有多少，像你們這樣撒野，真是少有的。你不知道這樹是我的麼？我主人二十年前栽了這株樹，我一家都靠著他的果子度日，你們一輩子不長進的野蜂，年年到這裡來偷花採蜜，還要吵得我們不安。知趣的早些走吧，不要等我來趕。」

蜂王答道：「我們終日辛苦，採花釀蜜，有功於人，你這懶爬蟲，只會吃現成果子，做不來一點事，世界上有了你們這等沒用東西，倒不如沒有的好。你不同我說，倒也罷了，你一說起，越顯得你們醜呀。」說完，率領了手下人，展開雙翅去了。

蝸母受了奚落，恨得什麼似的，眼睜著看群蜂呼喝而去，奈何他不得，便忙忙奔回家中，對家人道：「那野蜂真是我們的仇人，我知道他的住宅就在左近，你們快派五個人去，毀了他的家，才消我這口惡氣。」看官須知蝸牛的行路，最是慢的，那五個蝸牛，自領了蝸母之命，走了半月，才到得蜂王家裡。恰好群蜂都去採蜜去了，窠裡空洞洞的不見一蜂。蝸牛大喜！用盡氣力，爬進窠內看時，早覺得一陣陣的蜜香，蝸牛饞涎直流，便不管什麼，見蜜便吃。吃得太多，早已醉去，恰好蜂王也率領臣民回來了。

　　蜂王一眼瞥見五個醉蝸牛，便知是偷吃了蜜的原故。一時叫他們不醒，只得隨他們躺在那裡，卻吩咐眾蜂道：「這五個蝸牛，須要用心防他才好，今天晚了，不好趕他出去，容他在此過夜，想來無妨。」眾蜂領命，惟總不願與他們親近，這原是厭他們不乾淨，倒沒有疑他們是奸細，從前的事情，蜂王早已忘卻，不然，也不容這五個蝸牛過夜了。

　　到了明天，便有許多蜜蜂來告訴蜂王道：「我王不好了，昨夜死了三十五個孩子，原來是中了蝸牛的毒。他們趁我們睡著之時，把唾涎吐在蜜中，意思是要毒死我們，請吾王詳察。」蜂王聽了這番報告，猛然記起前事，便道：「怪道這五個東西，來得尷尬。前次我們經過蝸牛家門，曾與母蝸鬧過一場，這五個蝸牛，定是他們差來報仇的，且喜發現得早，不受大害。但怨不可結，不如好好兒勸他們去罷。」

蜂王便領了臣民，叫蝸牛出去，蝸牛哪裡肯從。蜂王大怒，知道這事非武力解決不可，便下動員令，群蜂得令，個個張開雙翅，露出刺刀也似的蜂針，蝸牛見了，嚇得魂不附體，忙將身體躲入殼裡。蜂王早防他有這一著，便命取出蠟來，塗在蝸牛的殼上，竟活活的把蝸牛悶死。

蜂王既滅蝸牛，心知這窠不能再住，便率領臣民另覓新窠，仍然繁盛如舊。

雞鱉之爭

雞與鱉同住在一家院子內，小雞見鱉和善，便有意同他玩戲。一天，小雞對鱉說道：「你本來住在山裡的，怎麼寄居在此地呢？自從你來了，我們的地方，便小了不少，你又不愛乾淨，主人給水你吃，你把水盆弄翻了；給米你吃，你又散了一地。蒼蠅曉得你在這裡，齊來看你，這更是討厭。」

鱉等小雞罵完了，才回答道：「我幾曾自己欲來呢，也是沒法兒，你們也不用妒忌了。我住在此地，並沒有占到你們的地方，大家和和氣氣過日子就是了，何必與我尋氣。」小雞聽了，回答不來，便氣憤憤地告訴母雞，母雞也怒道：「這醜漢倒敢強嘴，我們同去問他，看他尚有何說。」

母雞見了鱉，就破口大　，鱉仍不動氣，只答道：「我在此地，一聲兒不響，在牆角頭裡躲躲身子，怎麼你們還嫌我不好。你仗著人多，存心欺侮我，我也不計較，只是我想你們也不是一生一世住在此地的，你們長大了，主人便要縛了你們的腳，出去賣錢。我勸你們不要使足了篷，得饒人處且饒人，自己也省了氣，豈不是好。」

母雞聽了鱉這番心平氣和的話，心想院子並不是我們的，我們不過暫時在此過活，何必認真地與人爭氣，於是一番怒氣，早化到爪哇國去了。

金盞花與松樹

金盞花是山上的野花，顏色如火一般紅，每逢春日盛開，漫山遍野，一望皆是。金盞花得意極了，常常誇口自己族大人多，非他花所及。

單表有一叢金盞花，和小松樹生在一處，兩家做了鄰居，同受上天的雨露陽光，沒個你多我少，自然和氣度日。那金盞花每年四月裡開，七月裡謝，一年一度，年年紅顏灼灼，美麗動人。他見小松樹挨寒忍暑地過了一年，卻不過長得寸許，因笑他道：「你這樣蓬鬆松，像草一般的綠針兒，有什麼好看呢？如何能一年四季，不凋不謝。」小松樹聽了，不答一言。

數年之後，小松樹直變成了大松樹。金盞花春開秋謝，也不知經歷了多少春秋。兩家雖仍在一處，卻已一高一卑，不如從前那樣並肩齊頭了。一日，金盞花仰頭對松樹說道：「喂，老鄰居呀，我們兩家同居已久，本來各過各的日子，彼此都無閒話。這幾年來，你竟越長越大，你的葉兒，又密又多，罩在我們頭上，猶如一幅綠油布帳。老天的雨露陽光，原是普施大眾的，卻被你平空截住，沒半點兒到我們身上，你看我們都憔悴欲死，這都是受你的害，你總得替我們想個法子才是。」

松樹聽了，只有颼颼的微吟，不答一言。金盞花氣極了，臉漲得血一般紅。喊道：「你好不講理！常言道物各有主，你看這山上是你的族人多，還是我的族人多？我們族人，山上山下，到處都有，分明是此山的主人。你不過在此作客，如何倒欺淩主人起來？我勸你不如換個地方去住吧。」

松樹至此，實在耐不住了。低頭答道：「這山上究竟誰是主人，我們兩個總之都不是，不必說他了。你說我攔住了陽光雨露，使你不能吸受，果然果然。但這不是我故意欲和你為難，天生成如此，我也沒法。」金盞花聽到此處，搶口說道：「你倒說得好聽，你是沒法，我們性命關頭，也好任他沒法麼？不必多說，還請你快快搬場為是。」松樹仍舊冷冷地說道：「我的根入土也深，軀幹也重，枝葉也多，搬場很不方便。你一年一枯，身子也小，搬場很容易，沒奈何只好屈你另居。誰教你生得這般矮小，又誰教你住在我旁邊呢？」金盞花聽了，始知勢力不敵，徒爭無益，竟依了松樹之言，悄悄兒躲開去了。

在下還有幾句話道：「凡人總有一個分際，身份高的和身份低的同在一起，是合不來的。身份低的再想和身份高的強爭，更是無益，須要估量著自己的力量，原諒別人的難處。若是一味倔強，終究是自己吃虧。金盞花和松樹的一段故事，命意只是如此，看官不要看錯了才好。」

以鏡為鑒

張先生一天買了一面大著衣鏡，放在書房中間，那鏡子好不晶瑩可愛，走過的人，沒有一個不喜歡照一照。張先生的兒子，才得四歲，生得粉團玉琢，十分可愛，也來照這鏡子。

那孩子一到面前，見鏡中也有一個孩子，嬉眉笑臉地向自己走來，心中大喜。不知是自己之影，認作另是一人。喚道：「你來同我玩麼？」鏡中的人竟不回答。又向他招手道：「你跟我來，只管躲在那裡做什麼？」鏡中人也招招手，卻總不開口。張家孩子心想：「他聽不到麼？等我走近些，再和他說。」便走前兩步，只見鏡中人也走前兩步。他不動了，鏡中人便也不動。

張家孩子此時詫異極了，心想：「這個怪人到底是誰呢？怎樣只顧學我呢？好意兒同他說話，他竟不回答，敢是不願意同我玩麼？可惱可惱。」他心裡這麼一想，小臉兒上早放出一副怒容。再看看鏡中的怪人，也是怒容滿面，睜著眼對自己，很有尋氣的樣子，不禁心中大怒，用手向鏡中打去。拍的一聲，反把小手兒打痛了。於是帶哭帶喊，逃出了房。一見張先生，便告訴他如此這般。

張先生道：「你見的是你的影子，哪裡真有人呢。但是借此你可學些乖，你從此以後，再不要裝出怒臉給別人看了，你要怒別人，別人亦就怒你；再不要舉手打人了，你要打人，反打了自己。我的兒呀，對人總要和氣。鏡子裡的是假人，尚且不可怠慢，真人更不必說了。」

尋快樂

童話第一集第三十二編，說過滿足尊神在下界遊戲，抱了一片慈悲心腸，想教不滿意的人，變為滿意。歷試了農夫、小吏、婦女三種人，才知填不平的是江河；依不足的是人心。悶著一肚子氣，回轉天宮，見了上帝。上帝說人心如此，因沒有快樂種子的原故，就令尊神把快樂種子，散布人間，果然人人快樂，世界和平。

童話第三十二編到此已完，雖已說出快樂種子四字，卻沒有將後事交代清楚。在下知道看官們悶在心中，已歷數年。特地再編這本童話，以補前書之缺。諒看官們不以畫蛇添足，譏笑在下。

且說滿足尊神奉了上帝之命，將快樂種子散布人間，自回天宮。那種子一到塵世，播入凡人的三寸心田之內，本來可以長苗生根，日興月盛。無奈世人心田之內，早已長滿了貪念、嗔念、癡念，這都是快樂的障礙。好比田內的莠草，莠草不除，五穀怎會生長？貪嗔癡三念不除，快樂決不能得。因此上帝的美意，世人不能領受，雖然個個想尋快樂，卻個個走錯了路，愈尋愈遠。在這紛紛擾擾的當兒，出了一件青年尋快樂的故事，做了在下這本童話的材料。

在下此書開場之時，這青年正當十四五歲，不記他何國何省、何縣何鄉人氏，只知他性情和善，資質聰明，家財富足。他家有幾個常往來的賓客：一名經驗，一名錢財，一名勤儉。這三人都是青年的老前輩，青年和他們也只相識而已，並不怎樣親熱。內中惟有經驗往來較密，青年因他飽經世故，見識獨高，另眼相看，奉之如同師長，遇有疑難之事，常常請教。

一日，青年在家獨坐，悶悶不樂，經驗進來見了，便問其故。青年道：「正要和你商量，我想找尋快樂，但不知怎樣尋法。你知道麼？」經驗眉頭一皺，略想一想，說道：「我也不知底細，但有一人，他知道得快樂的法子，他能介紹快樂與你。」青年聽了，不勝之喜！忙問何人？經驗道：「便是勤儉。」一言未畢，門外早進來一人，卻是錢財。

錢財那人，生得圓頭肥腦，滿身俗骨，喜管閒事。無論何事，他一插身，便弄得是非不明，皂白不分，君子化為小人，鐵漢變做軟漢，真是世上最壞的東西。他和青年見了，問起原由，聽到經驗勸請勤儉做介紹，連聲喊道：「不成不成！

你休聽經驗的胡說。你要快樂，只尋我老錢，我老錢有本事將快樂給你，如何反去尋勤儉呢？勤儉那古板的脾氣，人見了他，便覺生氣。」經驗冷笑道：「照你說來，你有何法，可尋快樂。」錢財道：「我有好友玩耍，他那裡有好看好吃的東西，有好聽的音樂，有各種玩具，既不必讀書，又不必工作，這才是歡喜之場，快樂之窩。」經驗哈哈大笑道：「錢兄錢兄，你當玩耍是尋快樂的妙法麼？錯了錯了，常言道『小時不苦老來苦』，可惜世人懂得這句話的很少。我的年紀，活了一把，很知道些世情，所以勸青年去找勤儉。我知道勤儉的良心最好，青年如見了他，把他的話奉為指南，快樂就在眼前。」

錢財聽了，雖不以經驗之言為是，但也無話可答。只說道：「此事由青年自願，你我不必爭論，只聽青年自己挑選便了。」因問青年道：「青年，你要找快樂，現有兩條路：經驗說勤儉家裡，可得快樂；我說玩耍家裡，可得快樂。到底走哪一條路，要你自己決斷了。」

青年聽了，好生委決不下，心想經驗的話，果然有理，錢財的話，似乎更有把握，況且世人求快樂的，都託錢財介紹，想來決不會錯。又想起勤儉的脾氣古怪，決不是快樂的所在，念頭一轉，便把平日信仰經驗的心腸，化為烏有。開口說道：「我本來也沒有定見，既然錢先生如此說，世上的人也是如此做，想來不會錯，我就跟錢先生去試一試罷。」說到此處，回身對經驗道：「經先生呀，我不聽你的教訓，你不要見怪，我們平日交情，依然存在，請你常來看我，見有錯誤的地方，指教指教。」經驗答應了。青年便請兩人略待，翻身進內，料理行裝，立刻要跟錢財同去。在下也趁空說句話道：「青年聽了錢財的話，可就走錯了路了。幸虧他不與經驗絕交，還有救星。今且不先說出，看官讀至下文，便知端的。」

青年既決定跟錢財去尋玩耍，就先到玩耍家裡，原來玩耍是個專好遊蕩、不務正業的人。常常與他往來的，無非是與他同類的人。其中如煙酒賭色諸人，最會壞事，都是玩耍的好友。青年本來不認識這班下流人，今因親近了玩耍，就不知不覺，與他們湊在一處了。

青年要從玩耍家裡，去尋快樂，主意已大錯了。話休煩瑣，且說青年見了玩耍，急急問他快樂的所在，玩耍笑道：「我也不知快樂何在，你也不必問他，但跟我做去，包你有個快樂是了。」青年聽了，不知他葫蘆裡賣的什麼藥，半信半疑，正想和經驗商量，當不住玩耍拉了便走。接著玩耍的朋友，也一窩蜂擁上，把青年圍住。青年到了此時，忘其所以，跟了他們，走到那沒天沒地，無拘無束的地方去了。後來經驗知道，只有暗暗發急，無法挽救。

青年從此以後，昏昏沉沉，跟著玩耍，無所不為，但覺般般稱意，事事隨心，喜得心花大放，從前一點疑心，早拋入爪哇國裡，認定已得到真快樂了。

從此青年入了迷，盡跟著玩耍度日，正事不理，正人不近，講究的無非穿著吃喝，陶情的無非遊蕩風流。玩耍家裡的朋友，沒有一個不當親骨肉看待，有時遇見經驗，經驗向他點頭，青年理也不理。經驗見不是路，也暫時避開，青年感謝錢財不盡，說多虧了他，才得交玩耍，見了這種世面，究竟是否找到真快樂，也辨不明白，但覺這種日子，實在好過。但在下卻替他擔憂，恐怕這種日子，不得久長。

果然過了半年，青年的禍事到了。原來錢財和他疏遠，絕跡不來了。說起錢財這人，最無恒心，今天和張三要好，明天便和李四相好，加之世人沒有不歡喜他，他的交往極多，更不能長在一人身邊。青年癡心妄想，以為錢財永久出力幫他，萬不料有這一日，只弄得束手無策。玩耍那裡，本來由錢財介紹，沒有錢財，也就不理不睬，冷淡下來。

不但如此，青年從前和玩耍做伴的時候，整夜遊玩，至曉方才睡覺，恰和眾人相反，大家好夢濃酣的時候，他卻興高采烈地，在人堆裡受汗氣。朝日初升，空氣清新，大家起身做事的時候，他卻埋在被窩中，呼呼好睡。可憐他半年以來，日日如此，竟沒福去吸些新鮮空氣，見些太陽光。

看官總知道新空氣和太陽光，是人生不可缺少的東西，青年既沒福見這兩樣寶貝，自然與衛生有害。他每逢睡的時候，頭重得和鐵錘一般，眼酸得和醋一般，四肢百體軟得和棉花一般，醒來的時候，頭雖輕了些，卻又脹得厲害，眼雖不酸，卻又澀了，口中又苦又膩，面色青白，行路無力。這都是錢財賜他的好處，玩耍給他的幸福。向來在高興頭上，倒不覺得，如今一齊發作，正是屋漏又逢連夜雨，船遲更遇打頭風。

青年一頭跌倒床上，爬不起來。他本來有幾個正正氣氣的朋友，自從與玩耍結交，早與諸人斷絕，他們嫌青年不向上，不學好。青年也覺他們古板可厭。那時正和玩耍打得火一般熱，少了這幾個朋友，反覺耳根清靜得多。今日孤零零躺在床上，從前舊事都到心頭，又恨又怒。心想道：「我在世界上，不是成了一個孤漢了麼，玩耍當初何等歡迎我，怎麼此刻又拒絕我呢？錢財當初巴巴地到玩耍家裡去，怎麼又半路上逃走呢？我那些舊朋友呢，我又沒得罪他們，怎麼他們又齊夥兒不睬我呢？哎！我真不懂。」

青年想到此處，忽然腦中像電光般一瞥，來了個久已忘記的念頭，道：「我為什麼要去認識玩耍呀，我要找快樂，錢財始介紹我與玩耍相見，那麼現在找到了快樂沒有？玩耍家裡的事情，有一件是快樂麼？說是沒有的，怎麼我到了他家，就再不作找快樂的念頭呢？說是有的，快樂到底在哪裡呢？」此時越想越糊塗，越想越氣，忍不住高聲喊道：「快樂快樂，你原來是這樣的一個古怪東西。你是叫好好兒的人變做了不像人，我今天才知道你了。」

忽然有人接口道：「不對不對，你是想偏了。」青年大吃一驚，忙望床外一看，只見一個人端正地立著，不是別人，正是經驗。青年此時，就見了貓兒狗兒，也是親人一般，何況經驗。只喜得流下淚來，連喘帶籲地訴說道：「經先生，你千萬別怪我往日之錯，我悔已遲了，我只恨為什麼想找快樂。」經驗道：「不對不對，我說你想偏了，果然。」青年聽了，怔了一怔，問道：「快樂是該找的麼？」經驗道：「是的。」青年說：「我找得了禍害，你不見麼？」經驗說：「那是你走錯了路的原故。」青年天良發現，滿臉慚愧，不敢回答。

經驗又道：「人生在世，怎麼好不求快樂呢，沒有快樂的希望，做事便不勇敢，活著也沒有興趣。可是取得快樂的法子，須要辨得明白。須知快樂不比桃子李子等果子。桃子李子有現成的桃樹李樹，可以跑到樹下去采，卻從沒有現現成成的快樂，讓人去取的。玩耍家裡，似乎像有現現成成的快樂，讓人去取。豈知他有的，實在不是真快樂。真快樂是在勤儉家裡，你只要到了勤儉家中，聽他的指教，久而久之，不愁不見快樂了。」

青年聽了，如夢初醒。只說：「我真糊塗極了，這都是錢財害我，事已如此，不必再說。我們且講後來，經先生呀，你想勤儉不會動氣麼？我生怕因為前次這一些兒汗點，勤儉就不肯和我做朋友了。」經驗說：「你放心罷！勤儉為人最好，他真可稱為不念舊惡，隨你從前怎樣同他仇恨過來的，只要一轉心真心向著他，他無有不來，來了之後，無不盡心幫忙。」

青年聽了，喜得心花大放，病早去了一半。霍地爬將起來，伸伸腿走下床沿，一把拉住經驗道：「你真是我的恩人，你可不要去了，我現在就只有你一個朋友。」經驗微微笑道：「不會不會，你朋友並不恨你，恨的是玩耍，如今你丟了玩耍，去尋勤儉，勤儉就能使你們舊朋友，和好如初。」青年喜得亂叫道：「真的麼？」經驗道：「千真萬確。」青年一手拉了經驗道：「我們此時就去找他，你想找得到麼？」經驗哈哈大笑道：「你只要一轉念，他就會來，哪有找不到的道理。哈哈！勤儉不是同玩耍似的，定要錢財做介紹。」

青年喜極了，拉了經驗便走。經驗又鄭重囑咐他道：「欲見勤儉不難，就怕不能長久做伴。青年，你該知道和勤儉做伴，越長久，快樂越多！一天二天是不中用的。」

這個故事到此就完，看官若問青年真找到勤儉沒有？在下可答道「一找就到」，再問找到了勤儉，那就有快樂了麼？在下可要抄經驗的話來回答道：「勤儉越久，快樂越多，那快樂的味兒也越真。」諸位不信，要清早醒來之時，把一日所做的事，徹底一想，便見得此話不錯了。

驢大哥

話說義大利南方有個小村莊，總共有百十來家人家，都靠種田度日。內中有個農夫，養著一匹驢子，已有八九年了。那驢子少壯之時，本來身強力壯、毛潤肉豐，如今老了，瘦得好不可憐！看去簡直是骨頭撐著皮。身上的毛，東一搭西一搭，像癩狗一般。一日，從田裡工作回來，氣咻咻地躺在豆棚之下。

豆棚對面，小小的三間茅屋，燈光射眼，這便是主人和主婦的住房。主人主婦正在談論家務。聽主人道：「瑪利，這驢子老了，做不得工了。今天駕了犁，才耘得半畝多田，便倒在地上，不能動了。」瑪利接口道：「可不是麼，工是做不來了，食量倒還來得，養著它，活活賠錢，亨利，明天賣了吧。再不然，把它殺了，我看那張皮，倒還值幾個錢。」主人點了點頭，便各歸寢。

咳！可憐可憐，驢子替主人做了半世工，老了做不得，主人還要殺它。他們一席話，驢子句句聽得，雖然口不能言，心裡卻知道，暗地垂淚道：「我現在雖做不得工，我也曾做過工來。我做得的時候，半夜裡替主人磨粉；白晝裡替主人耕田，做工回來，還替主人拖了一車的草，幾十斤重的犁，閒了時，還得馱著主婦和小主人，到鎮上去逛。那時主人報答我的，不過一束乾草，幾升黃豆罷了。」

驢子想到此處，肚中覺得很餓，勉強立起身來，走前幾步，將頭在主人房門上輕輕撞了一撞，意思是要飯吃。主人在房中說道：「驢子討食了。」主婦道：「明天就要賣了，還喂他做甚。」驢子又聽得明白，眼淚汪汪地回到破棚，一咕嚕躺下。又想道：「這一年來黃豆也沒有嘗到，主人說我貪吃懶做，天天只給乾草我吃。主人啊，天天只吃乾草，怎生長得出氣力？咳！不料從今以後，乾草也沒得吃了。」

驢子此時，忽然翻身跳起來，自言自語道：「主人用不著我，我不好走麼，我生了四條腿，養不活這一張嘴麼？我為什麼定要靠人？不自己去尋生活。」這時星月滿天，正當夜半，驢子主意既定，悄悄兒乘著月光走了。看官，須知驢子私自逃走，委實是主人太虐待的原故。去雖去了，將來如何，卻沒有把握，當下亂走了半夜。天將明時，到了鄰村，事有湊巧，劈頭就遇見了一條狗。

那狗垂頭喪氣，臥在路旁，煞是可憐。驢子想道：「他不在人家門口躺著，卻臥在路旁，光景是無主的野狗了，敢情也是私逃，和我一樣麼？」因上前問道：

「犬兄，你一向好麼？我見你怪憂愁的，也覺代你難過，你莫非耐不住主人的暴虐，私下逃出來的麼？咳！我也有苦難說，你何妨說出來，我們大家商量著做。」

犬聽了，搖頭嘆氣道：「不瞞驢大哥說，我們雖然沒甚用處，忠心義氣，卻是有的。在主人家時，隨你怎樣苦，我們總是耐著，不忍相離。逃走二字，我心裡從沒有過，現在老不中用，主人趕我出來，我的死活，他不管了。」驢子道：「原來如此，實在可憐，只是犬兄現在打算做什麼呢？主人雖趕了你，你總得有個行業才好過活，若是閒著，總不能久。」犬說：「我正沒個計較，驢大哥有什麼妙計麼？」驢子見問，便先把主人要殺他，他私下逃走的話，說了一遍。然後說道：「我已想有一條活路在此，只消多得幾個同志，便可成功。」犬問怎得一條活路呢？驢說：「做把戲是了。」犬聽了，也以為然，當下驢與犬同路，向前而去。犬與驢走得不遠，又遇見一貓，犬和貓本是舊相識，如今遇見，即上前和貓談話，方知貓的境遇，正和驢犬一般，真所謂同病相憐，當時也合了夥，一齊向獨立謀生的路上，用力做去。

他們三個一路行去，心投意合，不覺村莊走盡，當面現出一座大森林來。瞥見道旁臥著一隻雄雞，雙足被縛，不能行動。那雄雞高冠美羽，又肥壯，又美麗，不知何故遭這困難，驢子對犬貓說道：「這位高冠公的嗓子，是無人不歡迎的，我們團體之中，不可少了他，我看他那樣子，一定性命就不保了，我們眼見不平，不可不救。」

三個商量定了，遂公推貓去慰問雄雞。雄雞含著一包眼淚，回答道：「我替主人報曉，一向不曾錯誤。昨夜月光很亮，我半夜醒來，一時糊塗，認做天曉。提起喉嚨，叫了幾聲，把主人驚醒，主人因此大怒，說半夜裡啼的雞，是不吉利的，預備了滾湯，快要殺我了。」貓聽了，著實替他不平，遂把來意說明，邀同入夥。雄雞自然願意，貓立刻將雄雞腳上的繩咬斷，引他同見驢犬，一齊向大樹林中去了。及至走近樹林，天已黑將下來，四個商量寄宿之處，都說還是樹林中好，大路上怕有人見了不便。於是揀一棵大樹，做了他們四個的臨時旅館。犬和驢就在樹根邊躺下，貓爬到枝間去睡了，雄雞直飛到樹頂上宿。

到了半夜，那高踞樹頂的雄雞，忽然見遠處有火光，時明時暗，好生詫異，因對貓說了，貓又和犬驢說了。大家猜了半天，不明其故。雞說：「我看此火有些蹊蹺，一定不是人家的燈光，大約是村中失火。」犬說：「那麼我們趕緊跑去，瞧他一瞧。」三個都贊成此言，立刻出發，向火光奔去，到得相近，方才知道所猜全差，原來是好好兒的一所樓房。

雄雞看見的燈光，便從這樓窗中射出，又聽樓中談笑飲喝的聲音，像有七八個人的光景。樓下大門，卻又開著，也沒人看管。驢子悄悄兒對三個同伴說道：「我看這些人半夜喝酒，必非正人，好在他樓窗不關，我們爬上去看一看，便知端的。」

爬牆走壁，本來是貓的慣技，他一聞此言，便撲的跳上驢背，再從驢背，跳到窗邊，向窗裡看了半晌。回報道：「屋內有七八個人，都像強盜，桌子上擺了好酒好肉，正吃喝著咧。」驢子道：「如何，果然不出我之所料，強盜之物，是不義之財，我們不妨取之。」因輕輕對犬貓雞說了幾句，三個都讚好，立刻依計而行。看官知道驢子用什麼妙計呢？原來他自己立在窗前，教犬立在他背上，貓又立在犬的背上，雞又立在貓的背上，如此一接，早和樓窗一般高了。驢子以咳嗽為號，但聽暗號，四個一齊狂叫，頓時驢聲犬聲貓聲雞聲，混做一片，又響又雜，在這冷清清的荒村，半夜聽了，好不可怕。樓中強盜，正吃有半醉，猛聽得這一種怪聲，疑是官軍來捉，不及收拾，立即逃命，一溜煙走得無影無蹤。

強盜既逃，驢犬等四個，便安然進門，把強盜剩下的食物，盡情享用。吃得飽了，安排睡眠，把燈光都吹熄了。驢子便在庭中大樹底睡下，犬伏在門後，貓蹲在幾上，雞飛到屋頂睡了，不在話下。

且說強盜逃了一陣，不見有人追來，便又聚集一處，商量報復的法子。盜魁出個主意道：「我們逃得太要緊了，沒有認清敵人是什麼人，如今須得先派人去探聽虛實，最是要緊。」遂派出一名伶俐小盜，命他快去快來。

小盜領命自去。到得屋旁，只見燈火全無，黑魆魆不見一物，靜悄悄不聞一聲。又怕又疑，不敢進門。側耳聽了聽，不見什麼動靜，方才扭扭捏捏地摸進大門，又摸到房中，四下裡亂張。只見茶几上，有二個棋子大的東西，亮晶晶正發綠光，這原是貓的眼睛，哪知小盜竟認是炭盆中的餘火，忙在腰間掏出火紙，直摲過去，想要取火。貓見了，張開利爪，一腳抓去，正抓在小盜面上，小盜呀的一聲，縮轉身便逃，此時心慌意亂，不比來時的腳步輕，走路仔細，到得門邊，早撞在門上，又驚醒了門後的犬，跳起來向小盜腿上，咬了一口，小盜更嚇得什麼似的，顧不得痛，逃至庭中。此時驢子也醒了，把住大門，候小盜出來，踢上一腳，小盜一個翻身，滾到門外去了。

小盜生怕有人來捉，便連爬帶滾，落荒而走，忽聽雄雞高叫的聲音，竟聽作喊捉強盜，更加沒命地亂跑，好容易脫了險地，遇見了同黨，已弄得一絲兩氣，說不出話了。

盜魁見小盜受傷而回，大吃一驚！仔細盤問，小盜只得添些枝葉說道：「小的到了那邊，燈火全熄。摸到屋中，見幾上有塊沒有燒完的炭，正想用火紙去取火，忽地來了個人，伸開五指，將我面上抓了一把。我轉身向外逃走，門口又有人攔住，將我腿上砍了一刀；到得園中，只見一個黑衣大漢，捉住一條鐵棍，將我攔腰一棍；我逃出大門，哪知屋頂上還有人守著，連呼「捉強盜」！若不是我兩條腿快，早已送了性命。他們人數極多，處處有埋伏，看來不是好惹的。

眾盜聽了小盜的話，都信以為真，便連夜逃走，再不敢來。從此驢犬貓雞四個，安穩住下，不愁風吹雨打了。只是住所雖然有了，食料還須想法，第二天四個開會商議，因為驢子是發起人，就推為主席。驢子說道：「諸位朋友，我們初出來時，原打算從死路裡開條生路，吃苦是不怕的，今賴上天保佑，居然不費力氣，得了這個住所，我們感謝之餘，仍要大家努力，去尋生路，萬不可懈惰了當初的志氣。再者我們四個須要相親相愛，同心合意，方能將生活問題，維持到底。」

犬貓雞聽了，一齊應道：「是啊，我們全聽驢大哥的吩咐。」驢子謙讓了一番，然後出個主意，說每日下午，一同出去賺錢，驢子和貓做把戲，雄雞唱曲子，犬收錢。

從此以後，附近的村莊上，常常見這四位朋友的蹤跡，藉此得了人家的冷飯殘肴，得以過活。看客中有知道這四個朋友的來歷的，著實敬重他們能自立，能用力氣換飯吃，便格外照顧他們。

蛙公主

從前某國國王，有位小公主，年才八九歲，生得面如蘋果一般紅，髮如金子一般黃，伶俐聰明，國王十分愛惜。選了忠實溫厚的婦女，做小公主的保姆；又挑了一隊伶俐的女孩子，做小公主的伴侶。

那小公主天生的好性兒，從不和人吵嘴，鎮日跟了保姆，不在宮中念書，便在園中遊玩，到了晚上，在父母面前，百般承歡。國王得此女兒，真是「不重生男重生女」了。

王宮之旁，有座大林子，林子中有株大橡樹，橡樹旁邊，有一道滔滔汩汩的清泉，遠遠地從別處山上流來，圍繞橡樹，成個半圈。小公主很喜歡這泉水的聲音，每到夏天，常到林中避暑，在泉上玩耍。

一日，國王給小公主一個金球，小公主見這黃澄澄圓滾滾的金球，好生喜歡，便一口氣跑到林中玩耍。不提防一個失手，那金球竟滾至泉上，只聽得撲通一聲，落入水中去了。

小公主失了金球，忙叫保姆去取來。那泉水既深，金球重而且滑，撈了半天，竟不能得，小公主急得哭了！忽聽草裡有聲說道：「小公主不要哭，保姆們也不須著急，只消請我一聲，金球便可到手。」

小公主低頭一看，原來說話的是隻青蛙。問道：「說話的是你麼？你是個小蟲子，不中用。」青蛙道：「你不要看輕我，我有本事到水裡去，把金球找來。但是我找到了球，你怎樣謝我呢？」

小公主聽了大喜，連忙說道：「好蛙兒呀！你要什麼呢？我有美麗的衣服，好玩的東西，好吃的餅餌，隨你挑一樣罷。」青蛙說：「我都不要，只消你許我和你做伴，你玩耍的地方，我也去。你吃的東西，我也吃。你睡的小床兒，我也睡。你許了這幾件，我便來助你。」

小公主一口應允，喊道：「什麼都依你罷，你快去替我取來。」口中雖如此說，心裡卻思忖道：「這蛙討厭極了，像你這樣骯髒的東西，我怎肯同你做伴？」原來小公主但哄青蛙去取金球，球到了手，便不顧親口允許的話了。青蛙卻認以為真，興興致致，跳入水中，游來游去，摸著金球，雙手捧了，浮出水面，獻與小公主。

小公主一見了金球，伸手搶得，反身就跑，青蛙在後面喊道：「小公主，小公主，你跑得這樣快，我跟追不上，快帶了我同去。小公主頭也不回，盡力地逃，就同賴債人見了債主一般，不半刻工夫，早跑到宮裡去了。回頭看那青蛙，影子也沒有，想來趕不上，停留在半路了。小公主於是大喜。

第二天早晨，小公主正和國王王后早餐，說說笑笑，好不快活，早忘了昨日那件不道德的事情。忽聽門外石扶梯上，拍韃拍韃，像人走路的聲音。到了門口，有聲說道：「小公主，請你開開門。」小公主便立起身來，開門一看，原來並沒有人，只有昨日那隻青蛙，端端正正伏在門口。

小公主見了，比見了惡魔還怕，下死勁將門關上，逃了進來，臉色全變了。國王王后見了，齊聲問道：「你見了什麼？這樣怕。敢是門口有野人，要捉你麼？」小公主搖頭道：「沒有野人，不過是一隻極難看的青蛙罷了。」這句話說得國王和王后都笑將起來。

國王問道：「好孩子，你怕那青蛙做什麼，他為什麼來找你？告訴我來，好替你作主。」國王這句話，原不過是一句玩話，卻道著了小公主心事。在父母面前，不敢相瞞，只好把如何失落金球；如何青蛙代她取來；如何要她報酬，一一說了一遍。又道：「試想青蛙這東西，是很討厭的，孩兒如何肯同他做伴，那時答應了他，原是一時沒主意，不知怎的，他竟日夜尋我。」

小公主告訴了國王，心想父親平日間何等恩愛，今必幫她把青蛙趕出，稱了自己的心願。兩隻小眼睛，不住地向國王看著。哪知國王板著臉，帶著幾分嚴肅的神氣。說道：「這是你的不是了，你既應許了人家，就得照辦。快去開門，引他進來。」

小公主見父親生氣，不敢違拗，沒奈何離了座位，去開了門。見那青蛙仍在門外，便跟著跳了進來。到了座邊，小公主坐下，蛙兒叫道：「我跳不上，你扶我罷。」小公主萬分不願意，偷看國王時，只見他一雙眼，還盯住自己，便勉勉強強把青蛙抱到身邊，放在椅上。青蛙到得椅上，便向桌面一跳，在盤兒碗兒中間團團走了一遍，仍走到小公主面前，向小公主說道：「我跳了這半天，餓得慌了，請你把那金盆移近些，我們一起喝罷。」小公主勉強把金盆推了過去，青蛙捧著就喝，活像個人。

早飯吃畢，國王要上朝辦事了，小公主也要去讀書，讀完書又要玩耍。只有青蛙沒事，便緊跟著小公主，不放鬆一步。小公主到東，他也跳到東，小公主到西，他也跳到西；小公主吃午飯，他也跟著吃。如此一天，小公主討厭極了。心想：「父親卻怎地沒忖量，硬叫我和爬蟲做伴。無知的蟲兒，就欺騙他一回，又有何妨。」

小公主的心思如此，那國王的心思，卻又不同。以為吾人說出了話，應許了別人，一定要去做，不可失信。青蛙不過是個爬蟲，尚能把金球找出，履行他的話，小公主是個人，反可以失信麼？所以他處處叫小公主依從青蛙，這也無非想借此教訓小公主，使她知道尊重信義罷了。

按下閒話，且說青蛙跟了小公主一天，不覺已到晚餐的時候，他照舊爬在桌上，東一跳，西一跳。小公主偷眼看她父親，見他並不生怒，一時夜飯已畢，小公主照例要到父母宮中，閒談一回，然後歸寢。青蛙也跟了進去；小公主出來，青蛙也跟了出來。

小公主的寢室，是在樓上，辭過父母，正欲上樓，忽聽得青蛙又叫道：「小公主，我跟了你一天，委實倦了，現在沒有氣力爬樓梯了，你抱我去罷。」小公主聽了，不覺怕起來，直跑到王后身邊，口說：「這青蛙冷冰冰的，我不敢碰他，怎麼叫他在我房裡呢？」

王后忙安慰小公主道：「好孩子，不要怕，青蛙不會咬人的。」國王卻仍舊正色對小公主道：「你用得著他的時候，他曾替你出力，如今他用得著你，你理應報答。」小公主聽了，只好露出藕也似的手膀，伸開兩指，把蛙兒提了，跑上樓梯。到得房中，橫豎父母不在面前，將蛙兒擲在牆角，自到床上睡了。

青蛙被公主一擲，疼得亂叫。停了一回，又跳到小公主床前，對小公主道：「我睡在牆角，好不寒冷。橫豎你的床很大，多了我一個，也不要緊，請你容我蹲在你的床角，也好得些暖氣。」小公主不去睬他。青蛙沒命地一跳，竟跳到床上。

小公主見青蛙跳上了床，陡然怒從心上起，惡向膽邊生。伸手提起蛙兒，猛力向地上一摜，只聽得咕嚕一聲，再不響了。小公主此時好不暢快，不顧他是死是活，安心睡去。

第二天早晨起來一看，蛙兒果已摜死。忙叫宮女拿去埋了。一會兒又到早飯時候，小公主見過了國王王后，照常陪著吃飯。國王想起那蛙兒來，便問小公主，小公主把蛙兒如何討厭，欲跳上床來，被自己摔死了的話，說了一遍。國王聽了，大怒道：「你這罪不小，和謀財害命一般。蛙兒要到床上，是你應允他做報酬的，並非例外。你不睬他，已經可惡了，如何還傷他一命？」

小公主嚇得說不出話來，心裡後悔，不該下此毒手，不覺哭將起來。對國王道：「父親，孩兒知道錯了，你有什麼法子，把蛙兒弄活來，孩兒一定不討厭他，和他做伴了。」國王不由得笑將起來，說道：「好傻子，你弄死了他，倒教我醫活他麼？現在我無別法，只教你再到樹林中找個蛙兒，小心養他，便算你悔悟改過。」小公主連聲答應，自和保姆們去了。

小公主既到林中，林中有一群美麗的鳥，在枝頭唱歌。見小公主來了，都一陣飛去。小公主心中納悶，對鳥招手道：「你不認得我麼？我天天來，你從沒有避過，怎麼今天見我就飛呢？」群鳥一面飛，一面回答道：「小公主，我們一向只知你是個好人，今天才知你是無情無義的。我們的朋友青蛙，死在你手，我們不敢近你了。」說著，早飛得無影無蹤。小公主慚愧滿面，不作一聲，悄悄地來到泉上。

泉上有一群粉蝶，平時小公主來了，他們繞身飛舞，表示歡迎的意思。今日見了，都展開雙翅，四散而去。小公主見粉蝶如此，忙道：「好蝶兒，好蝶兒，你告訴我，你為什麼見我逃呢？」蝶皆說道：「你害死了青蛙，你不是好人，我們都怕你。」小公主見鳥和蝶都說自己不是好人，心中後悔不迭，不知如何方好。

正在沒有法子的時候，忽然聽得閣閣閣閣的聲音。

小公主喜得跳將起來，回頭一看，果然草裡有個青蛙，遠遠伏著。小公主生怕驚走了他，輕輕上前，對他說道：「好蛙兒，我父親叫我尋一個蛙來，好生看待，贖我前罪，好蛙兒，你救救我。」蛙兒掉轉頭，閣閣閣閣地說道：「小公主，我不能信你，我同伴有功於你，尚且遭你毒手，我沒來由，怎好白受你的供養？你喜歡時養我，你怒時，就有性命之憂，我不我不。」說完了，竟跳入水中去了。

小公主聽了，心中好不自在，無心遊玩，立刻跑回王宮，見了國王，告知如此這般。並說道：「孩兒叫他們不來，只有父親替我設法。」國王笑道：「不能不能，你請他們，他們尚且疑心不肯，強去捉他，越發不中用了。」正說著，忽然一個宮女，慌慌張張跑來，對國王道：「那蛙兒活了，只是已變了形。」小公主忙問變了什麼了。宮女道：「已變了十一二歲的女孩子。」國王和公主聽了，齊聲稱奇，便命宮女領進。國王把蛙變的女孩子細問一遍，方知她本是鄰國國王的女兒，喚做三公主，被惡人拐了來，欲將她轉賣，三公主不肯，惡人大怒，使起妖法，使她變為一蛙。今妖法退去，故仍變為人。當下國王就認三公主為女，叫小公主稱為姊姊。小公主得了一個同伴，好不快活。國王叫兩人都至面前，各人給了一個金蛙兒，又對小公主道：「你從此以後，記住了此番之事，我尚有幾句話，要教訓你：第一，不可胡亂答應他人做什麼事；第二，答應了必欲做；第三，不可使性，傷蟲兒鳥兒的性命；第四，做錯了一件事，大家就疑心你十件都錯。你不見鳥兒蝶兒，都疑你麼？這四件事牢牢記住，若一時忘了，只要看這金蛙兒，便可想起了。」

兔娶婦

某處大樹林中，住有一兔一狐，他們算是老鄰居，見了面都是很客氣的。狐狸生性狡猾，本來難以作伴，但兔子的心計，也還不弱，狐狸無隙可乘，平日間你來我往，倒還沒有鬧過什麼亂子。一天，狐狸在林中遇見兔子，見他滿面喜氣，極有興致，狐狸因而喚住兔子問道：「老朋友，你一向到哪裡去了？我有一個多月不見你了，今天見你，又是這般快活，到底為了什麼？」

兔子滿面春風地回答道：「是呀，我們許久不見了，你知道我近來交了好運麼？」狐狸聽兔子說交了好運，忙道：「原來如此，怪不得你歡喜，究竟是什麼事？好講給我聽聽麼？」

兔子笑道：「有何不可？其實也沒什麼大喜事，不過我娶了貓兒做老婆了。」狐狸哈哈笑道：「你真幸福，你該一天到晚開口笑了。」

哪知兔子搖頭道：「謝你好意，只可惜我的幸福，沒有你想的那麼大。」狐狸吃驚道：「這又是怎麼說呢？」

兔子道：「不瞞你說，我的女人很凶，氣力又大，腳上的爪，就如鋼刀一般，動不動就要打我。」說著，指小膊上一條傷痕道：「你看，這就是證據了。」

狐狸聽了，又看了，著實替兔子可憐，說道：「這麼說來，我不應賀你，你好沒造化。」

兔子又搖頭道：「謝你好意，我還不至如你所想的這麼不幸。」狐狸聽說又不是，看著兔子，只管發怔。兔子接著說道：「我女人帶了很大的一份家私來，我們現在住的是極精緻的房子了。」

狐狸才明白過來。說道：「你還是有幸福。」兔子道：「這倒又不然，那房子前天燒了，連妝奩也燒掉，什麼也沒有了。」

狐狸不覺大驚道：「呀，燒了，我真替你可惜，你真不幸！」兔子反笑道：「這倒又不然，我正歡喜咧，你可知房子雖然燒了，我的貓妻，也跟著燒死，再也不能抓我了。」狐狸聽了這話，恍然大悟。對兔子道：「我明白了，你今天這麼高興，原來為此。」

鼠擇婿

且說老鼠村裡，有個老黑鼠，算是老鼠村裡的前輩。他有個侄女兒喚做小白鼠，生得渾身白銀也似的白毛，鼠家村裡尋不出第二個，眾老鼠都稱讚她美麗，老黑鼠自然十分得意，常說我的侄女，該配個天神。老鼠隊裡盡是灰撲撲的嘴臉，天然不是侄女的配偶。

這時鼠家村裡還有一個小黑鼠，在小雄老鼠中，也算得最漂亮，他也常常自負，心想娶小白鼠為婦，特到老黑鼠家裡求親。老黑鼠聽了，只是冷笑道：「論足下的才貌，原算吾村裡第一，但我侄女是天仙中人，怎好嫁你？我勸你快息了這個念頭吧。」

小黑鼠討了一場沒趣，只好悶氣回家。老黑鼠見小黑鼠去了，獨自想道：「還是把侄女的親事，快些定妥為要，省得眾人再來嚕蘇。」當下打定主意，立即上天去，看有什麼相當人沒有。

老黑鼠跑到天上，劈頭就見那有光有熱的太陽，老黑鼠想道：「天上就算太陽最尊貴了，且先問他一聲。」因抬頭向太陽問道：「太陽先生，你一出來，地上就有了亮光；你火把也似的熱光，射在田間，射在各種草木上，五穀百草，便能生長，我想你是世界上第一有權有勢的了。」

老黑鼠話未說完，太陽金黃黃的臉上，早露出不快的樣子，搶著打斷老黑鼠的話頭道：「你不知我的苦，當我是至尊無上的了。我實在常受人欺侮。但看這雲，他要把我遮住，不與人相見，便立刻將我圍住，我奈何他不得，只好忍受。豈不是雲的權力還比我大。」

老黑鼠聽了，暗自慚愧。他本來想提起小白鼠的親事，如今聽說太陽不及雲的權勢，便把此念打消，一心去找雲。當下別了太陽，趕到東海邊去尋他。見了雲，老黑鼠道：「雲先生，你能遮蔽太陽，你的權力怕算得天下第一了。」

雲搖頭道：「不對不對！可憐我腳跟無線，全憑風搬弄，風要我東，我只好到東；風要把我吹做幾塊，我便變成幾塊。」說著，早有一陣風來，把雲吹得連爬帶跌，無影無蹤去了。

老黑鼠見了，只是發怔。轉念道：「我只找風就是了。」想罷便急急趕上前去。趕了一程，果然追到。只見風被一座高牆擋住，急得亂轉。老黑鼠上前幾步，迎著風說道：「風先生，你能吹雲，你定是天下最有權力的了。」

風嗚嗚地發聲道：「你還說呢，你不見我今受困於此，奈何不得這垛牆麼？牆比我還強。」老黑鼠聽了，想道：「原來風還有人制他，說不得，讓我再去問問牆。」

老黑鼠忙從空中落到地上，對那牆說道：「牆先生，風和我說，你能擋他，看來世上唯你最強。」牆板著那又厚又白的面孔道：「你看我這樣高厚，風也能擋，卻不知鼠家村裡的小黑鼠，天天來鑽洞，早把我鑽得七穿八漏，身不完全，不久就要坍倒了，我自保都不能，虧你還說我是世上最強的哩。」

老黑鼠聽得小黑鼠三字，連忙跳起來問道：「是哪個小黑鼠？」牆指著前面道：「這不是麼。」老黑鼠回頭一看，只見跳過來的就是前日來求親的小黑鼠。對著他，禁不住滿面慚愧。猛然省悟道：「我跑了這麼半天，想找個世上最有權勢，無人能制的人，卻竟找到了小黑鼠，罷了罷了！可知完全無缺的人，竟沒有一個。萬事只好將就些。看得自己太好，看得別人太沒用，想要稱心，到底終不能稱心，這不是白忙，白糊塗麼。」竟將小白鼠許了小黑鼠。

狐兔入井

有一次群獸大會，為要開墾一所荒地，種植五穀，於是由獅王指派狐兔犬羊牛貓等獸，輪班做工。眾獸奉命，一齊著力：有爪的用爪爬；有尖嘴的用嘴拱。做了半天，兔子已覺很倦，爪也傷了些，卻怕旁人說他偷懶，還是勉強做去。

這時正在六月，火也似的太陽，好不可怕。兔子越做越熱，末後再也耐不住了，便悄悄地走開，想找個陰涼去處，歇息歇息。走不多遠，早見小小一個亭子，亭下有口井，井上吊著一隻木桶，有繩索連在亭子的梁上。兔子看了，不知此是打水的轆轤。想道：「這桶掛在亭子底下，太陽也射不到，想來一定涼快，跳進去睡他一覺，豈不美哉。」兔子為要貪涼，也不慮前顧後，輕輕一跳，就跳上了井欄，由井欄跳進桶中。說時遲，那時快，兔子剛剛腳著桶底，只聽得轆轤轆轤的聲音，那桶直向井中掛下，兔子心想不好，要掣繩子止住它，也不中用，頃刻之間，撲通一聲，桶已碰著水面了。卻喜這一碰之後，桶竟停住。

兔子在桶裡，向上一看，只見有缸口大的一團亮光，想來是天了。再向下一看，不禁啊喲一聲，原來底下是水，離桶口不過幾寸，桶又略略歪著，那水漸漸流進，眼見得頃刻之間，桶中水滿，自己要淹死了。

兔子正在著急，恰好來了個救星。看官道是誰？原來是一隻狐狸。狐狸本來也在做工，卻時時偷眼看兔子在做什麼。兔子走開時，狐狸早已看見，便悄悄地跟在後面。他見兔子跳進了桶，就沉了下去，正在莫明其妙。

狐狸等了一回，見兔子竟不出來，心中更是疑惑，忍不住跳上井欄，向下張望，只見烏黑黑地不辨一物。兔子在下面卻看見了，連聲喊道：「狐大哥！你來得真好呀。」狐狸問道：「你在下面幹什麼？」兔子便撒謊道：「你還不知道麼，這裡有一大堆的銀子，取之不盡。我正苦沒力氣搬呢。」狐狸聽得有銀子，只要彎身去拾，眼熱極了！連忙問道：「我下來幫你搬，老兔，你贊成麼？」

兔子大喜道：「這再好沒有了。」狐狸聽了，心裡喜得發癢！又問：「怎樣下來呢？」兔子道：「你跳進上面那個桶，就可以下來了。」狐狸連聲道是，就跳進了桶。

狐狸既跳進了桶，那桶重了，自然沉下。兔子比狐狸輕，自然升了上來。一上一下，剛剛在半路上碰著。狐狸見兔子一路上去，自己一路下去，暗暗詫異。

只聽兔子對自己說道：「狐大哥，下去要小心呀，留心你這套美麗的外褂，被水打濕。」

狐狸聽得不是路，急喊道：「老兔，你說什麼？我們一同去拾銀子呀，怎麼我下來了，你倒上去呢？」說著，想攀住那繩，其實哪裡攀得住，兔子的桶，只顧轆轆轆轆向上而去。單聽得兔子在上面哈哈大笑道：「你又糊塗了，世上的事，可不是有一個上前，就有一個落後麼？今你落下，我自該升上，這玩意兒你還不懂麼？我勸你且安心等著吧，等再有人要來拾銀子，你也可以上來了，忙什麼呢。」

狐狸聽了，氣得要死！正要開口，早已撲通一聲，浸入水中。後事如何，不消在下說得，看官自己也能猜著，這總算是狐狸貪財的報應了。

怪花園

相傳從前某處有一位老商人，家資百萬，膝下無子，只生有三個女兒，老商人捧活寶似的，捧到三個女兒長大，個個是粉裝成，玉琢就，無人不愛，最小的一個，更生得超群軼眾，宛如天仙一般。小名兒喚做「羅羅」。

羅羅不但相貌生得好，性情也是極好。她兩個姐姐嬌養慣了，每日只知講究吃喝，聽戲赴宴，一大堆的傭人服侍她們，還嫌不夠使喚，家中大小事情，毫不留心，都推在羅羅身上；又妒忌羅羅美貌，背了父親的面，總要欺她三分。羅羅逆來順受，毫不計較，也從沒有在父親前訴說一聲。

常言道天有不測風雲，人有旦夕禍福。忽然一天，一個資訊傳來，說老商人航海貿易的船隻，遇著風暴全翻沉了。老商人的財產，立時破了一大半，這個消息，頃刻之間，傳遍全城。老商人其餘的營業，也大受影響，說不定就要破產了。

老商人見運氣不對，連忙順風轉篷，將所開店鋪，全數出盤，百計彌補，才算把這風潮挨過。家道既窮，城裡日子過不下了，只好把住宅賣去，搬到鄉間住下。雖沒有從前那樣闊綽，還能衣食充足，安穩度日，老商人倒也處之泰然。只有他兩個大女兒，過慣了舒服日子，如今家中改了樣子，覺得終不稱心。古人說「儉入奢易，奢入儉難」真是一些不差。

只有羅羅一人，能體貼父親的艱難，百般操作。每日早晨，起身燒早飯，抹地板，一個人手腳不停，直忙了一早晨。兩個姊姊只是安然睡她們的覺。有時雖然醒了，只躺著閒談，總要到十二點起身，張開口來吃現成茶飯。老商人見她們如此，自然心裡不高興，因此更愛羅羅。她們見了，越發妒忌羅羅。

一天，老商人有些正幹，要到城裡去一趟，羅羅忙著安排出外衣服，什麼風帽呀，罩袍呀，長靴子呀，刷的刷、抹的抹，忙個不了。老商人臨走之時，回頭問三個女兒道：「我到城裡，總得帶些東西回來，你們愛什麼，快說出來。」兩個大女兒聽了這句話，立刻精神也旺起來，這個說道：「我要件上等的緞袍。」那個說道：「我要幾件時式的首飾。」夾著又說了許多裝飾品的名兒，老商人一一答應。卻見羅羅不發一言，因問道：「羅羅，難道你不要什麼？」羅羅很和婉地答道：「是。這些東西女兒都沒用處。」老商人道：「好女兒，你一天做到晚，怪可憐的，你要什麼只管說，我一定替你買來。」羅羅不好卻父親的意思，只得說道：「女兒愛幾朵玫瑰花，父親有便，隨便採幾朵來就是了。」老商人欣然答應，翻身上馬，撒開四蹄，得得去了。羅羅立在門首，直到望不見影子，方才走進屋裡，自去安排午飯，不在話下。

且說老商人到了城中，事畢將歸，大女兒二女兒要的東西，都買得了，單單沒有玫瑰花。城裡的種花人家，都去問過，都是沒有。老商人心想既然城裡沒有，只好在路上留心找了，遂望原路而去。一路上東張西望，只見萬紫爭妍，千紅鬥色，各種花草，觀之不盡，單單沒有玫瑰花。老商人愛女情切，見是沒有，好生焦灼，立馬四望，遠遠地見有一所大房屋，那樓閣亭臺之旁，隱隱見有樹木蔥蘢之形，想來是座花園了。老商人心中大喜，拍馬向園而去。

哪知這園望去甚近，走去卻遠。老商人忙不擇路，幾個彎曲，早迷了路，這時天又漸漸黑將下來，老商人心裡更慌，加鞭急走，左轉右折，直到星月滿天，方見一座大房子，現在面前。老商人已累得滿身臭汗，好不疲乏，見園門開著，便闖了進去。園內燈燭輝煌，華麗非常，卻不見一人。老商人不問情由一直走進大廳，左首便是餐室，一張花梨小桌上，端端正正排著六色肴饌，熱氣騰騰，像是初出鍋的。

老商人正在餓得慌，見此如何不吃，吃完了仍舊不見一人。老商人想回家是來不及了，只好在此權宿一宵。便出了餐室，跑進對面的臥室一看，只見一張小鐵床上，鋪有簇新的被褥。老商人脫下衣服，倒頭便睡。一覺醒來，早已紅日當頭。急急起身，穿好衣服，又見盥洗的器具，端端正正，擺在面前。洗好了臉，走進餐室，熱騰騰的早餐，也已擺好。老商人坐下吃了，心中好生詫異，立起身來，向窗外望去，見園中果有一叢玫瑰，開得十分茂盛。

老商人心中大喜，連忙吃完早餐，到園中採了幾朵，牽了來時的馬，感謝這園主人不盡，取出幾個金錢，放在桌上，權代食宿之費，便上馬出園去了。

老商人行得不遠，忽聽背後有怪聲喝住，回頭急看，見一人身獸面的怪物，飛也似的追上來。老商人大吃一驚，正待鞭馬急逃，早給怪物追上，扯住馬韁，不得脫身。那怪物厲聲呼道：「你昨晚到我園中，我見你回不到家，好意款待。你不識好歹，竟竊了我園中的玫瑰。如今跟我到園，還我花來，休想逃去。」老商人聽得明白，方知是玫瑰花闖下的禍，便滾鞍下馬，苦苦哀求。說道：「恕老漢冒昧之罪，若能饒我一命，情願獻上厚禮，以贖微命。」

怪物道：「恕你的罪不難，只須聽我說話，第一，你要贖罪，不須禮物，只將你回家時第一次遇見之物送來，便算贖了罪。第二，你如不將第一次遇見之物送來，你須自來。限你一月為期。」老商人一一聽明，忙道：「依得依得。」一面心中想道：「第一次遇見之物，不過是一隻貓，一隻狗，值得什麼。」當下怪物自去，老商人也上馬歸家。

老商人一路留心，巴望早看見一隻貓，或是一隻狗，便好一把捉住，送與怪物，了卻這樁心願。哪知天公不作美，路上竟不見什麼鳥獸，近得家門，第一個迎上來的，倒是小女兒羅羅。

羅羅見父親回來歡喜得什麼似的，老商人卻急得什麼似的，口裡只說「壞了壞了！」羅羅不知就裡，張著眼只管發怔。老商人嘆口氣，一把拖她進去，一五一十地告訴了她。指著玫瑰花說道：「不知怎的，平時這花極多，這回偏偏沒有，以致惹下這個奇禍。」

羅羅見父親為了玫瑰花，觸犯了怪物，悔之不迭。便道：「父親勿憂，到那時女兒自去見那怪物，想來不見得定有性命之憂。」老商人聽了哪裡肯依，扯了羅羅，哭做一團。兩個大女兒聽得，跑了出來，問知就裡，心中暗暗歡喜。也不勸慰，冷笑了幾聲，搶著買來的東西，自進去了。

這裡老商人提心吊膽地挨過了三五天，對三個女兒說道：「我是終究要去的，多挨日子也無益，明天決計到那怪物處去。」羅羅聽了，願自己去，不願父親去冒險。兩個大女兒本是深恨羅羅，此時也順水推船，假裝捨不得父親的樣子，說：「還是讓羅羅去罷，她年輕身健，況且是為她闖下的禍，怎好叫老父去呢。」老商人初還不肯，禁不住羅羅再三請求，也就依了。

次日，老商人和羅羅起身到怪物的園中，只見園門大開，不見一人，和前次一樣。兩人進內，見餐室之中，仍有極美的肴饌擺著。老商人是見過的了，不以為異，羅羅卻奇怪極了，當下坐下便吃，吃畢，方見一個人身獸面的怪物閃將出來，羅羅看他相貌雖然可怕，舉止倒還大方。只聽他先對老商人說道：「你不失約，好極了，你的事情已完，明天便可回去。羅羅住在此地，你可放心，我決不為難她的。」說完，引兩人進了一間極精緻的臥室，羅羅見那門上刻著「羅羅之室」四個大字，心中不勝詫異。

一宿已過，老商人硬著心腸，獨自回去。羅羅一人在園中，又是寂寞，又記掛老父，真是度日如年。且喜室中有一面神鏡，心裡想什麼，鏡中便能現出什麼，憶念老父之時，只消向鏡中一望，家中諸事，都在眼前，因此稍能減少愁懷。每日三餐，都很精潔，也不知從哪裡來的。那怪物也不常見，只有晚飯後來談一回，看他實是個人，不過面目生得古怪罷了。自此羅羅安心住下。兩個姊姊滿心要她吃些苦，誰知反過了安樂日子。

按下羅羅不表，再說老商人自到家中，想念女兒，整日價眉頭不展。加之羅羅去後，家中雜務，無人料理。兩個大女兒，照例是享現成的，誰來幫助。家中又沒有一個僕人，一切都要自己操作，你想老年人不得安息，已是難受，再加上了心境，哪能不病呢？不到一月，就動不得了。老商人在家臥病，雖沒有報與羅羅知道，羅羅房中的神鏡，早顯了出來，知道父親害了病，心中焦急，和熱鍋上的螞蟻一般，想要回去，又恐那怪物不許。兩行珠淚，禁不住滴溜溜滾將下來。

羅羅正伏在椅背，暗中哭泣，忽聽得有人問道：「你為何事哭泣？」羅羅抬頭一看，正是怪物，便將自己在鏡中看見父親害病的話，說了一遍。又道：「我做女兒的，父母生病不知道，倒也罷了，知道了，怎麼忍心不去服侍呢？」怪物聽了，一口允許羅羅回去，並將戒指一枚，送與羅羅。說道：「此戒指乃神物也，戴在指上，心中想到何地，便到何地。你俟父病一愈早早回來。」羅羅大喜，拜謝收下。吃了飯，戴上戒指，心中一想，忽然如夢一般，已立在老父床前了。

老商人本來害的想女兒病，今見女兒忽然來前，心中一喜，病已好了一半。到第二天，已全愈了。羅羅又把怪物待遇的情形，說了一遍。老商人聽了，也就寬慰了好多。

羅羅兩個姊姊，聽說羅羅在那裡十分安樂，因羨生妒，因妒生恨，兩個人又商量出一條妙計來：只說老父紀念，極力留住羅羅，不放她回去。其實她們的居心，無非要怪物發怒，將羅羅平空捉去，治她一個罪罷了。羅羅不知，認是姊姊們的好意；兼且戀著父親，在家中勞苦些，卻比在怪物處吃現成飯，倒反快活，因此也就住下。光陰迅速，不覺過了半個月了。

一夜，羅羅做夢，見怪物躺在園中噴水泉旁，聲息全無，竟是死了。羅羅驚醒，心裡掛念得了不得，想道：「夢境原不足憑，只是和怪物約的日期，早已過了，我再不去，成了個失信的人了。」主意既定，便取出怪物所贈的戒指，戴在指上。一個轉眼，早又到了園中。連忙尋到噴泉之下，果見怪物躺在那裡，氣息已無。羅羅想起自己失了信義，累他死了，不覺放聲大哭。忽地裡天空射下一道金光，照在怪物身上，一聲響亮，怪物忽然活了。立起身來，竟變做一個極體面的少年。

那時金光中間，露出一位仙女，對羅羅道：「羅羅不須驚疑，這花園本是我的，這男子本是王子，因他無故傷害禽獸之命，令他變為人身獸面，在此看守園林。今限期已滿，因你孝心可嘉，命你和王子結了婚，你可迎接老父同來，在此園中，永遠受用。」羅羅聽了，拜謝不已。仙女又運起法力，將老商人和他兩個長女，一齊攝來。因那兩女不孝不悌，存心險毒，將兩人變為石像，立在門首，給世上不好的人看了，做個榜樣。

書呆子

只知念書，不知世務的人，俗語喚做書呆子。大凡讀書人拘泥書中的話，與世情不甚切合，做事每多迂闊，或竟不能做事，所以得了一個「呆」字，這是俗人刻薄挖苦的話頭，不值得去講他。

現在人心不古道，學堂之中，有用心讀書的學生，同學們便齊聲叫他書呆子，笑他，奚落他，好像做了什麼不端事情似的。這種情形，莫說是玩笑小事，實是學校中最壞的習氣。見地不牢固的人，每因同學們的嘲侮，把勤學之心漸漸拋卻，流入浮蕩一流去了。在下就為這個原故，編這本「書呆子」童話，希望小學生看了，不用功的變為用功；用功的更加用功，再不把書呆子三字笑人，那就好了。欲知這故事講的何事，且看下文。

話說某處鎮上有個學堂，有五六十個學生，卻個個都好玩耍，只有個喚做南散的，十分用功，下了班就捧著書看，星期日也不出去遊玩，教科書讀熟了，又忙著把參考書看，什麼「童話」哩，「少年叢書」哩，「少年雜誌」哩，「常識談話」哩，統統都看。同學見他如此用功，喚他遊玩，十回倒有九回拒絕，因送他一個「書呆子」的美號。南散聽了，也不介意，照常用他的功，做他的事。

某星期日，校中放了假，學生全夥兒出去了，那時正在夏天，學生都到近鎮的村莊上玩耍，好不自在，自修室中，只剩了南散一人，低頭看書，太陽光射在窗上，屋裡熱得厲害，他也不曾覺得。

這時尚有一個同學，名喚萬爾，取了個草帽，正欲出去。見南散在自修室中，便來喚他道：「南散，這樣的大熱天，你也歇歇兒呀。我欲到表哥家裡去，看他們的蜜蜂，你也去罷，我們一同就走罷。」

南散兩眼注在書上，答道：「你表哥的家，我認得，你先去罷，我看完了這幾張書，就來。」萬爾舉目向窗外看了看，見赤日如火，委實可怕，心中本也懶得出去；但在校既沒有事，屋子裡又熱得慌，便又向南散道：「你就看不完這幾張書，剩下再看，也不要緊。這樣大熱天，一個人出門，實在乏味，還是我們一同走，路上有些說笑。」

南散搖頭說道：「那麼你等一會兒罷，我正看到好處，萬萬放不下手的。」

萬爾聽了，帶幾分嗔怪的口氣說道：「好好！你看完了再來罷。怪不得人家喚你做書呆子，真有幾分兒古怪。」說著，快快地走開，很有幾分氣。南散知道萬爾不快，便又和和氣氣說道：「你就到外面大樹下歇歇，再十分鐘，我一定看完了。」萬爾頭也不回，獨自去了。

萬爾一路走去，心想南散看的是什麼書？這樣有味。我們讀教科書，還是勉強，他卻喜看課外之書，這真叫一人有一人的心腸了。偏他不喜玩，可知他的心腸，和大眾都不同。一路想去，不覺早到了表哥門前。萬爾高高興興地跑了進去，口裡高喊著表哥的名字，哪知竟沒人答應。跑進客堂一看，竟不見一人，連姑母姑夫，也不知哪裡去了。

萬爾好生詫異，又叫了一陣，才叫出一個老媽子來，問起情由，方知表哥們都到鎮上去了，至晚方得回來。萬爾聽了，大大掃興，便問管蜜蜂的王老兒可在家麼？老媽子回說在家，正在後面替蜜蜂分房。萬爾連說還好，便急急趕到後面，找王老兒去了。

看官知道什麼叫分房呢？原來一窩蜂滿了，須得另用個新房，將蜜蜂分一半在新房之內，以便繁殖，這是養蜂家最難做的事情，分得好，一窩可變兩窩；分得不好，連原窩的蜂都飛散了，也說不定。萬爾常聽王老兒談養蜂的故事，只是沒有見過，如今剛巧遇著，怎麼不想去看它一看，廣廣眼界。

萬爾跑至後面，只見王老兒已把新房收拾妥當，白蠟和蜜糖（這兩樣是引蜜蜂來的）也已放好。正掇著那房踅將前去。萬爾叫道：「王老兒！」王老兒回頭見是萬爾，滿臉堆下笑容，萬爾道：「你在這裡分房，快好了麼？」王老兒道：「快了，我正欲拿新房去對著，今天一定可以分好。」萬爾歡喜道：「我好運氣！今兒見著了。」說著跟王老兒走去，到了舊蜂房面前，王老兒將新房放下開了門，正對著舊房，舊房也開了門，兩房相距尺許，又四面看了看，說道：「你瞧罷，再一會兒，蜂就搬家了，我們遠遠地等著吧。」萬爾聽說，便在對面的矮牆邊石凳上坐下，王老兒另有他事，到前邊去了。

萬爾靠著的矮牆，不過一人高低，牆外有一棵榆樹，立在樹根上，就好爬過牆來，萬爾立在石凳上向外瞧了一會，又看看蜂房，心裡亂想道：「我不知南散看的書，有什麼趣味，這樣好看的蜜蜂分房，錯過了不看，真真可惜！我回校時，又得笑他這書呆子了。」

又想起表哥們到鎮上的事來，便亂猜他們到什麼地方，買什麼東西，不知不覺，已過了好一歇，猛一抬頭，只見蜂房旁邊一棵蘋果樹的橫枝上，黑雲般的一大堆，蠕蠕而動，萬爾大吃一驚！定睛細看，原來就是蜜蜂，就是那老窠裡分出來的蜜蜂。如今不到新房，卻到樹上，眼見得樹上的也就要飛散，豈非一窩蜂都走了麼。萬爾急找王老兒時，不見隻影。一時情急，不暇細思，又仗著曾聞王老兒說過收蜂的法子，自信有些把握。便三腳兩步跑到王老兒素日藏物的屋內，取了一根棒，又取了一張面網，正待遮上面網，恰好王老兒踅將過來。

萬爾大呼道：「王老兒！王老兒！蜂飛到蘋果樹上去了，丟了，我找你不見，正想自去趕呢，難得你到來。」王老兒搶前兩步，向蘋果樹一看，搓手說道：「小官人，你好運氣，沒有去趕，這叫做大散，你不懂得，亂趕，好不險呀！只是我一人也辦不來，總得有個人幫忙才好。」說著，抓首摸耳地想，發恨道：「偏偏主人們都出去了，連小李姐也出去，竟沒個人，可怎麼辦呢？真是遲又遲不得，等又等不及。」

萬爾見王老兒說少個人，便立刻喊道：「算了，我來幫你，你不用遲疑，多費時光了。」王老兒搖頭道：「不成不成。」一面說，一面心裡打算，可真沒有一個適當人，萬爾雖沒有做過，手腳是伶俐的。王老兒正這麼想，萬爾已將面網罩在頭上，將臉面項脖，一齊罩好，極力催促王老兒快去。王老兒擱不住他的催促，主意一轉，因說道：「既然如此，我們快去，你擎住新房，對準了樹上的蜂球兒，讓我來趕。」說著，引萬爾急奔而去。

到得蜂房旁邊，王老兒將新蜂房遞給萬爾，叫萬爾高高擎起，湊近那蘋果樹枝，王老兒將老蜂窠門兒蓋上，走到蘋果枝下，輕輕趕了兩趕。說時遲，那時快，那群蜂早哄地飛散，猶如一片烏雲，剛一飛散，便又合將攏來，向下一沉，早有數十隻蜂，飛入新房。萬爾大喜，他也不問問王老兒，冒冒失失地將房門向上一湊，希望蜂多飛幾個進來。哪知這一湊就壞了，群蜂忽又飛散，忽又聚攏，不往新房，齊攢在萬爾胸前。

萬爾大驚！忙叫道：「王老兒，蜂不在房裡了，快替我趕了！快替我趕了！惡！蜂鑽到面網底下來了。王老兒，快點！」說時遲，那時快，王老兒看時，也驚得呆了。蜂已進去，萬爾的頸項臉面，全都是蜂，白皮膚變作黑色了。萬爾緊閉著嘴，氣也不敢呼，話更不敢說，張開兩眼，光瞧著王老兒。王老兒嚇得昏了，還有什麼法子呢？只有搓手跺腳嘆氣的份兒。正在這當兒，忽然牆外一人，探頭一望，正是萬爾叫他書呆子的南散，手中兀自執著一本書。

南散見了萬爾的模樣，吃了一驚，忽地裡脫了書呆子的身份，縱身跳過矮牆，王老兒以為南散欲動手趕蜂，忙喊道：「動不得，一動蜜蜂就要刺，這是要命的。」可憐這老頭兒真是嚇出魂了，只知叫萬爾耐著不動，想不出什麼驅除蜜蜂的法子了。南散跑至跟前，一面向萬爾說道：「萬爾，你可別動呀，無論如何要忍住，你不要怕，我有了救你的法子了。」萬爾口裡不好回答，只有兩眼中放出希望感激的光來。南散又對王老兒下命令道：「王老兒，王老兒！趕快地揀出蜂王來，放在新房裡。」王老兒這才如夢初醒，連說：「我真嚇糊塗了，連這個都忘了。」

說著，放出他那老蜜蜂師的手段，向那烏黑黑堆裡，看了一看，輕輕找出一個王來，向房裡一丟。說也奇怪，蜂王一到那裡，眾蜂自會跟去，萬爾臉上頸上衣上的蜂兒，早飛去一小半，可是停留的還有一大半。萬爾的神氣，似乎像再不能忍了，南散忙鼓勵他道：「萬爾，這是最後五分鐘了，千萬耐著別動。」又對王老兒道：「還有一個王呢，我看沒有兩個不成的。」王老兒道：「不錯不錯，我記起了，此是分房的蜂，原有兩個王，咳！我真糊塗了。」說著，又向萬爾臉上衣上細尋了一會，只見有一個下半身全黃的大蜂兒，這就是王了。王老兒輕施老手，將王取下，也丟入新房。這一下可就靈得很，萬爾身上的蜂兒，立刻一五一十地飛入新房去了。片刻之間，乾乾淨淨。

萬爾倒抽了一口氣，他也嚇得夠了，不由得全身向後一仰，躺在草地上，只是喘息。南散跑了過來，手裡還執著那本書沒有放，也蹲了下來，問萬爾道：「你沒有刺著一下麼？你看這蜂兒都進了房了，沒有走失一個。」萬爾迸著氣力說道：「沒有，謝謝你，我好險呀！」說著，早流下兩滴淚來。這兩滴淚原是未曾出險之時，積在眶裡的，不過那時怕極了，不曾流出，所以直留到現在。

萬爾一面伸手拭淚，一面又接著說道：「我也知道，這麼大一堆蜜蜂，欲刺起來，就要弄死人。」

南散從容答道：「我也知道，我初見的時候，我渾身汗毛都豎起來，我雖安慰你，叫你不要動，我即刻兒還心裡亂跳呢……我想……這總是王老兒的不是，他不該叫你幫助。」萬爾連忙念佛道：「南散呀，你不要冤枉王老兒，說來也羞，你當初不見我那一定欲去的神氣。你見了，也得放我去的。」南散點了點頭。萬爾又問道：「喔！南散呀，怎麼王老兒沒有法想，你倒會知道呢？像你這樣……」萬爾說到此句，突然縮住了口。南散笑道：「這樣——什麼呢？」萬爾帶幾分慚愧說道：「人家叫你書呆子的，卻知道這些。」

南散哈哈大笑，拍著手裡的書道：「都在這書裡，我今天下半天，剛看了養蜜蜂的一節論說，你喚我出來的時候，我正看到蜜蜂分房的法子。書中說著一段故事，恰恰和你今天所遇的一樣。我若不是看了這書，我怎知救你的法子呢。」

萬爾到了此時，更無別說，只有說個「是」字了。他滿心佩服，自不必說。從此以後，再不敢瞧不起書呆子了。每逢人家好笑書呆子的時候，他總正色勸他們別笑，將自己這一次的事情，說了一遍。被他勸轉的人，也就不在少數。

一段麻

《朱柏廬先生治家格言》中，有四句道得最好，說是：「一粥一飯，當思來處不易；半絲半縷，恒念物力維艱。」此等老實話，竟是顛撲不破的。但人若不親自經歷過，還不能把這兩句話的意思，體會到十二分。在下今把羅家兄弟的故事，說與看官一聽。看官聽完了這段故事，方知朱先生的話，真是有味。

話說羅家兩兄弟，大的喚做羅倫，小的喚做羅理，都長得十一二歲了，他父親羅先生在學校裡當教員，平日教導兒子，頗覺認真。大概說來，羅倫羅理兩個，應該同時進步，可以稱得一個半斤，一個八兩，不分輕重。然課程雖然不分深淺，天資倒底有個高下，年紀漸大，那小兄弟兩個的脾氣，便見得不同了。

羅倫的脾氣，到處謹慎小心。別家的孩子，遇到遊玩的時候，每覺拿腔做勢，喧嘩爭鬧，羅倫則常常鎮靜，不肯因為欲顯自己的本領，便冒險亂做，卻也非膽怯的一流人。

羅理天生是急性兒，與他哥哥的脾氣，剛是相反。他人是極聰明的，什麼事一學就會，但懂了一些兒，便又忙著找別的事做了。冒險的事情，他也肯做；吃苦的事情，他也願做，就怕的要用細工夫揩磨的事情，這是他們性情不同之處，也就是他們分個優劣之點。看官須知，做事沒恒心，原是小孩子的普通脾氣，不算什麼。不過隨他慣了，長大後便成輕浮躁率，不能忍耐之人，如此便一輩子沒有大用了。做父母的須要留心。

按下閒話不提。且說羅家兄弟的故事。有一天，羅先生接到了郵政局裡寄來的兩個小包，兩個包一般大小，都用又細又韌的麻繩捆好，裡面包的，想來是書了。羅先生接了這兩個包，匆匆出門，不及打開，見羅倫兄弟們沒事，就吩咐將這包打開。

羅倫羅理得了父親這一句話，便來解這小包，羅倫將包上繩子的結，細看一回，尋出結頭，慢慢解開，得了一條極好的細麻繩，心中好不歡喜，便把它卷作一團，藏在袋中，就跑到羅理那邊，看他解得怎樣了。羅理原是火一般的性兒，他接到了包，恨不立刻就打開了，也不細看結頭在哪裡，是怎樣的來蹤去跡，便動起蠻力，亂扭亂扯。哪知越扭得狠，結頭便越抽得緊，饒你用盡氣力，休想動他分毫。羅理急了，撇下繩頭，隨手取了把剪刀，按住繩就要剪。

恰好羅倫跑了過來，見他想剪斷繩子，連忙喊住道：「這是一根細麻繩呀，又光潔，又堅韌，你剪了豈不可惜。」羅理聽說，放下了剪刀，抬頭向羅倫發愣，問道：「你打開了麼？好快，怎麼我的解不開呢，想來你的剛巧好解。」

羅倫撲哧地笑道：「是一樣的包，你用蠻力把繩抽緊了，自然不好解了。」說著，上前一步，捧住包，將結細看一看，用手指去撥著，口裡咕嚕道：「可憐，這結抽得和石子一般了，這時倒不好解了。」

羅理看得好不耐煩，提取剪刀，一面說道：「繩雖然好，可也沒有大用，怪不耐煩的，解它做甚。」一面手起剪落，畢剝畢剝，將繩剪做幾截。羅倫急忙阻時，已來不及了。口裡不住地可惜道：「你太莽了，不然，我總得解開，你也可得了一根好繩。」說著，從口袋裡取出那一卷繩子，給羅理看。

羅理見了，並不稀罕這繩子，心裡也不後悔自己粗心，白白剪了一條好繩子。只說道：「這樣的繩子，多得很呢，我去年也有一條，總沒有用處，早給了人了。你當寶貝藏著，為什麼呢？」羅倫由他說，仍舊將繩子藏入袋中，說道：「你瞧著罷。」

過後幾天，羅理早已把這事忘了。羅倫的繩子，卻照舊藏在袋裡。恰好他們母親從街上回來，給了他們兩個陀螺，羅倫和羅理各人得了一個，跑到草地上正想玩，忽然想起沒有繩子，玩不成。

羅倫不慌不忙，從口袋裡扯出那根繩來，勾住了陀螺就抽，汪汪央央，好不中聽。羅理看了，眼熱極了，心想自己本來也有這麼一根，可惜剪了。一面想一面急急地找，哪知平時不用繩的時候，常見繩；如今要用到它了，偏不見了。羅理找了半天，只找到一根舊棉繩，不勝歡喜，豈知棉繩不牢，抽了幾抽，綳的一聲，斷為兩段，險些把陀螺也跌破。

羅理再沒有繩了，只好睜著眼看羅倫玩，等他玩得厭了，才借他的繩自己玩了一會。沒大趣兒，是可想而知了。羅理方才後悔不該將繩剪斷。

過了幾天，村裡的兒童，有個比賽射箭的會，會射箭的兒童都可以去比，勝了便可得大獎。羅倫羅理兩個，射箭手段都算好的，自然欲去比一比。

兩兄弟各人挑了張好弓，帶了幾支箭，說說笑笑，到了比箭的場上。只見早有許多童子，齊集綠草地上，大榆樹下，都帶著弓箭。遠遠地立著一個靶子，白地子上，整整齊齊有三個紅圈，一個紅心。中間的圈兒最小，只有茶杯口大，圈邊上端端正正釘著一支箭。原來羅倫兄弟們遲到了些，在場的有一大半已射過了，比箭的眾人見羅倫二人來了，都喊道：「好手來了，葛蘭的第一名，有些不穩了。」葛蘭便是射中小圈邊上的人，他見餘人都沒有自己射得好，以為自己穩得錦標。今見來了對手，自然有些不高興，但也沒法，只盼二人快快射過三箭，箭箭不中，仍讓自己得了頭名。

葛蘭一面這麼想，一面迎著羅倫兄弟說道：「羅倫，你們來了麼？快來射罷。你看，這中在第三圈的，就只有我一個，別人的箭，都飛到靶子外去了，我想不見得有人贏得了我了，看你們罷。」

羅倫兄弟到得樹下，卻好眾人都射完，羅理便抽箭先射。他先立定雙足，看準紅心，拉滿弓，颼的一箭射去，不前不後，卻好也中了第三圈的邊兒。眾人齊聲喝一聲好！葛蘭卻暗暗地捏一把汗。

羅理滿心歡喜，抽第二支箭，喊道：「大家看我成功，不要多，只要再進一寸。」說著將箭上弦，正待瞄準，葛蘭忽止住他道：「且慢！」羅理收下弓箭，便問何事。葛蘭道：「我忘將比賽規矩，告訴你了。」羅理道：「有什麼新規矩呢？每人只射三箭，是不是呵。」葛蘭道：「這也是，還有一條，就是各人只準用自己的弓，自己的箭，你不能向人借，人也不能借給你。」

羅理道：「曉得。」將箭上弦，照定紅心，覷得更親切些，將弦向後拽滿，正待發箭，忽聽得啪的一聲，弓弦裂為兩段，箭也掉在地上。兩旁的人，不期的同聲驚呼。羅理氣極了，把弓向地上一擲。葛蘭好不得意，笑道：「羅理，你完了，這是你運氣不好。」

現在輪著羅倫來射了。葛蘭冷眼瞧著，心想：「就只他一人了，不見得定能勝我。那頭獎有八分是我的了。」葛蘭正這麼想，羅倫早射過第一箭，這箭從靶子左邊飛過，離靶還有二尺遠呢。葛蘭看了，口雖不言，心裡越發得意。

羅倫見第一箭射得太野了，不慌不忙，射第二箭，把心定一定，照準紅圈，颼地一聲，只見箭去如流星一般，早中在靶子中心。眾人都喊道：「中了中了！」羅倫不見得怎樣喜，葛蘭卻見得萬分急，忙趕到靶子前去看，原來那箭也射在第三圈上，沒中紅心，不過比葛蘭的略進了一二分罷了，算不得贏。

葛蘭說聲「慚愧」，忙跑回來對羅倫說道：「這要看你第三箭怎樣了，贏得便罷，贏不得，我們兩人還欲決賽呢。」羅倫點了點頭，抽第三支箭，便想射。

看官，羅倫這一箭關係非輕，萬一射得不好，只有同葛蘭再比，再比時可就說不定誰勝誰敗了。葛蘭本是好箭手，也許竟中紅心，若中了紅心，饒你羅倫再強些，也沒法了。旁觀的人，因此都很替羅倫擔心，羅倫自己，倒不覺得慌，還是鎮靜得很。

他先將弓虛拉一拉，試試那根弦是否靠得住，果然剛一撒手，豁拉一聲，那弦應手而斷，旁觀的都叫起來，葛蘭更叫得響，樂得手舞足蹈，正想笑著對羅倫說，忽見羅倫從袋中抽出一根極細極韌的麻繩來，不覺大駭，再要笑也笑不出了。

羅理一見那根繩，跳起來直嚷道：「哦！哦！這是第二次用著它了。咳！你竟帶著他走麼。」羅倫笑嘻嘻將舊弦取下，換上新繩，一面換，一面說道：「我今天早起，就把他放在袋裡，生恐有什麼用。如今果然用著了。」說著，把繩換好，拉開來試一試弓力，只聽得鏗鏗的聲音。

羅倫立刻抽第三支箭，搭上弦，左手緊握弓背，右手拉弓開足，一箭射去，正中紅心。春雷也似的喝彩聲，接連而起。羅理只歡喜得跳道：「這是那條麻線的第二次大功了，好了，葛蘭可沒得什麼爭了。」葛蘭的掃興，自不必說，可是羅理的歡喜，也帶幾分自恨自悔的意思。

羅倫得了錦標，和羅理歡歡喜喜回去，不在話下。當天晚上，羅先生也回家了，飯後談起比箭的事情，羅理對羅倫說道：「你怎麼這樣運氣好呢，得了那條繩子，偏偏有用，幫你成功。」言下若不勝羨慕，羅倫只微笑著。羅先生聽了，對羅理道：「你本來也有運氣，得一模一樣的一條好繩，可惜你性急，把他剪了。好孩子，記好了這兩句話罷，平時丟了，要時可沒有了。」羅理唯唯，從此真個記了。

羅夫人又道：「射箭是要細心不忙，才勝得來。你哥哥的第三箭若心慌了些，怕也不能中了。照你這樣性急，就給兩條弦，也不一定就能勝罷。你這躁性兒也得改改。」羅理唯唯答應，從此也肯真心改過了。

這篇童話，到此已完。看官們若問羅倫羅理後來怎樣，在下不說了，讓看官們去想罷。

樹中餓

俗語道：「酒肉朋友千個好，患難之中無一人。」在下今更下一轉語道：「患難朋友，尚非絕無，最難的是當著一生一死的關頭，仍能獨為其難，沒有一毫倖免的意思，那可算得生死之交了。」看官試看世上患難相共的朋友，後來得志，因為利害關係，不能相容，翻轉臉來變成冤家。如楚漢相爭時的陳餘張耳，便是個榜樣。

張耳、陳餘本來是極好的朋友。陳餘年小，事張耳如父。兩人一同起兵，反抗秦皇。吃盡千辛萬苦。當此之時，真個情同手足。後來秦將章邯，將張耳圍困在巨鹿城內（今直隸巨鹿縣），陳餘有數萬甲兵，屯在巨鹿城北，坐視不救。張耳幾次差人相催，陳餘終不發兵。

張耳再遣張黶、陳澤二人，到陳餘營中，討取救兵。並傳張耳的話，責備陳餘道：「我與公當初結為刎頸之交，原約有難同死。今我為秦兵所圍，死在旦暮。公現有兵數萬，縱使不敵秦軍，但念起從前之約，也當捨命一戰，何得坐觀成敗，頓忘前情。」陳餘勉強答道：「我豈敢忘約，只因秦兵甚強，我數萬人斷不能勝，縱來相救，比如將肉投與餓虎，死也無名。不如留在此間，即使張君死了，我尚可替他報仇，不強如兩人同死麼。」

張黶陳澤哪裡肯信，定要陳餘出兵。陳餘推辭不得，勉強撥與五千人馬，付與二人，教且去試一試來。二人領兵而去，盡為秦軍擊死，沒有一個生還。幸虧其時諸侯之兵，也漸漸趕到，項羽又把章邯的糧道截斷，殺退秦兵，遂解巨鹿之圍。

張耳既出圍城，與陳餘相見，便責備他何故不救，又問張黶陳澤的下落，陳餘說是死在秦軍。張耳疑陳餘並未發兵，並殺死兩人，以滅其口，因此詰問不休，陳餘怒道：「倒想不到足下怨我如仇，既然如此，不如絕交。」說罷，解下將印，推在張耳面前。張耳倒沒了主意，不敢接受。陳餘也不管他受不受，竟自去了。

張耳左右見陳餘走出，便對張耳說道：「陳將軍自解兵權，正是難得的機會，公如何不取？」張耳聽了，不免心中活動，遂收了陳餘之印，把陳餘轄管的兵，都撥在自己名下。陳餘見張耳竟奪了自己兵權，怨恨張耳，自不必說，帶了數百名心腹，投奔別處去了。從此兩人便成了切齒之仇。

後來張耳跟項羽入關，推倒秦朝，項羽大封諸侯，張耳也封了常山王，陳餘的門客，見張耳得封，陳餘獨無，便在項羽面前替陳餘說道：「張耳陳餘，一體有功。張耳既然封了，陳餘也應受封。」項羽因陳餘不從他入關，心中不喜，只把南皮（今直隸南皮縣）三縣，封他一個小國，陳餘因此更怨張耳。

過了多時，齊王田榮叛楚。陳餘得了這個消息，立刻差人去說田榮道：「項王分封諸侯，很不公平。大王若借陳將軍數千人馬，陳將軍願替大王出力，掃平趙地，雙手獻上，同敵楚國。」田榮大喜，便挑選精兵，借與陳餘。陳餘得了兵馬，乘張耳不備，引兵來攻，張耳大敗而走，投奔漢王，陳餘盡將趙地收復。

張耳在漢，不忘陳餘之仇，說漢王去攻陳餘。漢王命韓信和張耳帶兵同去。韓信善於用兵，陳餘如何敵得？終至兵敗身死。從此張耳總算報了仇。看官試想兩個人當初交情，何等親密，結局如此，豈不可嘆。他們不和的原故，無非張耳怨陳餘不救，陳餘怨張耳奪他兵權，都是為己罷了。

所以在下說患難朋友，不算稀奇，到生死利害關頭，沒有一毫私心的，才算稀奇。此因患難之中，有苦同吃，有難同當，還齊得來心。就有不和合的地方，也總可以情遣理恕。獨到了一生一死之際，不是互相推諉，定是互相妒忌，遂至有始無終。然而世上惡榜樣固然是有，好模範也豈全無？在下再說一件故事，可巧和張耳陳餘的事情相反。看官莫忙，聽在下慢慢道來。

且說張耳陳餘的故事，是在秦漢之時，在下現在要說的，卻早得多了，是在七國相爭，秦未統一天下的時代。論兩時的風俗，戰國時算是邪正混雜的時候，有大奸大惡的人，也有大忠大信的人，和秦末的風氣比來，還覺得戰國時勝些。

話分兩頭。單表戰國時候，亂哄哄爭名奪利之時，燕國有兩位隱士，一名羊角哀，一名左伯桃，兩人同居山村，半耕半讀，雖然抱有安民治國之才，但因各國無道，不肯輕易出山。忽一日，左伯桃在外聽人談論，說楚平王禮賢好士，現開著招賢館，延聘人才。伯桃聽了，心想此時各國諸侯，互相吞併，唯有善戰的人，合遊說的人，可以得志於時，不料還有這等明主，搜訪山林隱逸。機會不可錯過，我們倒要去試他一試，如有機會，也不枉了胸中的學問。

左伯桃主意既定，就與羊角哀說知，勸他同去，角哀的才學，更在伯桃之上，自然也不甘久處山林，當下允了。兩人置辦行裝，直向楚國而去。

看官須知燕國在北，楚國在南，相去千里，羊角哀和左伯桃步行走去，非二三個月，不能到得。他二人盤纏有限，出了燕國境界，早已花去一半，卻又遇著連日陰雨，兩人心急趕路，只好冒雨前行。此去須過了百十里的荒山野路，方才見個村市，在平日呢，一天趕百十里路，原不算什麼，如今在陰雨之天，可就難了。哪知雨猶未止，風又大作，早吹出一天雪來，計算路程，三股中只走了一股。

那雪越下越大，伯桃和角哀不能再走了，正是前不把村，後不遇巷的時候，道旁見有一座荒墳，兩人一齊躲入墳中，指望雪止即行。哪知越下越大，只好在此過夜。看官想冬天下雪天氣，蹲在這荒野之中，怎麼熬得過饑寒。

兩人挨到天明，雪雖止了，一片白茫茫的不辨高低，仍是行不得。那北風更是難受。伯桃對角哀說道：「我想此去尚有不少路程，我們兩人同去，但靠這些乾糧，就不凍死，也要餓死。與其兩人共死，不如賢弟獨生，我才既不及，年紀又老，橫豎精力已衰，願把衣服乾糧，並與賢弟，賢弟一人自往，得了官爵，再來葬我不遲。」角哀忙道：「我二人雖是異姓，情過骨肉，我豈可貪生自去，將兄抛撇。我們要活同活，要死同死。」說罷，扶了伯桃，勉強上路。行不十里，天又下起雪來，路上更加難走，肚中又餓。伯桃打定主意，不再走了，見一株枯樹，樹腹已空，可作歇處，便與角哀鑽進坐下。

伯桃尋思道：「我若單靠口說，他必不從，不如將他打發開去，我自尋一死，好讓他放心前去。」因對角哀說道：「我凍得四肢都麻木了，你去敲石取火，燒些枯枝，擋擋寒氣。」角哀信以為真，出去一看，只見滿山的雪，尺許來厚，連石頭也不見一塊，更哪裡來枯枝，仍回原處，告知伯桃，但見他脫得赤條條的，一絲不掛，快要凍死了。

角哀大驚道：「吾兄何故如此？這不是玩的。」伯桃搖手，指著地下的衣服道：「我已再三尋思，只有此法，弟勿自誤，趕緊去罷。我死不足惜。」角哀抱住大哭道：「我二人生死同處，安可分離。」伯桃垂淚道：「不聽我言，一定都要餓死，兩無益處。」角哀道：「兄必欲如此，弟願死在此地，兄可取衣服和乾糧前往楚國。」

伯桃道：「我一向多病，不及你身體結實，就照你所說，我也到不得楚國。況且你的才學，高我十倍，你死了可惜，我活著無用，今你快些去罷。」角哀哪裡肯走，就地下抓起衣服，欲替伯桃穿上，伯桃一手推開，反向雪中亂奔，角哀把他拖回時，伯桃神色已變，四肢皆冷，嗚呼死了！

角哀急解自己身上衣服，欲暖和伯桃，可是已來不及。當下大哭了一場。尋思道：「死者已不可復生，我若久戀此地，也將死了，死後誰葬吾兄。」

角哀於是拋下伯桃，冒險上路。到得楚國，當下央人引至宮門，求見楚王。楚王聞是燕國賢士，千里來見，便命引進，問以富國強兵之道，角哀對答如流，楚王大喜。過了一日，拜為上大夫。

角哀入朝拜謝已畢，伏地痛哭。楚王忙問何故？角哀答道：「臣自燕國來時，本與一友同來，半路上忽逢大雪，臣友自願一死，脫衣並糧與臣，臣方得活。今臣獨蒙大王厚待，念及亡友，所以不勝悲痛。」

楚王聽了，細問情由，角哀將前事述了一遍，說得楚王頻頻嘆息，百官盡皆下淚。平王問道：「卿意何欲？孤當允許。」角哀拜謝道：「願大王給假，許臣到彼處安葬伯桃，再來聽大王驅使。」楚王當下照準。賜黃金百斤做葬費，贈伯桃為中大夫。又撥車馬四乘，跟人幾名，隨角哀同去，備辦喪葬。角哀再三拜謝，辭別楚王而去。

到了原地，安葬了伯桃。角哀見諸事已畢，尋思道：「我與伯桃，本為楚王招賢而來，今觀楚王，不過浮慕虛名，未必真能用賢，我一時不慎，害了朋友，活著也無趣味，不如就此尋個自盡。」想完，立刻拔出寶劍，自刎死了。這叫做「人生重義氣，徒生空爾為。」

陳餘張耳的人品和羊角哀左伯桃比來，高低如何？看官自能辨別，在下不須再說。記得明朝李東陽「樹中餓」樂府，正詠此事。中有兩句道：「吁嗟乎！樹中餓死何足惜，何似西山采薇食。」意思是責備羊左兩人，不能終身隱居，以致遭此意外之事。在下看來，李東陽未免錯了。他們若但是熱心功名，左伯桃便不肯解衣推食，自願一死，羊角哀受楚王禮遇，正是興頭之時，也不肯拔劍自刎了。

據在下看來，他們只想發展胸中的抱負，以救戰國紛爭之局，故能不分你我，不計生死。不幸事業未成，做了異鄉之鬼。替他略跡原心，兩人的行事，真可激頑立懦了。

牧羊郎官

在下編這本童話，有兩層意思：一要叫看官們曉得立身的根本，並不專是念幾句書，借此得了一個官，就算完了事，須要有益於國家，有功於社會；二要叫看官曉得，二千年前，已有人從事實業，顯著成效，卻又揮金如土，屢次報效國家，一無所求。和近日的實業教育國家主義相合。我們生當今世，安可反不如他。

看官們曉得了這兩層意思，然後再看此書，便知書中的主人翁卜式，雖然只是個牧羊人，卻非常人所及。看官莫忙，且聽在下道來。

話說漢武帝是西漢十二帝中一位英主，他從即位以來，便想伸張漢族勢力。那時中國北有匈奴，南有百越，此兩種人文化未進，卻生得狼一般狠，虎一般猛。自古以來，騷擾邊境，常為漢族之患。武帝生平的大政策，就是要征服這兩種人，使中國永遠太平。

看官須知那時所謂百越，在今日是兩廣雲貴之地，地方不大，征服自然容易，唯有匈奴地盤最大，現今長城以外，內外蒙古等處，都是匈奴人種，牧馬橫行之處。匈奴生長在冰雪之中，沙漠之內，中國人吃不來的苦，他能耐得。所以夏商周秦時，只把他趕出塞外，就算完事。都不敢闖進他的境內，破其巢穴。武帝以為這不是斬草除根的辦法。

武帝的計畫，是欲大破匈奴，使他不敢再犯中國，苟能辦到，自然是安邊的上策。無如此事勞師費財，達到目的，談何容易。武帝即位二十多年，用了十幾年兵，還沒有實行他的計畫，已弄得中國民窮財盡，有幾個自告奮勇，願滅匈奴的大將，也不過志在封侯。雖然有幾個想盡方法，籌畫軍餉的大臣，也不過假公濟私。

這個時候，偏偏出了一個老實不過的卜式，卜式有幾百萬家私，都是靠著勤儉得來，後見國用不足，願助軍餉，卻是實在愛國，沒有一毫名利之心。他一片志誠，世人反疑他是偽，雖然在朝做官，竟不能行他的志氣，真是可惜。

看官道卜式是何等出身，原來是個牧羊人，本貫是河南，家世種田為業。父母亡過之後，卜式自己當家，他有一弟，年歲尚幼，卜式撫養他，至於成立，將辛苦得來的家產，盡讓與弟，自己只取了一百口羊，到山中去幹他的營生。看官須知畜牧本是利息最好的實業，只要人知道牛羊的脾氣，耐心照管，是沒有不發財的。卜式數年之後，那一百頭羊，變成了數千，得利無算。便蓋造房子，購買田產，頓時又成了一個富人。他兄弟坐吃山空，把哥哥與他的家私，花得精光。卜式見兄弟如此，又將自己新得的家產，分一半與他。

卜式雖已大富，卻並不因此奢華，仍舊布衣蔬食，早起夜作。不到幾年，家業更暴發起來。兄弟的產業，又已花完，卜式再分與家產之半。他兄弟花錢已慣，橫豎用去了，向卜式要去。如此不止一次。有人向卜式說道：「足下的錢，都是自己掙得，來處不易，令弟雖然是同胞骨肉，但既已分居，也可不顧，如何足下任他浪費，屢次周濟他呢。」卜式怒道：「足下如何把此等不義之言，講與我聽。我正自恨不才，不能教兄弟自己謀生，既誤了他，正該養他。況且一個人要錢何用？不過有了錢，好救人，好做有益的事業罷了。若有錢不用，或單養自己，豈非白冤枉了錢！」

從此卜式更加熱心公益，凡鄉里善事一一拿出錢來辦理，自己卻仍舊耕種牧畜，不放寬自己一步，他雖然撒手用錢，卻因牧畜得利，每年單就羊身上說，已夠開銷，何況尚有其他進項。所以他的家產，仍是有增無減。

不言卜式日富，且說漢朝因為屢擊匈奴，勞師耗餉，國用漸漸不給。武帝因軍餉無著，便聽了理財家桑弘羊的政策，舉用東郭咸陽，孔僅兩人，專辦鹽鐵事情。看官須知煮鹽冶鐵兩項，是極有利息的工業，向來政府並不干涉。桑弘羊因欲興利，把這兩項事，收為官辦，餘利盡入公家。無奈辦理不善，國家未得其利，小民先受其苦，國用仍舊不足。

卜式聽了這個風聲，心裡想道：國家雖然沒錢，百姓中有百萬家私的人，不計其數。只要這些富人個個肯捐一半，國用何患不足。如今憑空添出捐輸，不過苦了小本經紀的人罷了。錢到得國庫，不過一半。當下打定主意，上一封書與朝廷，願把家產之半，捐入公家，作為軍餉。

武帝得了卜式這封書，不勝詫異！心想天下竟有如此好人，便遣使者至河南問卜式，捐助鉅款，欲得什麼報酬？使者見了卜式，先問卜式，欲做官麼？卜式辭道：「臣自小牧羊，未習吏事，不願做官。」使者又問道：「你不想做官，敢是有什麼冤抑之情，欲天子替你伸理麼？」卜式又道：「臣居鄉里，安分營生，處處讓人，從未與人爭論。鄉里中貧苦的，臣出錢救濟他；不學好的，臣善言勸導他，一鄉之人，無不和好，臣並無冤枉。」

使者再問卜式道：「如此說來，你平白捐錢，為什麼呢？」卜式道：「臣的意見，以為天子既然去打匈奴，替中國人爭氣，則有力的便該當兵；有錢的便該助餉，如此人人出力，匈奴自無不滅之理。臣的愚見，就是為此，別無所求，請使者轉奏皇帝是了。」

使者回京，果然將卜式之言一一奏知武帝，武帝便問丞相公孫宏，該怎樣報酬他。公孫宏因自己不曾出錢，今卜式倒這般好義，相形之下，益發顯得自己不好，不覺老羞成怒，便奏知武帝道：「此人不近人情，還是不用的好。」武帝聽了，心裡不免活動起來，錢雖收了，竟不看重卜式。卜式本不指望做官，便照舊牧他的羊。

過了幾年，匈奴渾邪王領兵來降，武帝教縣官代辦沿途的供應，遂致府庫空虛，百姓失業，無數窮民，都向縣官要飯吃，縣官如何應付得來呢？因此餓死的人，不計其數。卜式見此情狀，又捐錢二十萬，請本處縣官，將此錢散給貧民。卜式此舉，原非求名，後來縣官把助賑的名氏，開了單子，報告朝廷，卜式自然列入。武帝一見，便記起前事，心想此人屢次捐錢，毫無要求，真是難得。便下詔賜卜式外徭四百人（漢制：百姓皆應助公家做工；如欲免工，應捐錢三百。今漢武賜卜式四百人，是免其出四百人之換工錢也）。卜式又盡數助入縣中。

此時武帝又以國用不足，新行船捐車捐，又命人民放債取利的，自報共放出多少，國家也要取捐，報不實者重罰。富人聽了，忙得什麼似的，武帝雖說虛報欲罰，卻是少報的仍舊不少。獨有卜式不但不虛報，還欲捐錢。武帝此時，知卜式實是忠心為國的人，前次聽了公孫宏之言，沒有睬他，實在對他不起。便去召卜式來京。

卜式到了，武帝便拜他為郎（官名，天子近臣），卜式辭道：「臣來京時，以為天子有話下問，若知拜臣為官，臣早不來矣。況且臣無所能，只會牧羊而已。」武帝道：「不須固辭，我有羊在上林中（上林是個花園，地方極大），煩汝牧之。」卜式見武帝如此說，只得拜命。從此便在上林牧羊。

過了一年，武帝至上林遊玩，想起卜式，親去看他。只見卜式布衣草鞋，帶領群羊，迎接出來。武帝看那羊時，又肥又白，且多了不少，心中暗暗道好。因問卜式有何祕法。卜式道：「臣無別法，不過一切都順羊的性子，什麼時候叫他們起來，什麼時候叫他們安歇，都有一定。群中若有不好的羊，便立刻攆去，不叫他害群。」

武帝聽了點頭，卜式乘勢說道：「臣以為牧羊的法子，也可用在牧民。」武帝聽了，心中更奇，方知卜式雖不是讀書人出身，卻很明白道理，因任為緱氏令（今河南偃師縣）。

卜式走馬到任，居官不久，緱氏的百姓，果然都說卜式好，武帝又調他做成皋令（今河南汜水縣）。成皋是轉運漕米的去處，算是一個繁缺，卜式剔除弊端，轉輸利便，考成之時，上司列他為第一。武帝更覺卜式有用，便命為齊王太傅，不多時，轉為齊相。

後來又內用為御史大夫。卜式既做了御史大夫，應該言時政得失了。那時民間都嫌鹽鐵不便，船捐亦苦太重。卜式因奏請武帝廢鹽鐵，罷船捐，武帝不悅，將卜式降為太子太傅。

武帝對於卜式，終不能十分信任，此是武帝的不明。卜式不愛錢，不愛官，只知愛國，仁至義盡，總算盡了國民一份子。使他生於共和之世，脫去束縛，獨行其志，他的成就，必更遠大哩。

諸位當看過「三問答」那本童話，那個牧羊人，也是極有錢的。既沒有卜式的慷慨，又沒有卜式的才學，彼此相比，真有天淵之別了。

海斯交運

海斯勤勤懇懇地伺候他主人，已經有七年了。他如今想回去看看他年老的母親，來對主人說道：「主人，我簡直是七個年頭，沒有回家了，心裡很紀念著母親，今兒可要回去一趟，請你應許，湊便把工錢給了我，我好帶回家中，獻與母親。」

海斯的主人聽了，一口答應。取出一塊銀子，和海斯的頭一般大，給了海斯。說：「你真是個好小子，這七年之中，難為你勤懇謹慎，始終如一，這塊銀子，給你做工錢，雖然多了些，照你所做的事看來，你也受之無愧。」

海斯恭恭敬敬答應了，腰裡摸出一塊藍布小手巾來，把那塊銀子包了，順手一甩，上了肩頭，向主人辭了一聲，便放開腳步，向家中去了。

海斯行了一程，那銀子重不過，早累得腰酸腿軟。正立住腳，喘著氣，忽聽得腦後有馬蹄得得之聲，海斯閃在路旁，只見一人騎著高頭駿馬，揚揚而來。看他挺胸凸肚，持鞭敲鐙，風頭十足。海斯看在眼裡，心裡熱辣辣地不知怎樣，大聲兒喊道：「騎馬的好不得意呀，你看，坐在鞍上，比坐在太師椅裡還舒服，不用動一動手腳，去得如飛一般，比騰雲還強。」

馬上人聽了，笑得欲死，不禁立住馬問道：「你說的一些兒也不錯，只是你為什麼步行呢。」海斯拍著肩上的銀子道：「一言難盡，多為的欲把這個東西拿到家裡，這是塊銀子，自不必說，咳！多為這塊東西，累得我很倦，頭頸也被他掮痛了，肩膀也被他壓酸了。」

馬上人見海斯可欺，因說道：「既然你喜歡馬，討厭那塊銀子，我和你對換如何？」海斯大喜道：「有何不可，我真感激你極了，但我有一言相告，你還是尋根繩子來，拖了那東西走罷，省得壓痛了肩膀。」馬上人道：「不消不消，我們就交易罷。」說著跳下馬來，取了銀子，扶海斯上了馬，遞過韁繩，囑咐道：「你要馬快跑，只消將腳後跟在馬肚皮上踢他一下，就行了。不要忘記。」

於是，海斯騎了馬，那人拿了銀子，分頭自去。海斯上馬行了一程，他原是不會騎馬的，只覺一顛一晃，不大舒服，和他的理想，大不相同，他還不知是自己不會騎馬所致，認是那馬不好，又嫌它走得慢，便照那人囑咐之言，提起腳後跟，用力向馬腹一撞，那馬冷不防海斯有這野蠻手段，又驚又怒，翻開四蹄，飛風也似地向前而去。

海斯此時，嚇得魂不附體，手足無措，一個筋斗，撞下馬來，骨碌碌直滾到溝裡，衣服也給荊棘扯破了，腳也跌傷了，那馬沒人駕馭，便向前亂跑，海斯掙扎起來，沒命地喊，卻又跑不動，追不上。幸虧轉角上來了一個鄉下人，方才將馬扣住，海斯也一蹺一拐地到了面前。

鄉下人見了海斯的模樣，知道是不會騎馬的。說道：「你真運氣啊，不遇見我，你的馬溜了。」海斯見那人牽著一頭母牛，心裡就想道：「這牛真好，騎在他身上，一樣地馱著人走，還能生乳，得了乳，就好做乳餅，再熬些乳油，和麵包當早飯，再好吃也沒有了。」海斯想到好吃，心花大放，好像吃的已在眼前一般，立刻要求那鄉下人道：「你愛我這馬麼？我愛你的牛。我們各換各的，你以為好不好？」那鄉下人聽了，滿口地答應，當下立刻成交。鄉下人騎了馬，海斯牽了牛，各走各的路去了。

海斯一邊兒走，一邊兒盤算這牛的好處，他心中想道：「媽媽不是說過的麼？她說我們正少頭牛！真貴哪，那些牛乳和乳酪。有了這個，不但自己有得吃了，剩下來的還好賣錢呢。」

海斯越想越高興，不知不覺早走到一家小酒館的門首。海斯一看天也正午了，人也委實疲乏了，便走進小酒館把帶的乾糧全吃了。又把口袋裡的零錢全倒出來，給了酒保，買他一杯啤酒（是一種外國酒的名字，外國人不當它是酒的）來吃了，方才趕著一母牛，向他母親住的村莊走去。

這時的太陽光，一點兒一點兒熱起來了，海斯走了一程，身子愈熱，口裡愈渴，那一片乾癟癟的舌頭，粘住了上顎，真是難受。海斯猛然省悟道：「現放著牛在這裡，何不擠些乳來解渴呢？真是再好沒有了。」

海斯主意已定，便尋棵矮樹，將牛帶住，脫下頭上的　帽，權且當個杯子，湊著母牛的乳房，用力就擠。哪知擠了好一歇，沒有一點乳。

海斯急了，用出十二分的氣力，狠命一擠，你想那母牛雖然和平，但是這種粗手腳，它也耐不住的，便伸起後蹄踢了一下，剛撞著海斯的頭，海斯倒在地上，暈了過去。

不知道過了多少時候，海斯醒了，他這時又饑又倦，看著這母牛，著實動氣，他是決計不要了。湊巧道旁來了個屠夫，他那小車子上，有一口豬。屠夫見了海斯的模樣，問道：「你做什麼呀？」海斯哭喪著臉，將如何換馬如何換牛的事情說了一遍。又道：「我現在討厭這牛了。牛乳擠不出，反把我踢得死去。」

屠夫聽海斯說完，抹一抹鼻子，哼了一聲道：「我勸你喝些水，醒醒兒罷。你不知這牛是老透了麼，再不會生乳了。」海斯聽了，直喊起來：「啊！啊！再不會生乳了麼？誰又知道它是這樣的呢？哇！我真不要它了。我是最恨牛肉的，就殺了它，我也沒有用。」屠夫只是對他笑。海斯不管，接著說道：「倘然是個豬，那倒還有些兒用處，至少好醃幾隻火腿。唉！牛火腿總沒有聽見過罷。」

屠夫似笑非笑的臉皮上皺了一皺，說道：「我見你真可憐哪！不用說了，不用說了，你既然喜歡豬，我就和你換罷。」海斯聽了大喜，於是二人立刻換過。屠夫牽了牛走，海斯趕著豬回家，他是不會趕豬的，豬不肯聽他號令，海斯沒法，只好尋根繩來，縛住豬腳，領著它回去。

海斯一路走，一路低頭尋思。他想：「今天好像做個夢，一樣一樣東西，到了手上，都顯出壞處，險些兒把我的好希望丟了，今兒得了這豬，想來好了。」他一面走一面想，正在得意，卻又遇見了一個人，那人臂下夾了一個鵝。海斯和那人喊了「好」。只因心中樂極了，便將他的好運氣，一五一十說了出來：說如何換馬，如何換牛，謝天謝地，遇到那個好屠夫換給他一個豬。

那人聽海斯說完，也說是到城裡的，又噓著氣道：「噓噓！我真累死了。你看，這鵝長足了膘！多少重啊！」海斯接過鵝來，說：「真的，但是我的豬，可也不壞呀。」那人聽說，眉毛一挺，肩膀一扛，對海斯道：「啐！我的好朋友，老實告訴你，這豬要累你吃官司哩！我剛從那裡來，聽人家說村長的豬給人偷了，正是這個樣子，恐怕就是那個屠夫偷的，他卻和你換了個牛。你牽了這豬到村裡去，正是自投羅網，便一百張嘴也說不明白了，這不是累你吃官司麼？」海斯聽了，只是發怔。問道：「吃官司怎樣呢？」那人道：「至少也要請你到牢獄裡坐幾天，那裡又黑又冷，沒有門，沒有窗，只有個小洞兒。」

海斯聽得欲如此，怕得哭了，只顧哀懇那人道：「好人，好人！只好你替我想法了；這裡的路，你比我熟些，你取了我的豬，給我那鵝罷。」那人假意說道：「我本來不願冒這險的，也罷，看你可憐，我們就來換了罷。」

海斯大喜，取了鵝，千謝萬謝，向他母親住的村莊去了。心想：「到底做了一件好買賣，沒有落空，得了這個好鵝，那鵝油總有四個月好吃；而鵝肉燒成炙肉，也有兩天好吃；這很白很軟的毛，拔了下來，裝入枕中，夜間睡也安穩了，算來沒有一些兒吃虧。」正走之間，忽聽得有人喊道：「磨剪刀呀！磨剪刀呀！」海斯抬頭一看，見左邊小路上有一個磨刀磨剪刀的，推著那磨石車兒，格里格里地走近來。海斯和磨剪刀人喊了好，問道：「你這生意好麼？」磨剪刀人翹起一個大拇指道：「比什麼都有出息。一個人只要有塊磨刀石，一生吃著不完。」

海斯聽說，呀了一聲道：「怎麼一生吃著不完呀！好得很呀，你好人，你就給我一塊磨刀石罷。啊！我把鵝兒和你換吧。」磨刀人欣然答應，取了一塊大長方磨刀石給了海斯，鄭重囑咐道：「你好生拿著罷，我盼望你有好運氣。」海斯謝了，遞鵝兒與磨刀人，磨刀人接了鵝，趕快地推著車子走了。

海斯捧了那塊大石頭，滿心高興，仍向前走。這時候越走越覺疲乏了。你想他一早走起沒有好好兒吃中飯，有的幾個零錢都買酒吃了，此時餓了，倒沒得什麼吃，更加那塊大石頭分量又重，跑不多遠，早已臭汗滿身，直著口喘氣，兩條腿有幾十斤重了。

他將石頭擱在肩頭，又把肩壓痛了，頭頸掮酸了，他把那石頭夾在腰裡，走了幾步，又滑下來。他雙手捧了石頭走，奈何沒有這樣大力氣。海斯此時真是哭又不得，笑又不能，看看石頭，又不忍丟卻，只有勉強走去。

這時太陽也落山了，斜照過來，卻巧晒在海斯的左頰。海斯心裡煩悶，又給太陽晒得慌了，便想找個地方歇一歇。他見道旁有個小池子，水清得很。他便想喝些水兒。一面想著，一面抱著石頭，一步一步挨到池邊，小小心心將石頭放在一邊，取下帽子，彎著腰，想到池中飲水，不提防一個失手，碰著了石頭，只聽咚的一聲，石頭竟沉到水底去了。一時只見水面起一個漩渦，什麼都沒有了。

海斯瞪著眼呆看了一會，忽然大喜道：「好了好了，我可輕輕快快地回家見母親了。什麼都完了，算來還是運氣。」說著，竟高高興興走了。

海斯這段故事，編書人講完了。編書人卻有幾分感觸，不曉得看官們有否，姑且說來與諸位一聽：第一，編書人不怪海斯愚笨，只怪他貪心不足，見異思遷。第二，天下的事，終沒有十全十美的。只要自己有見識，有耐心，無事不可做到。這兩層意思，不知看官們以為怎樣？

金龜

從前印度國裡，有個皇帝，叫做勃拉買。他的京城就是本那拉，是印度一個有名的城，有幾十萬居民，無數的宮殿廟宇、商肆民居、三街六巷，又闊又平坦，兩面矗立著整整齊齊金碧輝煌的房屋。那些居民，沒有一個不是殷實富厚，有好的吃，有好的穿，快快樂樂，過他一世。

在這一等繁華的大城中，勃拉買就做他的皇帝，他住的王宮，都是全白的大雲石造成的。宮裡陳設的講究，更是說不盡。他出宮上朝，有許多臣子，左遮右擁。勃拉買說什麼，他們也順著口應什麼，心裡明知不對，卻不敢駁回。

勃拉買生性愛說話，不論什麼事，不論對什麼人，他想著就要說。他一天除了正事之外，都是說話的時候。他在宮裡，和皇后皇妃皇子皇孫說，也會和宮娥說。聽的人聽得討厭，沒精神再聽了，他卻還是說。

上朝的時候，也是這樣，宮裡人議論臣子們的話，他一件一件都要背出來，臣子們互相攻訐的話，他也要宣布，不管這事要緊不要緊，有意思沒意思，但凡他知道的，記得的，想著的，他總要說。人家見他這沒遮攔的口，都怕極了。一則怕他纏個不清；二則怕他說出什麼難聽的話來。

倘然勃拉買是個平常人，他這一張惹氣的嘴，一定早闖下禍，給他個大虧了。幸而他是個皇帝，就算說錯什麼，也不打緊，得罪了人，人家也不敢怪他，還要說是是，他說個不斷的時候，人家雖然心裡不要聽，面上卻不得不裝做願聽的樣子。但是背轉了臉兒，哪一個不罵勃拉買討厭呢，可憐勃拉買卻還洋洋得意，不知自己的錯處。

還有一層，因為勃拉買不管事情的輕重，亂說慣了，便嚇得朝裡宮裡上上下下的人，沒一個敢告訴他一些要緊事情，恐怕告訴了他，他又要亂喊出來，不但自己沒趣，而且要招人怨恨。所以每逢勃拉買問起什麼事，總不敢將真情對他說，含糊答應一聲，就算了事。勃拉買卻當做真，逢一個人告訴一遍，聽的人肚裡笑得要死，他卻板板六十四，當是千真萬真。他的許多臣子之中，只有一個看守御花園的官兒，叫做哈立薩門的，人最忠直，他見勃拉買行事和盲子摸暗角一般，實在可憐又可笑，他很想和勃拉買說穿，只苦的沒有機會。

但是有一天，真來了一個機會了。這一天勃拉買出王宮到街上去遊玩，前面排著馬隊，騎馬的彪形大漢，都擎著明晃晃的長槍，後面跟著華麗輕巧的香車兒。車裡都藏著美人兒。兩旁夾著文武官員；武的是挺腰凸肚，氣概堂皇，文的是一步一搖，雅致清貴。勃拉買高高坐著，團團圍住，真是十二分威風。

可是威風雖然足，百姓們見了，卻沒有一些兒尊敬的心，大家交頭接耳地說道：「這是勃拉買，就是口沒輕重的勃拉買，大家都當他呆子，沒有一句真話對他說。你看他前後左右的人不是個個都背轉臉，暗地裡笑他麼。」

百姓們這種談論，勃拉買雖然聽不見，但是神氣總看得出的。他滿心疑慮，高高坐著，沒心看景致，只是亂猜亂想道：「莫不是我的儀仗有些不對規矩麼？」便四面細看了一陣，覺得沒有什麼不對。

又猜道：「莫不是侍從官裡有個難看可笑的人罷？」他就對著侍從官員細看，像相面似的相了一回，也覺得沒有什麼難看可笑的人。

勃拉買一面亂想，一面那馬蹄得得地過去，早已把一條大街走完，他看那路上的百姓，總是那個神氣，總猜不出什麼原故，心裡老大的不高興，便傳旨回宮。

到了宮中，勃拉買對侍從文武各官說道：「今天我到街上遊玩，見百姓們交頭接耳，像是議論我們，你們知道麼？」哈立薩門一聽這話，心想他醒悟的機會到了，正待進言，早有一個文官立起身來對答道：「這因為百姓們見了大王龍顏，又是欽仰，又是畏懼，不敢高聲歡呼，所以這樣。」勃拉買聽了，登時疑團頓釋，高興非凡。哈立薩門見不是頭，只好把話縮住。

按下勃拉買的事情不講，且說他王宮後園池子裡一個討眾人怨的烏龜。

烏龜是不聲不響的多，但是這烏龜卻最喜說話，和人吵嘴，比起勃拉買來，真是一個半斤，一個八兩。池子裡的魚，都討厭這烏龜，互相告訴道：「我們池子裡本來是很靜的，自從這討厭的烏龜到來，吵得池子裡終日不安，這倒也罷了，哪知他又不識起倒，每逢我們的仇人摸魚鳥、水獺等到來的時候，他也大驚小怪地吵，弄得我們藏身的祕密所在，也給仇人曉得，我們的性命有危險，都是他一人的原故。我們總要將他趕出這池子才好。」

池子裡的魚，就合起群來，將烏龜趕出，不許他住在這池子裡。烏龜沒法，只好權到岸上草裡躲一躲。

烏龜雖然不容於池魚，吃了一次虧，老脾氣卻不肯改，住在草裡，仍舊不肯靜些，見了癩蛤蟆，就拉住了和他談天。癩蛤蟆不肯，烏龜便和他吵鬧。見了樹上的鳥，又要和他談天，鳥叫幾聲飛去了，烏龜以為不睬自己，看不起自己，便大聲兒喊，大聲兒罵。

猴子雖然和烏龜沒感情，有時還欲戲弄烏龜，但是烏龜也會老著臉去拖他談天。見了獵人，就把猴子做些什麼，他家在哪裡，一五一十，全說出來。獵人照他話去捉猴子，一捉便著，因此猴子更恨烏龜了。

猴子既然恨烏龜，烏和癩蛤蟆又因烏龜常來吵，也討厭他。大家就聚著商量道：「烏龜原是住在水裡的，誰教他到林子裡來，吵得我們大家不安，我們仍請他回老家罷。」池子裡的魚，聽見了這風聲，連忙差青蛙兒做代表，對岸上的朋友說道：「請你們千萬不要把烏龜弄到水裡來，我們討厭他極了。他一來池子裡，我們就不得安身了。」

烏龜到了此時，真是天地雖廣，無容身之地，卻是心裡還是執迷不悟。他自己想：「我又不打人，又不強搶人家東西，為什麼大家這樣恨我呢？」他始終不悟多說話是惹禍的根源。

他見猴子、烏和池裡的代表青蛙聚著議論處分自己，氣衝衝地趕到會場，破口大罵。猴子性起，伸手來打烏龜，烏龜便撒潑，把四隻腳一個頭，都縮進甲裡。猴子沒奈何，請烏幫助，烏便用尖嘴來啄，烏龜亂掙亂滾。正在這當兒，卻來了個貓兒做烏龜的救星。

這貓兒原是在皇宮裡當差的，今天偷著出來玩玩，卻好遇見這事情，他跑到烏龜面前，烏一見貓先生，有些怕，先飛了開去。猴子也躲得遠遠的。貓見烏龜有些傷，問他為什麼打架，烏龜把前事訴說一遍，樹上的烏連忙分辯道：「貓先生不要聽他混說，他是多條舌頭的人。」接著，青蛙也把池子裡的朋友所以不容烏龜在池裡的原故，說了一遍。都請貓放公平些，不要聽烏龜瞎說。如其肯把烏龜帶了去，他們更是感激不盡。

貓聽了不覺笑道：「這樣說來，他的談勁，倒和我們東家一樣。你們不要難為他，明天我們東家要到夏宮去避暑，你們找個會飛的朋友，把他帶去，包管他見了我們東家，很合得上。」貓說完踏著方步自去。這裡猴子和烏都讚貓的主意不錯，便公推烏去尋個會飛的朋友來。

卻巧這時天空裡飛過兩個雁，烏便迎上去，擋住兩雁的駕，說知如此這般，雁也願意做這件好事，便同下來見烏龜。烏龜聽說勃拉買倒是他一個同好，心裡歡喜得什麼似的，恨不得立刻就去，見雁和烏下來，極表歡迎。雁對龜說道：「朋友，你想到夏宮麼？」龜道：「是。」雁說：「那麼讓我找根棒來，你銜住中間，我們銜住兩頭，便好帶你飛去，這事你能辦麼？」龜說：「很容易，很容易。」雁說：「那麼，你要不開口才好呢，你耐得住不開口麼？倘然一開口，你就要跌到地上，送了性命呀。」烏龜滿口答應，咬定牙根說能夠。

於是雁兒尋了一根棒來，烏龜照雁兒說的法子，咬住中段。兩個雁銜住兩頭，往上就飛。猴子、鳥、魚兒見烏龜果然有一天走了，大家都快活非凡。

且說烏龜緊緊咬住棒頭，跟著雁兒騰空而去，不知去有多遠，只見村莊、田舍，一件件從腳底下移過，烏龜得意極了，幾次想說話，都耐住不說，因為他還記得雁兒叮囑的話，到第二天飛過一家鄉下人的稻場，一個女人抬頭見了他們，不禁笑著喊道：「哈哈！好看呀，兩隻雁兒抬著一個烏龜飛哩。」

烏龜聽了，火星直噴，正想回口罵這女人，忽然一想，開不得口，一開口掉到地下，是要送命的。只好把這口惡氣，勉強咽將下去。兩隻雁兒仍舊是竭力向前飛，看看早到了勃拉買的夏宮了，夏宮左近的民房，也看得見了，烏龜心中大喜。想道：「到底平安無事地到了。」

烏龜正轉念頭，早給底下在街上玩耍的小孩子看見了，一齊喊道：「快把這肥大的老烏龜打下來，殺來燒了，可以做碗好湯。」接著便有許多磚頭瓦塊打將上來。烏龜這一怒非同小可，再也耐不住了，心裡正想罵道：「湯！泥水也沒給你們吃！」可是剛一開口，一個字都沒哼出，早從半空裡直掉下來，拍的一聲，撩在當街石板上，聲音又響又脆。孩子們大喜，一齊跳將過來，烏龜卻已經開不得口了。

在這當兒，勃拉買和侍從文武，剛走過這一段街，哈立薩門在御花園裡見過這烏龜的，並且也曉得烏龜的事情，便跑過去拾了起來一看，已經是不中用了。勃拉買問道：「哈立薩門，這是什麼原故？也許我們有什麼壞運氣罷。」哈立薩門道：「不是，這烏龜是御花園的，我認得。今天兩個雁兒抬了他飛到此地，不想半路上落將下來，送了性命。我知道這其中原故，倘然吾王恕臣死罪，我可以把這烏龜的故事，說將出來。」勃拉買允許，叫他快說。哈立薩門就把前前後後的事情，細說一遍，並且加一句結束道：「這烏龜送了性命，只為的是多開口。」

勃拉買聽了，默然半晌，方才說道：「哈立薩門，我也是多開口的，是不是呀？」一群文武聽了這話，都望著哈立薩門，都以為哈立薩門一定馬上說：「不然！」哪知哈立薩門卻回答道：「我王能知自己之過，真是萬民之幸。」眾官都嚇了一跳。

勃拉買此時已經醒悟過來了，因也回答道：「我們有你這樣一個直言的臣子，也是萬民之幸。我多說話的錯處，今天明白了。多謝這烏龜來教訓我，我們應該保留他做個紀念。」遂吩咐照這烏龜的樣子，鑄一個金烏龜，立在廟堂前面，永遠叫多說話的人看著警戒。

飛行鞋

從前某處鄉村附近有座大樹林，這是座松林。青翠翠的松針兒，一年四季，風景算得是絕好的。這松林很大很大，不是走慣林內路徑的，進去了可要走不出。夏天風雨將來的時候，更不好走。那時候，這林子一些可愛也沒有，風吹著松針兒噓噓的，聽見了叫人害怕。

哈娜和海爾是夫妻兩個，就住在這村的盡頭，緊靠著樹林子。他們很窮，哈娜欲照顧七個小孩子，又欲燒飯洗衣服，簡直沒有一刻空，自然不能再做活計去賺錢了。那七個孩子又小，最大的只有十二歲，頂小的只有五歲，都不能幫助爹娘的。海爾也沒有什麼好行業，只會到松樹林裡去砍木頭，拿很少的幾個工錢，單靠他一人，養活全家八口。

他們最小的孩子生下來的時候，只有王瓜大，他爹娘就取個名兒叫小王瓜兒。小王瓜兒長到五歲了，仍舊是很矮很小，比不上旁人家兩歲的孩子。他又是不大說話的，又不大喜歡玩。他爹娘都當他是有病的，可是他們衣食都不周全，還管什麼病不病呢！

小王瓜兒又是很和善的，自家的哥哥欺負他，他不響，鄰家的孩子欺負他，他也不響，但是他雖然不響，心裡卻很聰明，知道的事情，比他哥哥多。

小王瓜五歲的那一年夏天，天變了，大風大雨，七八天不見太陽，田裡的稻，都被風吹倒，被雨打走了。他們鄉村裡的人，個個嘆氣說：「荒年，米要貴了！要餓死了！」果然，米立刻貴起來，比平常貴一半，海爾和哈娜只好天天嚷沒有飯吃了。

一天晚上，哈娜對海爾說：「只有明天早粥的米了！」海爾垂著頭，說不出話來。停一刻，他抬頭四面一看：見小孩子都去睡了，沒有一個在面前。便悄悄地說道：「我的愛妻，我們遲早要沒飯吃，七個孩子總是養不大，我們眼見著他們餓死，怎麼不難過啊！我想還是趁早放他們在樹林子裡，天可憐見有人遇著，拾了去，養活了，不強似餓死麼？……」

「哇！不行……不行！我們捨不得。」哈娜氣憤憤地嚷著。

海爾回答道：「除此還有什麼法子呢，我們窮極了。」

哈娜說：「窮是窮，窮了我就不是他們的娘麼？你放他們在樹林子裡，野獸來了，把他們撕做幾塊吃了，啊喲！你怎麼不心痛呀！」哈娜說著，撲索索落下眼淚，不禁哭起來了。

海爾也擦著眼睛，但是到底不肯丟了這個念頭，他含著眼淚來勸哈娜不要傷心。說：「樹林裡沒有野獸的。」兩個又爭論了好一歇，哈娜到底拗不過海爾，嗚嗚咽咽地去睡了。那一夜的傷心，自不必說。

第二天，海爾和哈娜還沒起身，小王瓜兒倒先起身了。原來昨夜他爹娘談的話，他都聽見了。他想了一夜，已經得了一個法子，可以救他六個哥哥，他也不和哥哥們說什麼，一個人跑到河邊，拾了許多小石卵，放在身邊，悄悄兒回來，竟沒有一個人知道。

海爾和哈娜這日都憂愁得很，他們吃了些薄湯粥，便帶了七個孩子，到松林裡去，一直走到松林的深處。海爾揀可以砍的松樹來砍，哈娜拾些枯枝，束做一小捆，七個孩子，走到各處去拾松球，因為他們的娘常對他們說松球可以當柴燒。

海爾見孩子們去拾松球，漸漸走得遠了，硬一硬心腸，插了斧頭，拉著哈娜便走。哈娜好不傷心，不捨得，可是也沒有別法，家裡的米吃完了，天上不會掉下來，咳！只好捨了。掛著兩行眼淚，做夢也似的讓海爾拖出了松林。

這裡，海爾和哈娜逃了，那裡的孩子們見爺娘不見了，都慌起來。各處尋，總是不見，六個孩子，一齊都哭了。獨有小王瓜兒不慌不忙，叫六個哥哥不要哭，他知道回家的路。原來他來的時候，一路上把小石卵撒在地上，有了記號，他是很明白回家的路了。

他對六個哥哥說：「爹爹和媽媽不要我們了，丟我們在這裡，你們跟我來，我知道回家的路徑。」六個哥哥聽了，都大喜，都跟著小王瓜兒走。尋著石卵，照來時一樣地走到了家門口，他們不敢就進去，先藏在門後面，聽他們爺娘說些什麼。

再說，海爾拉了哈娜回家，家裡剛來了一個小夥子等著。哈娜看他，他的臉兒是紅噴噴地發亮光，衣服是很華麗的，外褂的兩個袋脹鼓鼓，一定是有錢的。海爾見了他，很恭敬地對他鞠躬。兩個人立在一處說話，那人的紅臉兒照過來，越顯得海爾的臉兒黃。

那人大聲說道：「海爾！東家叫我送你的工錢在這裡……喏喏！！……這是三塊錢，是一個月的工錢，收好罷。」便取出了三塊錢放在破桌子上。海爾快活得什麼似的，好像這錢是天上掉下來的，卻忘了這是一個月的汗和血！他連聲對小夥子道謝，請他坐。那小夥子卻嘴裡咕嚕了一個不知什麼，擺擺手出去了。

海爾和哈娜既然有了錢，便忙著買米買饅頭。哈娜竟買了許多。原來她已經忘卻孩子們不在家裡了。等到兩個人坐下來吃，哈娜才覺得眼前少了人，剛才的事情驀地裡掛上心來，便帶哭帶嚷道：「吃是有了，孩子們卻沒有了！我的苦孩兒！哪裡去了？樹林子裡呀……」藏在門後的七個孩子聽到這句話，不禁齊聲喊道：「我們在這裡！媽媽！我們在這裡呀！」

哈娜跳起來，立刻推開門，把七個孩子一把拉到懷裡，抱過來，一個一個和他們親嘴。他們一家九口兒，登時歡天喜地，坐下來吃買來的東西。

可是兩三塊錢算不得什麼，用得完的，立刻就要用完的。不上三天，他們又嚷沒飯吃了。海爾夫妻倆看看七個小孩子，心裡又轉念頭了。照海爾的意思，簡直欲把孩子放了，永遠不要了，但是哈娜怎麼捨得呢？一天晚上，兩個人又商量這事。想想，放在家裡，也真不了，沒奈何只好再忍心一下。海爾說：「這回要帶他們遠些，省得又回來。」

小王瓜兒又偷聽了他爺娘的話了，他很放心。因為他知道小河灘頭的石卵是不會完的，他們的路還是迷不了。哪知第二天很早的起來，見大門關著有鎖，後門也有鎖，這可沒有法子了，有石卵拾不到仍舊是沒用，這真是小王瓜兒萬萬想不到的。

停一忽兒，爺娘也起來了，哈娜給每個孩子一塊饅頭當早飯。小王瓜兒見了饅頭，立刻得了一條妙計。心想：「我把饅頭弄碎，撒在地上，不是和撒石卵一個樣麼？」因此他便不吃，把它藏在袋裡。

海爾和哈娜見七個孩子吃了早飯，便帶著到樹林子裡去，這時天色很早，路上一個人也沒有，到得樹林，海爾引他們一直走進去。小王瓜兒一面走，一面把饅頭屑撒在地上，他們走到松林的深處，不走了。海爾拿出斧子裝砍柴，叫七個孩子都去尋菌兒，七個孩子忙著去了，海爾和哈娜便偷著走開了。

小王瓜兒見爺娘又跑了，便叫齊六個哥哥，尋饅頭屑的記號。哪知找了半天，影兒也不見，原來都被野鳥吃光了。這回，小王瓜兒也沒法了，他們七兄弟在樹林中亂撞，愈撞可愈不對了，天也漸漸黑下來，風吹著松樹呼呼地，他們怕是狼叫，不敢響一響，接著又來了一陣大雨，林子裡的路更難走了。七個孩子渾身上下都沾了泥，變做泥人了。

他們又冷又怕，聚在一株大松樹下，互相抱著，急得只會哭了。還是小王瓜兒會想法，他爬上松樹，四面一看，見那邊有些燈光，仿佛不遠。他高興極了，連忙下來，對著六個哥哥說：「有救星了，我們有救星了，只要望著這燈光走便是了。」

他們向著燈光走，果然走出了那座迷人的樹林，到得一個茅屋的門下，七個孩子一齊叫門，快活得什麼似的，何曾知道這是巨人的家裡呢？

不多一刻門開了，走出一個女人，他是巨人的妻，見了這可愛的七個孩子，又是歡喜又是怕。七個孩子齊聲說道：「好媽媽！救救我們罷！我們走失了路，回不到家了。」女人聽了這話，不禁掛下眼淚來，她說：「好孩子們，你們不知道這是什麼地方罷！留不得你們，我的丈夫巨人回來要吃你們的。」七個孩子聽了，嚇得亂抖！只有小王瓜兒說道：「好媽媽，讓我們進來罷，你總有法子哪，倘然我們在樹林子裡過夜，一定要給野獸吃了！」

女人很可憐他們，放他們進來，才替他們換了衣服。早聽得外面的門，敲得砰砰地響。女人慌了，對七個孩子說道：「這是我丈夫回來，怎麼好呢？你們快藏起來！藏起來！藏在這床底下罷！」說著，抱著七個孩子，推在床底下，便出去開門。

巨人一進房便說餓了。女人搬出一隻烤羊放在面前。巨人正要吃，忽然說有孩子氣。女人說：「那是新殺的野獸氣罷！」巨人不信，立起身來四下裡找，找到床下，哈哈大笑！伸出一雙大手，把七個孩子拖了出來，對女人說道：「你想騙我麼？不是你肉太老，我早就吃你了。」說著，走到桌子旁邊取了把刀，看著七個孩子，想挑一個先殺來吃。

他的妻連忙止住他道：「我們有烤羊烤豬沒有吃完，早上殺的小牛也沒有動，這七個孩子留著，過幾天再吃罷。」巨人聽了，這才不響，只教把他們關在樓上。七個孩子聽了這句話，彷彿是死裡逃生。巨人的妻便帶了他們到樓上，又教他們不要害怕，慢慢兒想法，總可以救出他們。又給了些吃的東西，自下去了。

小王瓜兒是最有心思的，他不肯便睡，悄悄兒走到扶梯邊，聽樓下的動靜。先聽得巨人喝酒的聲音，後來便聽得打鼾的聲音，原來巨人喝醉，睡著了。小王瓜兒大喜，心想此時不走，更待何時。便走到六個哥哥睡的床前，輕輕兒把他們叫醒，商量好了，便悄悄兒走到樓下，見巨人靠在桌上，睡得正濃。可是那桌子正當門口，不經過他是不能出去的，七個孩子見了，大家面面相覷，想不出法子。

小王瓜兒向桌下一看，立刻得了一個妙法，你看他傴倒了身體，很小心地從桌子底下鑽了出去。六個哥哥見了大喜，都學他樣，一齊出了虎口，撒起腿便跑。也不顧迷路，只是亂撞。這夜又沒有月亮，只有星，他們借著星光，一直走到天亮，才認出一條路來。小王瓜兒認得，知是離家不遠了。

再說巨人一覺醒來，便想吃人。到樓上一看，不見七個孩子，真正氣壞了，立刻穿上飛行鞋，出門尋找。這飛行鞋穿在腳上，一步有十裡闊。巨人雖不知七個孩子去的路，但是既有了這寶貝，多繞幾個圈子，不怕撞不著。他繞了幾個圈子，果然撞到小王瓜去的那條路上。他沒有看見他們，他們先看見他了。一時情急，只好到路旁一個石洞裡去躲一躲。

巨人跑了許久，也覺得乏了，便在一塊山石上一坐，剛巧是七個孩子躲藏的那塊石頭。巨人坐下，立刻就睡著了。呼呼的鼾聲，震得石頭隱隱地動。小王瓜兒連忙叫六個哥哥先走，六個哥哥一齊悄悄兒走了。巨人睡得正熟，自然不曉得。小王瓜兒等了好久，約摸著六個哥哥已經到家了，便也跑出石洞，悄悄兒走到巨人身邊，偷眼看他，還是睡得很熟，便走到巨人腳邊，輕輕兒把他腳上的一雙飛行鞋脫將下來，連忙套在自己腳上。說也奇怪，那鞋能大能小，一到小王瓜腳上，自會變小，毫不覺大。小王瓜兒大喜，拽開腳便走。

這時巨人剛巧醒來，一見小王瓜，又喜又怒，他也不知飛行鞋已經失落，還當是穿在腳上，坐起身跨一大步，啊呀！跌到山澗裡，頭撞成一個大洞，死了。

小王瓜到得家門前，連忙脫下鞋子，進門見父母，六個哥哥也是才到，海爾和哈娜見孩子們回來，又驚又喜。小王瓜兒忙將事情說了一遍，又拍著那雙飛行鞋道：「爹爹媽媽，不要怕沒錢，我有這寶貝，好替人送信，就好賺錢了。」這便是飛行鞋的終結。

十二個月

從前某處一個女人，有兩個女兒：小的女兒名叫海蘭娜，是這女人的親生，大的女兒名叫瑪羅希珈，是這女人的前室所生。她極愛海蘭娜，極憎瑪羅希珈，看見了就要罵，這因為瑪羅希珈比海蘭娜標緻了許多。但是瑪羅希珈這個好孩子，不曉得自己是那樣地標緻，所以她也就不曉得為什麼原故每逢站到海蘭娜身邊，她的繼母就發怒了，眉頭蹙得那樣緊。

海蘭娜母女兩個使喚瑪羅希珈做各樣的苦工，家裡的粗細生活，都推在她一人身上。她要煮飯，要洗衣，要縫紉，要紡紗，還要照管地頭，調理牲畜。海蘭娜呢，手指兒也不曲一曲，整天價打扮得齊齊整整，東走走，西瞧瞧，像個小姐。

瑪羅希珈永不知怨恨的，繼母和妹子吩咐她做的事，她一定去做；而且極力忍耐她們的故意挑剔。她雖然這樣苦做，反而一天美似一天，海蘭娜雖然拼命調養修飾，反而一天醜似一天。

於是那繼母私下忖道：「這可不得了！孩子們來求親時，一見瑪羅希珈這樣美麗，一定不願意朝我的女兒海蘭娜看一看了。我們總得想個法子，立刻把這瑪羅希珈弄去才好。」

於是海蘭娜娘兒倆整天價想盡方法虐待瑪羅希珈了。她們把瑪羅希珈的工作加多加重了，他們毒打她了，他們不給她吃飽了；他們想盡方法要把瑪羅希珈弄成醜惡而討厭，但是瑪羅希珈仍舊一天美似一天。

正月有天，海蘭娜玩厭了，忽然想起紫羅蘭花來，定要弄一朵來插在胸前。她就銳聲命令道：「瑪羅希珈！我要些紫羅蘭，給我到樹林裡去找一朵來。」

「天呀！我的好妹妹。」可憐的瑪羅希珈驚喊起來，「你怎麼會想到要紫羅蘭？誰聽得過紫羅蘭花會開在正月的白雪底下麼？」

「說什麼？你這好懶的小賤人！」海蘭娜怒吼，「你竟敢搶白我？立刻給我出去，倘使你空手回來，我要你的命。」

繼母呢，幫著海蘭娜，兇狠狠地叉著瑪羅希珈的肩膀，就將她推出門外，把門關上了。

可憐的瑪羅希珈悲悲戚戚地啼哭著，在山腳邊慢慢兒地爬。四面都是深到幾尺的雪，沒有一星人跡，也沒有野獸的腳印。瑪羅希珈向前慢慢地爬，又冷又餓，沒有一點兒氣力。

「住在天上的好上帝呀，」她禱告，「請你快來帶我去，免得多受苦呀。」

忽然她見前面有一道亮光。她抖起精神，拼命地走上去。後來到底看見了一大堆火，熊熊地在山頂燃燒，那亮光就是這堆火放出來的。她看見火堆的周圍有十二個石墩子，其中有一個，特別高而且大。她看見有十二個人坐在這些石墩子上。十二個中間，三個最老，鬚髮全然白了；三個半老；三個中年；還有三個，是美貌的少年。他們都不說話，他們靜靜地看著那堆火。他們就是十二個月的神。

瑪羅希珈看得呆了，而且有點怕。後來她移步向前，恭恭敬敬地說道：

「慈善的先生們，許我向火暖一暖身體麼？我凍得僵了。」

偉大的正月神點了點頭；於是瑪羅希珈伸出她的凍僵的手向著火焰。

「我的孩子，這裡不是你來的地方，你為什麼到這裡來？」正月神問了。

「我是找紫羅蘭花來的。」瑪羅希珈回答。

「紫羅蘭？地上還是雪呢，哪裡來的紫羅蘭！」

「我也知道的，先生，但是我的妹妹海蘭娜一定要我到林子來找些紫羅蘭花；她還說：如果找不到，要殺我呢。先生，請你告訴我，什麼地方有紫羅蘭？」

偉大的正月神慢慢地站起來，走到一個年輕的月份神的跟前，給他一根長棍子，說道：

「來，三月，你坐主席。」

於是三月神坐在最高最大的石墩子上，並且把那棍子放在火堆上揮動。火焰立刻旺起來，四周的雪立刻融化了。樹枝上都鑽出新芽來了；野草復青了；雛菊的粉紅的嫩蕾也鑽出來了；呵，看哪，眼前都是春景了！

瑪羅希珈正看得呆時，忽見紫羅蘭花從綠葉的中間透出頭來了，一眨眼，已經滿地都是紫羅蘭花了。

「瑪羅希珈，」三月神大叫道，「你的紫羅蘭花來了，快摘！」

瑪羅希珈快活極了。她連忙彎著腰，採了一大束。於是她恭恭敬敬謝過眾神，祝他們好，匆匆地走了。

我們試閉了眼想一想，當那繼母和海蘭娜看見瑪羅希珈滿捧了紫羅蘭花，踏著雪回來，應該是怎樣地驚奇呀。他們開了門，茅屋裡立刻充滿了花香。

「你到哪裡去弄來的？」海蘭娜粗暴地問。

「到山頂去弄來的，」瑪羅希珈回答，「那邊滿地是紫羅蘭。」

海蘭娜一把摑住那些花，就插在胸前。那天下午，她不住地嗅那束花，並且讓她母親嗅，但是永不曾對瑪羅希珈說過一句：「好姊姊，你要嗅一下麼？」

第二天，海蘭娜坐在火爐架前，閒著沒事，忽然想起來要吃野楊梅了。那麼，她就喚瑪羅希珈來吩咐道：

「你，瑪羅希珈，給我去找些野楊梅來。」

「天呀，我的好妹子，」瑪羅希珈說，「這個時候，到哪裡去找野楊梅呢？誰曾聽見過，雪地裡會生野楊梅？」

「什麼話！你這好懶的小賤人！」海蘭娜狂叫，「你敢駁回我的話！你立刻給我去，如果你空手回來，我要你的命！」

這二回，繼母又幫著海蘭娜，兇狠狠地叉著瑪羅希珈的肩膀，把她推出門外，將門關上了。

於是這可憐的孩子又在山腳邊慢慢兒爬，哭得很悲戚。四面都是深到幾尺的雪，沒有一星人跡，也沒有野獸的腳印。瑪羅希珈向前慢慢地爬，又冷又餓，沒有一點兒氣力。後來，她又看見昨天見過的火光了，她快活得什麼似的，趕快跑過去。十二個月神照舊地坐著，正月神仍舊坐在最高最大的石墩子上。

瑪羅希珈恭恭敬敬鞠了一個躬，說道：

「慈善的先生們，許我向火暖一暖身體麼？我凍得僵了。」

偉大的正月神點頭許可，於是瑪羅希珈就伸出她的凍僵的手向著火焰。

「但是，瑪羅希珈。」偉大的正月神說，「你為什麼又來了？現在你要找些什麼？」

「我要找野楊梅呢。」瑪羅希珈回答。

「野楊梅？可不是，我的孩子，瑪羅希珈，現在是冬天，野楊梅不會生在雪底下的。」

「我也知道，先生，但是我的妹妹海蘭娜一定要我弄野楊梅給她吃，她並且說，如果找不到，她要殺我呢。先生，請告訴我，什麼地方有野楊梅的？」

偉大的正月神慢慢地站起來，走到坐在他對面的月份神跟前。他拿手裡的長棍子給他，說道：

「來，六月，你坐主席。」

於是六月神坐在最高的石墩子上，把棍子在火堆上揮動，火焰立刻旺起來。四周的雪立刻融化了。大地漸漸兒綠了，樹枝上滿滿的都是綠葉了；百鳥鳴了；

百花開了；呵，看哪，已是夏天了！忽然，地下那叢小灌木，漓漓地頂著小的白花了，立刻花謝，結了果了；果子先是綠的，隨即變成粉紅色了，隨即變成大紅了。瑪羅希珈快活得什麼似的，急看時，早都是熟透的野楊梅了。

六月神喊道：「瑪羅希珈，這就是你的野楊梅了！快採吧！」

瑪羅希珈採了一衣兜的野楊梅；於是恭恭敬敬謝過眾神，祝他們好，匆匆地回去了。

我們試再閉了眼想一想：當那繼母和海蘭娜看見瑪羅希珈採了一衣兜的野楊梅，踏著雪回來，應該是怎樣地驚奇呀！

他們開了門，野楊梅的香味立刻充滿屋子裡了。

「你到哪裡去採來的？」海蘭娜粗暴地問。

「到山頂去採來的。」瑪羅希珈回答，「那邊有許多呢。」

海蘭娜拿了那些野楊梅，只顧一個一個地往自己嘴裡送。繼母也儘量吃個飽。但是她們倆沒有一個人說一句「瑪羅希珈，你也嘗一個吧。」

第三天，海蘭娜照常坐在火爐架邊，閒著沒事，忽然想起來一定要吃紅蘋果了。那麼，她就叫瑪羅希珈來吩咐道：

「喂，瑪羅希珈，到樹林子裡給我找紅蘋果去。」

「唷，我的好妹妹。」瑪羅希珈吃吃地說，「這時節哪裡去找紅蘋果？」

「什麼，你這貪懶的小賤人，你敢駁回我的話麼！立刻給我去，如果空手回來，我就打死你！」

那繼母第三次護著自己的女兒，惡狠狠地叉著瑪羅希珈的肩膀，把她推出門外，將門關上了。

於是這可憐的孩子又往樹林裡去了。四面都是深到幾尺的雪，沒有一星人跡，也沒有野獸的腳印。這一次，瑪羅希珈一直奔向山頂去了。她看見十二月神仍舊圍坐在火邊，偉大的正月神仍舊坐在最高的座位上。

瑪羅希珈恭恭敬敬行了個鞠躬禮，說道：

「慈善的先生們，許我向火暖一暖身體麼？我凍得僵了。」

偉大的正月神點頭許可，於是瑪羅希珈就伸出她的凍僵的手向著火焰。

「你怎麼又來了，瑪羅希珈？」偉大的正月神問了。「這番你要找什麼？」

「紅蘋果哩。」瑪羅希珈答道，「我的妹妹海蘭娜一定要我在樹林裡找幾個紅蘋果給她。沒有呵，她就要殺我，而且我母親也這樣說。先生，請你告訴我，什麼地方有紅蘋果？」

偉大的正月神慢慢站起來，走到另一位中年的月份神跟前。他把長棍子給了他，說道：

「來，九月，你坐主席。」

於是九月神升坐了主席，把棍子放在火堆上揮動，火焰旺起來了，射出閃閃的金光。四面的雪立刻不見了。草地的顏色，看去是棕裡帶黃，並且是乾枯的，樹葉一片一片地從枝頭掉下來，一陣涼風把落葉吹散，田野裡也沒有很多的花，只山邊還有些野菊，深谷裡有些鬱金香，槿籬上掛著些長春藤。瑪羅希珈忽然瞧見一棵蘋果樹上累垂垂地滿是熟透的蘋果。

「那邊呀，瑪羅希珈。」九月神喚道，「那邊是你的蘋果，快採罷。」

瑪羅希珈伸手攀住了一枝，就摘下一枚來。她又摘第二枚。

「夠了。」九月神叫道，「瑪羅希珈，不要再摘了！」

瑪羅希珈立刻放了手，於是她謝過眾神，祝他們安好，急急地回家去了。

海蘭娜和繼母看見瑪羅希珈從雪地裡走來，手裡拿著紅蘋果，真詫異到極點了。她們放她進來，立刻搶了兩枚蘋果。

「你到哪裡去弄來的？」海蘭娜厲聲問。

「在山頂。」瑪羅希珈回答，「那邊有許多咧。」

「有許多，卻只帶了兩枚來！」海蘭娜怒叫道，「莫非你瞞著我們，在半路上私自吃了麼？」

「不是，不是呀，我的好妹妹。」瑪羅希珈說，「我沒有吃，真的沒有吃。他們只讓我採了兩個。他們喝住我，不准多採。」

「天雷打死你！」海蘭娜白著眼說，「我真想打你一頓呢！」

海蘭娜罵了一會，拿起蘋果來，不多幾口，便吃完了一隻。那蘋果的味兒香甜到極點，是海蘭娜從來沒有嘗過的。繼母也是這樣說。兩個人把兩隻蘋果吃完了，還只是想再吃。

「母親。」海蘭娜說，「拿我的皮大氅來，我要親自上山去，不用再差這貪懶的小賤人去了，她要半路上偷吃的。我自會找著那棵樹，我倒要看看我採蘋果時有誰敢來禁止我！」

那母親懇求海蘭娜不要出去，因為天氣這樣壞。但是海蘭娜倔強得很，一定要去。她把皮大氅往肩頭一甩，把一方圍巾往頭上一紮，去啊，向山邊去了。

四面都是很深的積雪，沒有人跡，也沒有野獸的腳印。海蘭娜只顧向前走，決意要找到那些奇怪的蘋果。後來她到底看見遠遠的一片火光了，等到走近了時，她看見那一大堆火，十二月神圍坐在四周。

海蘭娜先是吃了一驚，有點害怕，不敢上前，但是她隨即膽大起來，她簡直從他們（十二個月神）身縫裡一直擠了進去，連「勞您駕」「借光」也不說一聲；她衝到火堆旁邊，伸直了兩隻臂膀就烘手了，她竟連「您好！」也不說一聲。

正月神的眉頭皺起來了。

他沉著聲音問道：「你是誰？有什麼貴幹？」

海蘭娜輕狂地看著他，回答道：「你這個老頭兒好不識趣；我是什麼人，我有什麼事，與你有什麼相干？」

她傲然挺著脖子走開，到樹林子裡去了。

正月神的眉頭皺得更加緊了。他慢慢地立起來，舉手中寶杖向空一揮，咦！火堆立刻熄滅了，天色轉暗了，一陣冷風從山頂吹下，白鵝毛似的雪片一陣緊一陣地飛下來。

這雪把海蘭娜的眼睛弄昏了。她只見四下裡都是白茫茫的，辨不出東西南北。

她掙扎著向前，一會兒撞在一棵樹上，一會兒又跌在雪堆裡，她雖然穿著極厚的皮大氅，這時也冷得四肢麻木了。雪陣還是愈來愈大，風也愈吹愈緊了。

海蘭娜到這時候也想到從前常差瑪羅希珈到山裡來麼？也悔悟自己的太暴虐麼？不！她是至死不悔悟的。真的，她愈覺得冷，便愈恨瑪羅希珈，後來竟恨到在天上的主了。

這時候海蘭娜的母親在家裡提心吊膽地望著，她站在窗前，不知有多少時候；後來她又開門，癡癡地向著雪陣裡望。她等著，總是等著，但沒有海蘭娜來呀。

「啊唷！天呵天呵，她怎麼還不回來呀？」她想道，「難道她貪吃蘋果，捨不得就回來麼？我還是自己出去尋她。」

於是這位繼母披上了皮大氅，頸間又加了一條圍巾，動身了。

她喚著：「海蘭娜！海蘭娜！」但是沒有人回答。

她在山腳邊努力掙扎，向上爬。四面都是幾尺深的雪，沒有人影兒。也沒有野獸的腳跡。

「海蘭娜！海蘭娜！」

仍舊沒有人回答。

雪落下得更快了，冰冷的風還是怒號著。

在家裡，瑪羅希珈飯也燒好，母牛也看顧好，但是海蘭娜和繼母都不回來。

「他們怎麼還不來？」瑪羅希珈心裡想。她只好先吃飯了，吃完了飯又紡紗。一錠子的紗紡完了，天也黑下來了，卻還不見海蘭娜和繼母的影兒。

「上帝呀，出了什麼事，她們還不來呀？」瑪羅希珈心裡焦急地喊著，她探頭窗外張望，心想她們或者正在走來吧。

風與雪都停止了。山野被雪光照得很白，半空中的寒星閃閃地格外晶亮，但是終究看不見一個生物。瑪羅希珈跪下替繼母和妹子禱告。

第二天早晨，她又替她們煮好了早飯。

「她們一定很餓了。」她對自己說。

她等她們來吃，但是她們不來。她又燒好了中飯等她們來，但是她們還是不來。她們實在永遠不會來了，因為她們倆早凍死在山裡了。

於是我們這位好心的小瑪羅希珈承繼了這座小茅屋和那個園子及那頭母牛。後來她嫁了個農人。他是個好丈夫，於是他們過得很快樂。

阿四的故事

他們都叫他「阿四」。

鄉裡頑皮的孩子都會唱一隻從「阿大」到「阿九」的歌兒。為什麼就沒有唱到「阿十」呢?那是誰也不得知。但總之,唱到「阿四」那一段最討氣。他最初聽見了瞪著眼睛,後來只好一聽見就逃走。

這是牽連著「阿四」的那一段歌詞:

「阿四,阿四,屁股上生顆痣。娘看看怕勢勢,爺看看割脫來拜利市。」

於是他恨著人家叫他「阿四」,也恨著自己為什麼偏偏是「阿四」。

然而阿四他的故事並不是就此完了的。

正月裡,他淌著清水鼻涕跟在娘背後到鎮上人家討年糕頭。

二月裡,他披著破夾襖跟在娘背後到河邊摸螺螄,到地裡摘野菜挑馬蘭頭。

三月裡,娘忙了,他可樂了;他跑到爺管的租田東邊那家鎮上老爺的大墳地上玩去。他拾著了半枯的松球兒,也拾著了人家的斷線鷂子,也看鎮上的老爺太太小姐們穿得花綠綠地來上墳，照例他可以得一提粽子。

三月是阿四快樂的日子。他在爺光著背脊背著毒太陽落田的時候就盼望下一個三月；他在北風呼呼地叫，縮緊了肩膀躲在通風的屋角裡，用小拳頭發狠地揉著他的咕咕響的空肚子的時候，也偷偷地想著快要到來的三月。他盼過了一個，又盼第二個，一來一去，他也居然長成了十二歲。

也許他竟有十二歲了，但是猴子似的。爺管的租田東邊那鎮上大戶人家的墳地上的小松樹還比他長得快些。上過了墳，大戶人家那個紅噴噴胖圓臉的老爺總叫他的爺，阿四的爺，往松樹墩上挑泥。

阿四的身上卻從來不「加泥」，所以那一年大熱，他就病得半死。他是喝了那綠油油濃痰似的髒水起病的，渾身滾燙，張開眼不認識人。爺娘也不理他；好生生的人還愁餓死呢，管得了一個病小子？然而阿四居然不死。熱退了，心頭明白些的時候，他聽得爺嘆氣，朝娘說：「死了倒乾淨！」

到桂花開的時候，阿四會爬到廊簷下晒太陽了。就像一條狗似的，他爬進爬出，永遠沒有人注意看他一眼的；人們，他的爺娘也在內，鬧哄哄地從這家嚷到那家，像有天大的正經事。阿四虛弱的身體沒有力氣聽，一聽了只是耳朵裡轟轟轟的；也沒有力氣看，看上兩三分鐘眼前就是一片亂金星。他只是垂著頭靠在廊前的角裡，做夢似的亂想些不相干的事。

他想到了大哥。他曾經有一個大哥，可是記不清哪一年被拉伕的拉了去，從此就沒有消息了。他又想到他的二姊。他還有點記得起二姊的面孔。他知道二姊賣在鎮裡做丫頭。二姊也許還有粥吃，——一想到吃，他就覺得自己肚子裡要東西，可是他只咽了一口唾沫，亂七八糟再想下去。他的乏力的眼看見了他的河裡撈起來浮腫了的三哥！他是人家雇了去趕黃鴨掉在河裡死的。那時候，他，阿四，不過八九歲；那時候，爺哭，娘也哭；那時候，爺不說「死了倒乾淨」呢！

於是阿四就覺得有一團東西從心口湧上來，塞住在喉頭。他暫時什麼想念都沒有，像昏去了似的。

也不知過去了多少時光，阿四的昏迷的神經忽然嗅到了一股香味。他的精神吊起來了，睜眼一看，稻場上是許多人，都拿著鋤頭鐵耙。「阿四！」他又聽得叫，是娘的聲音。他這才又看見娘傴了腰站在他面前，手裡是一隻碗，那香氣就是從碗裡來的。這是很厚的粥湯！是真正的粥湯，跟往日的不同！

阿四可不知道這一碗粥湯的歷史。他不知道這是他的村裡還有他的鄰里幾百人拼性命去換來的。他不知道這是搶來的，差一點他的爺娘吃著了槍子。他萬萬想不到這裡頭也有血的。他咕咕幾口就吞了下去。

然而這就使得他的耳朵靈些。轟轟轟的聲音少了些，他仿佛聽得有人喊道：「鎮上他們守得好，他們祖宗的墳都在我們鄉下呀！」

墳麼？阿四忽然又忘不了他的「快樂的三月」了。然而他的爺的聲音又打斷了他的思想。爺說：「墳裡還有值錢的東西呢！」接著就用手指著東方。阿四知道這是指那個他常常去玩的墳了。他覺得有點高興，似也好像有點難過；可是他的高興或難過算得什麼，他聽得稻場上的人們驀地一聲喊，像半天空打下個焦雷，他的虛弱的身體就又有點發慌，眼前又是一片亂金星，耳朵裡又是轟轟轟。

等到他再能看能聽的時候，稻場上已經沒有人了，從東方卻來了杭育杭育的喊聲，還夾雜著聽不清的嚷叫。像有鬼附在身上，他爬了幾步，他爬到稻場的東頭，他看見了：他的爺和村裡人站在那墳墩上舉高了鋤頭。

他呆呆地望著，不懂得爺和村裡人幹些什麼；他也不想要懂得。

可是隨後他到底懂了。忽然他那「快樂的三月」又在他心上一閃——不，簡直像是踹了他一腳，他渺渺茫茫起了這樣的感想：明年三月裡沒有人來上墳了。

他得不到一提粽子了。

正這麼想著，忽然聽得那邊一聲轟天的歡呼，幾十人像一個人似的歡呼了一下，他不由地也站了起來，也笑了一笑，但是腿一軟，他又跌在地上。他躺在那裡，有意無意地聽著，也有意無意地想著。他覺得是有什麼一個東西在他心頭隱隱現現，像同他捉迷藏；末了，他好像捉住了那東西，瘦臉上淡淡一笑，自言自語地說：「誰稀罕那幾隻粽子！」

一九三四年十一月十三日。

少年印刷工

一

叮噹，叮噹，叮噹——

一天裡最後一次的下課鐘打得分外響亮似的。私立現代中學各教室裡頭就像坍倒了一爿紅髭店。大約過了五六分鐘，教室裡靜了，外邊運動場上鬧哄哄的聲音卻一點一點大起來。一個初中學生家裡的有錢沒錢，在教室裡也許倒還不大看得出，可是到運動場上卻就分得明明白白了。有錢的學生脫掉了外蓋的藍布校服就露出一件精美的羊毛運動衫。因為這是春假後第三個星期，正用得到羊毛衫。

然而羊毛衫的一隊裡，也有個等級。最高的一級，家裡有包車，早就來在校門口等候；周家寶就是屬於這一級的。他實在是十六歲，看去倒像有十八九了，生得濃眉大眼方嘴，紅春春一張圓臉。他走到校門口，高叫一聲「阿三」，就將他手裡的皮書包拋了過去。阿三就是周家的車夫，一手接住了書包，一手就拉著車靠近校門來。

比周家寶後一步出來的，是他同班的趙元生，十五歲；照年齡算，這個趙元生卻也生得並不短小，可是他那一張淡黃色的面孔就擺明了他近來吃得太少太壞。

周家寶一腳踏在包車上，扭轉頭去對了趙元生一邊吹口哨，一邊說：

「噓噓，趙元生——來！有句話跟你說。」

趙元生用疑問的眼光朝周家寶臉上相了一相，就走到車子旁邊。周家寶仍舊尖起了一張嘴「噓噓」地吹著，伸出一個中指來在趙元生臉前晃了一晃，狂笑著叫道：

「沒有什麼——請你吃——哈哈！」

趙元生臉上突然一紅便又轉白；他盯了周家寶一眼，轉身便走。

「喂，喂，喂，趙——！」周家寶在後面喊著，三腳兩步趕了上來，一手挽住了趙元生的臂膊，當真從褲子袋裡摸出兩三粒可哥糖，塞到趙元生的拳頭裡，一邊笑得怪自然地說：

「開玩笑的。開開玩笑要什麼緊！」

「不要！」

趙元生咬著嘴唇，搖一搖頭說；他的拳頭更捏得緊些。他這麼一點點年紀，要他捺住了被侮辱的憤怒，又捺住了可哥糖的誘惑，可實在不是容易的。他那淡黃色的面孔變白了，可是他那一對有精神的眼睛卻紅得像要爆出火星來。他快步走，他想要掙脫他那條被挽住了的臂膊。但是周家寶好像一塊橡皮糖，讓他粘上了身，要撇也撇不開。他跟著趙元生一路跑，一路就說道：

「當真有句話同你說——同你說，今天，今天的算學練習題，練習題，你做好了沒有？老規矩，喂，老規矩，明天借給我抄一遍。」

趙元生站住了，忍不住微微一笑。這該是他作難他一下的機會了，然而他素來不會要脅別人，他只說老實話：

「我也沒有演出來呢！」

「騙我幹麼！你是算學大家——我在操場上踢球，看見你一個人在教室裡頭也不抬一抬；你是算學大家——喂，照老規矩，照老規矩罷！」

「當真我還沒有演出來。我沒有做。我那時做的，是動物筍記。」

趙元生說著就把眉頭輕輕一皺。周家寶做算學雖然不行，猜人家的心事卻是個好手。況且趙元生——這個「算學大家」，這個「算學迷」，會擱起了算學練習題不做，這也不是第一回。周家寶的一對大眼烏珠轉了一轉，就輕聲兒說道：

「哦，我懂了。你沒有做——你的算草簿又用完了。小事情，我送你兩本。我的書包裡就有新的。」

趙元生臉兒板板地搖著頭。他並不是那種小氣人：讓人家抄了算學練習題就要謝意。然而他這半年裡，的確受過了周家寶的不止一次的謝意——練習簿，鉛筆，墨水，橡皮。他每次受下來，心裡總是又苦又羞。要不是他看到他父親實在沒有錢對付這種消費，他一定不要人家的！他好勝，他喜歡做得慷慨大方些。特別是周家寶常常要和他開玩笑——例如剛才那一次，他認為都因自家受過他的東西，仿佛身份低了之故。

然而周家寶已經在那裡叫道：

「阿三！拿我的書包來！快點！」

阿三正在懶洋洋地拉著車子走來，聽得叫喚，就快跑了幾步。

「就在這車夫面前受人家的東西麼？死也不要的！」——趙元生心裡猛地這樣想著，臉上就飛紅了；他一掙，掙脫了周家寶的手，翻身就跑，一邊跑，一邊尖聲怒叫「不要！不要！」頭也不回。

他跑到了前面電車軌道處，周家寶已經趕上來了。把兩本嶄新的算草簿塞在趙元生手裡，那周家寶就淘氣似的說道：

「小意思，老朋友。喂，老規矩，老規矩！」

趙元生手一扔，兩本算草簿以及他自己的新聞紙包好的課本都撒了一地。他呆了一呆。他不知道心裡想些什麼，可是他已經匆匆忙忙把課本和新算草簿都拾了起來，包在一處。這時候，他看見周家寶坐在包車上從側面飛也似的過去了，還看見周家寶扭著身子轉過臉來笑著叫道：「老朋友，老規矩，不要忘記！」

二

趙元生依著電車軌道向東走回家去。他有兩本新算草簿在他那新聞紙包的書包裡，就好像重了些。然而他的心頭又好像輕鬆了些——後天算學教師要答案的時候，他有東西交出去。

他一路走，一路就想著受人家的東西是不應該的。他想起前年這時候，他在小學六年級，比算草簿值錢得多的東西他也受過人家呢，然而那時候他也送人家東西。有時送他東西的好朋友忽然又和他不好了，翻起舊賬來，那說話是比周家寶的「開開玩笑」要難受得多呢，可是那時候他也可以翻舊賬，他並沒覺得好像身份低了開不得口。

於是他就想到那時候他在學校裡的情形。那時候他的姑夫又是他的級任教員李志明先生，每逢國文課時總要講十分鐘的「時事」——東三省有多少富源，「九一八」如何的傷心，義勇軍如何在那裡奮鬥。那時候，他記得，他的姑夫又是級任教員的李志明先生總是把一對紅得發亮的眼睛盯住了全班裡幾個功課最好的學生看著，聲音尖得發啞地叫道：「你們——你們將來不是做亡國奴就是做救國的大丈夫，沒有第二條路！」他記得，那時候他的姑夫又是級任教員的李志明先生的眼光確也射在他的臉上，他的心那時就發跳，似乎他那時不止一次在心裡大聲說道：「我要做一個救國救民的大丈夫，死也不做亡國奴！」

他記得，那時候他和同學們到馬路上募過捐，他和幾個同學商量好如何乘火車去「請願」；那時候，他常常做夢自家已經是一個大人，和一大群的人在車站上等候出發。

想到這裡，他自己也不知道為什麼忽然站住了，把胸脯一挺。

有一輛汽車咕的一聲剛剛在他身邊兩尺光景的地方煞住，一個戴著鴨舌帽的汽車夫的凶臉從車窗裡伸出來，把一大口唾沫重重噴到趙元生臉上，怒罵一聲「阿木林」，就啵啵地開走。

趙元生嚇了一跳。他倒退一步，定下心來朝四面看看，這才知道已經走錯了路。他忘記了轉彎了。

他回頭跑。到得那應當轉彎的地點時，他看看街角上那爿煙紙店裡的時鐘，長短針已經成為一直線了；還得一刻鐘才能到家。他掛念著算學練習題沒有做，英文也沒有溫，他就更加跑得快。

三

趙元生到家時，弄堂裡的路燈已經亮了。他家住的是一樓一底房子的前客堂。他從後門進去，那狹長的小天井裡的自來水正放得嘩嘩地響。二房東的女人朝他怪眉怪眼地笑，他也不理會，就摸進了他的「家」。

客堂裡的電燈還沒有亮。二房東的「章程」要到七點鐘這才開放電火。趙元生只覺得他「家」裡有客人——好幾個客人，卻看不清他們的面貌。他覺得有一個聲音好像是他的舅父錢選青。他放下他的書包，拿衣袖擦一臉上的汗點，他的眼睛也和房裡的黑暗習慣了，他看明了一位固然是他的舅父，另一位卻是個不認識的中年男子。他們兩位一排兒坐在東邊靠牆的兩把椅子裡——現在他家只有這兩把椅子了。

他的父親趙勉之坐在朝外他自己的床上。元生忽然覺得一定有什麼重大的事情發生了。他父親的眉毛眼睛都愁做一團了。

「阿元，你認認你的妹妹啊！」

這是舅父的不大自然的聲音。趙元生心一跳。他哪裡來的又一個妹妹啊！他本來有一個很活潑的妹妹，可是那一年上海打仗，他們全家從戰區逃出來的時候就失散了，千方百計打聽總沒有下落，都說是一定死了；難道竟沒有死，又回來了麼？他心跳得很，定睛朝他父親看，父親的嘴唇皮發抖，卻沒有說話。他再朝舅父那邊看，這才看見那位不認識的客人背後——那是在最暗的牆角頭了，固然有一個小小的人兒躲著。

趙元生心跳得說不出話來，三腳兩步就到了客人身邊，那客人卻也拉著那小小的人兒出來，推她走到趙元生面前，一邊說：「這是你的哥哥！」口音像是江北地方的。

那女孩子低著頭，木雞似的站著。

趙元生只覺得鼻子裡酸溜溜，一顆心好像脹大了一倍，從前他和他妹妹的快樂日子又像回到了眼前似的；他蹲下了身子看著那女孩子的面孔，低低叫一聲「妹妹」，他自己也不覺得地落下了兩點眼淚。

但是那女孩子轉過身去，背朝著趙元生，仍舊不聲不響站著，木頭人似的。

趙元生也跟著又蹲到她面前去。因為是朝外了，那女孩子的面孔就可以看得清楚些。這回她也不再逃避，她那一對小眼睛呆呆地看著趙元生的亮晶晶的眼睛。

趙元生覺得這麼呆鈍鈍的一對眼睛是非常陌生的，而且那低鼻梁，尖下巴，他腦子裡也是連影兒都沒有；他慢慢地伸直了身體，朝他父親看，好像在說：「難道這就是我們那活潑可愛的妹妹？」可是他不忍說出口。

「不大像罷？阿元。」

父親輕聲說，嘆一口氣。不——這雖然像嘆氣，可實在是鬆一口氣；這位老人家似乎巴不得大家都說「不像」，那就乾脆少了一樁心事。

趙元生點了點頭，又蹲下身去細看那女孩子。

那不認識的中年男子這時就開了口：

「呵，趙老先生，不是那麼說的。女大十八變，你的小姐是大前年走失的，八歲，今年十一歲了，人大了，模樣兒自然要有點走動的。呵，錢選翁，我這話可對？」

趙元生忽然又立直了朝那中年男子看，似乎也要說幾句；可是這當兒他的舅父咳了一聲，元生就轉臉看著舅父。

舅父是相信那女孩子確是他的外甥女兒的，他對趙元生的父親說：

「嗯，嗯，臉盤兒呢，是瘦了一點了；不過，這位周先生，說是陽曆一月三十號在沈家灣看見她在路上啼啼哭哭——嗯，你們不是在沈家灣失散的麼？舍妹病重的時候，還對我說得明明白白，是沈家灣，是三十號。嗯，這位周先生問她姓什麼，說姓趙，家裡還有什麼人，說有兩個哥哥；那，那，勉之，你看不是對得很麼？」

趙元生再看他父親。他父親只是瞪出了眼睛，張開了嘴，不說話。

「你姓趙？」元生拉著那女孩子的手，輕聲說。

那女孩子點了點頭，似乎也說了一句什麼，可是聽不明白。

趙元生忽然想起他妹妹手腕上邊有一點痣，而且記得仿佛是在左腕上；他馬上拉出那女孩子的左手來看，可是沒有。他再捉她的右手，慌慌張張把她的衣袖一捋，那女孩子就哭起來了。這時候，趙元生又聽得那中年男子說：

「我養了她三年多，本來當她是我自己的女兒，我又沒有女兒；這回是——前幾天聽得錢選翁說起府上走失過一位小姐，算算地方、日子、年貌，都剛剛對，今日就帶她來認一下，內人還捨不得呢。」

「嗯，可不是，真是天意，天意。這位周先生還是上月裡才搬到我住的那個弄堂，她們女人家到老虎灶泡水，一回兩回熟了，嗯，無話不說，無話不談，這才知道我們的外甥女倒好好兒收養在他家裡。嗯，可惜舍妹早死了一年，見不到了，見不到了——可憐，舍妹只有這個女兒！」

趙元生聽他的舅父講起了母親，立即就想到父親常說的一句話：「你們的媽媽是活生生被逼死的！」他近來很懂得父親這句話的意思了。父親的店鋪吃了炸彈，好好一個家只剩得幾個光身子，妹妹又丟了，父親又擱起了大半年找不到事——這都是逼他母親死的！元生覺得胸膛裡像有一團火，而這團火又直沖到他眼睛裡。而現在，父親找到事也快一年，哥哥是三個多月前進了銀行當練習生，走失的小妹妹原來好好地在那裡，如今又回來了，可是母親早已死了，母親死的時候氣喘了半夜，說一家人都要餓死。

元生忍不住哭出聲來，抱住了那女孩子說道：

「妹妹，記得媽麼？媽死得苦！她是苦死的！」

但是那女孩子只睜大了她的呆鈍鈍的眼睛。

「你記得麼，媽——打仗，逃難前幾天，媽還買了一套新衣裳想給你新年裡穿的，紅絲絨的褂子——後來逃難的時候，你，你定要穿了這套新衣裳走，記得麼，先是爸爸抱你走，後來換了大哥，後來——」

元生的話被眼淚梗住了，他用袖子抹了抹眼睛，看那女孩子。然而那女孩子好像什麼也沒聽懂，只是瞪大了她那呆鈍鈍的眼睛。

這當兒，電燈忽然亮了。元生自己做不得主似的閉了眼睛，但立即睜開來抬頭望著他的父親，又看著那位叫做周先生的中年男子。父親似乎懂得兒子的意思，便嘆了一口氣說：

「可不是，她都不記得，都不認識——連我也不認識。」

「咳咳，這個，趙老先生，」那姓周的趕快接口說，「剛才我也說過，打仗逃難的時候她嚇昏了，到得我家裡一場大病，足足有半年工夫，這是死裡逃生，難怪她忘記得精光，況且年紀也小得點兒。」

這時候，舅父錢選青走到趙老頭子身邊坐下，側著頭輕說道：

「人是不會錯的，嗯，不會錯的。近來，這位周先生光景也困難得很，放在他那邊會——餓死。難道你就光著眼看她餓死？」

趙勉之苦著臉不作聲。他一隻左手只管發狠地揪著下巴的鬍子根。過一會兒，他搖著頭　出了一句：「在我這邊也是一個餓死。」說著他就用他的長指甲彈去了一滴眼淚。

那位姓周的雙手捧住了頭，似乎在那裡想心事。

趙元生也仿佛聽到了他父親那句話。他心裡一跳。他正想往他父親那邊走，可是那女孩子忽然一手拉住了他的衣角，嘴裡說著一句聽不清的什麼話，一手卻指著牆上一件紅的東西。這是元生在學校裡做的蠟工，兩個鮮紅的桃子。元生就拿了來給她。「吃不得的」——他這樣叮囑。那女孩子捧到鼻子邊嗅了一嗅，就抬頭朝元生笑了。這笑容，就像那失去的小妹妹！元生像觸了電似的跳起來叫道：

「是的，爸爸，是的！」

但是趙老頭子正和錢選青咬著耳朵說話，一邊說，一邊在搖頭。舅父的聲音有點響起來了——「他們打算回家鄉去……幫貼一點路費罷？其實周先生在她身上，衣，食，醫藥，很花了點呢！」然而趙老頭子眉毛眼睛皺在一處，只是嘆氣搖頭。

姓周的忽然也開口了；他走過去拉著錢選青的肩膀，冷笑著說：

「令親連親生女兒也不要了，我——我可不是親生的，我倒捨不得這孩子。我不是賣人的！要不是這年頭兒難過，我一個錢也不要的。帶來認認，是的呢，留下，不是嗎，我們回去。算了，我們回去！」

這一番話，趙元生一句句都聽清；他覺得臉上一陣熱，心卻像是在縮小；他慌忙地一邊叫著「爸爸，爸爸！」一邊就拉了那女孩子向趙老頭子那邊走。趙老頭子卻早已站起來，朝姓周的作了一個揖，帶著哭聲，氣急地說：

「對不起，對不起——我的光景，舍親全知道，」指了指錢選青，一陣哽咽，就說不下去；好容易轉過口氣，他加一句道，「大恩——來世報答！」

說完，這老頭子就背轉臉去朝著牆角。

錢選青看看那女孩子，又看看那姓周的，也嘆了口氣說：

「只好再商量罷，咳，再商量。此刻——先請回去。」

「爸爸不要放她去！」

趙元生跑到他父親身邊，揪住了他父親的臂膊。他又回頭朝他舅父他們喊道：「不要去！不要去！」他看見他父親是滿臉的眼淚。他聽得父親像是怕人聽得了似的一半哽咽一半斷斷續續地說：

「阿元，你——阿元，你，養得活——她麼？」

趙元生也不明白這時他心裡是什麼味兒，他只覺得這世界上就只剩了他一個人似的，他急轉身，卻看見他舅父已經送了那姓周的和那女孩子出去。他呆了一呆，猛又看見那一對蠟桃子仍舊放在桌子上，他立即抓起了這一對假桃子飛也似的追了出去。

四

那天晚上，趙老頭子告訴他兒子：包飯作裡，他們欠了兩個月飯錢，明天不付些，包飯作後天就不肯送飯；他在廠裡的薪水已經預支到六月；而且，而且廠裡生意不好，聽說過了「端陽節」要裁掉幾個職員。

趙老頭子做事那個廠是織造汗衫、衛生衣、充羊毛的背心衫褲，還有花花綠綠的半棉半羊毛的各種女衫——這一類中等人家的用品的。打仗以前，趙老頭子那小小的洋貨店還沒炸掉的時候，也算是這個廠家的經售處。憑這一點關係，大約十個月前趙老頭子走投無路的當兒，居然找得保人進這織造廠當一名起碼的職員，每月拿三十塊錢；而且因為他究竟是做過老闆的，人頭熟，所以又讓他「掮」點貨物出去兜銷，從中也可以弄些進益。那時候，正當抵制日貨的風口，那廠的營業很不錯，趙老頭子一個月裡連正薪連「傭金」也有這麼六十多元。

不過這種「大難」以後的小小「黃金時代」，眨眨眼就過去了；最近四五個月裡，趙老頭子簡直撈不到什麼「傭金」。單靠三十元一月的正薪，哪裡夠？

趙元生一邊聽著他的父親的訴說，一邊看著那二十五支光的電燈發呆。父親說的許多生意上的話，他不能全懂；但有一點他是明白的：父親身邊此時連一塊錢也拿不出，包飯作裡的欠帳明天一定付不出，因而後天他們就要餓肚子了。他呆呆地看著那暗黃的電燈，心裡打了無數主意——都是怎樣才能夠付還包飯作的欠帳的。

「也許姑夫那裡可以想法想法？」

正當趙老頭子喃喃地背誦廠裡的存貨如何多，客銷如何紋絲兒不動，「東家」胃口又是如何小的時候，元生忽然說了這麼一句。

「什麼？找姑夫麼？他又不是開店的！」

趙老頭子瞪大了眼睛回答。他近來常常把他的兒子當作大人看待，他不管他聽得懂聽不懂。他有什麼心事總要對他說，而且好像是和他商量似的。實在他的一肚子悶氣也沒有地方可以發洩。

「找姑夫借錢來付還包飯作呀。」元生說。

「哦——包飯作麼？阿元，姑夫那裡只好借一次兩次，十塊廿塊——姑夫也不是有錢的。日長久遠，靠借債，哪裡能夠活過去？」

趙老頭子說著就嘆一口氣。看見兒子不作聲——不用說，這個年紀小小的兒子還只覺得後天沒飯吃是頂擔心的一件事。趙老頭子再嘆一口氣說：

「阿元，廠裡生意不好，要歇掉幾個人呢！要是我——我被他們歇掉，我們怎麼過日子？我，自家想起來，人緣還好，一隻苦飯碗也許保得住，可是——

可是要天老爺保佑城裡那幾爿小洋貨店不要坍。上月裡，我掮了兩百多塊的貨給他們，自然是賒帳──近來倒聽說這幾爿小店都過不了節！阿元，他們一坍，那我──廠裡這筆倒賬是要我賠出來的。我們賠得起麼？」

「要我們賠麼？貨不是我們要的？」

「可是這筆賬是我經手放的。實在也是我向廠裡賒了來再轉賒給人家的。人家也不是存心要害我。他們弄不好，天不照應，要坍，也是沒有法子……」

「爸爸！我們賠不出！我們是不賠的！從前，我們店裡也有賬放給人家──媽媽說過的，有好幾百哪──打了仗，還不是就被人家賴掉了麼？人家要我們賠，我們也要人家賠，我們還有得多呢！」

元生說時，臉都漲紅了。他母親病中，顛來倒去說不了的，就是他家一爿店炸掉不算外，還吃著了一筆倒賬。這也是逼死她的「惡鬼」一個。元生是記得牢牢的！

但是父親卻不作聲了。他看著地下，好半晌，這才抬頭嘆一口氣說：

「阿元，我們是吃虧不起的，可是我們的錢人家要賴掉就賴掉；一個廠，真真不在乎一兩百塊錢，可是他們不肯放鬆一絲一毫──我，人緣是還好，還好──

一二百塊錢的事，不見得就叫我吃官司——不過，不過，端陽後我的飯碗可就保不牢了。」

「啊！」元生驚叫起來，他的臉更加紅，連眼睛都紅得像火一樣。他從前當父親找不到事的時候他是發愁，但現在聽說父親又將沒有事了，他卻是發怒。他氣急地叫道：

「爸爸！爸爸！人家不講理麼！」

「那——那——」父親的聲音有點發抖，「那他們已經算是十二分講理了。」

父親別轉臉去，似乎不願意給兒子看見他臉上的痛苦。過一會兒，他順過一口氣來，這才又朝著他兒子看了一眼，把手去放在兒子肩頭，輕輕說：「好在你的哥哥已經弄到一個事，省了我一條心腸。我——我四十多歲不算老……」忽然父親臉色一變，撲索索掉下兩滴眼淚，就說不下去了。元生猛覺得心發抖，媽媽病重時說來說去的一句話又到了他心上，他不知不覺喊了出來道：

「爸爸，爸爸！你老了！近兩年裡老得多了！人家都說你好像六十多歲了！」

父親搖了搖頭，忍住了眼淚，他又慢慢地輕輕說：「我，還做得動，隨便哪裡，不論好歹，苦作苦一口飯總還混得過——」他頓了一頓。元生再也忍不住不讓眼淚掉下來了，便低了頭，卻聽得父親接下去說道，「不過，我沒有法子再打點你的讀書費用——我打算託人，給你也找個生意——上半年沒有機會的話，下半年總該有，反正——反正你年紀還小呢……阿元，我做爸爸的對不起你……我像——像你那麼一點年紀——年紀的時候，只曉得吃糧不管事——就如你的哥哥，你的哥——哥，也是——自己吃自己飯，也已經二十歲！阿元——我做爸爸的待虧你——我死了也難見你媽媽的！」

父親的聲音抖得厲害，像一把鋸子，鋸過元生的心。在先聽說再不能讀書的當兒，元生覺得忽然渾身浸到了冷水裡似的，但是等到父親憐惜他年紀太小，元生猛覺得心裡發出一股熱氣，他的心像漲大了，他抬起頭來，滾熱的眼淚只管淌，但他那顆心是定的，是好像舒暢的；他帶眼淚看著他父親，很像個有主意的大人似的說：

「爸爸！我去做事！爸爸，我——我將來掙了錢，你不要再做事！」

父親忍不住哭出聲音來了，他抓住了兒子的一雙手，捏得很緊。

「爸爸！媽媽不會怪你——媽媽——知道你待我好的。媽媽知道你苦！……」

元生說著，那熱的眼淚又滾個不住，他把頭靠在他父親的膝前，一時竟收不住那股又像痛苦又像暢快的眼淚。

五

慢慢地，這父子兩位都哭完了。趙老頭子覺得有點肝氣痛，便去歪在自己床上。元生呢，坐在靠窗的桌子旁，面前攤著一本英文讀本，可是他心裡儘管東一搭西一搭地亂想。

雖然他剛才很勇敢地說「我去做事」，但現在他想想有點害怕起來了。他不知道自己到底能做什麼事，又不知道他父親託人替他找的到底是什麼事；他想來父親說的「找事」大概就是「學生意」，那麼，他不久就要去「學生意」了，就要像從前他父親店裡的學徒一樣了。學徒做些什麼「事」，他很明白：掃地、揩桌子、泡水——有時也抱「小妹妹」，有時也給她去買烤白薯。學徒該做的事多得很，然而都不是「學生意」。他不願意做那樣的學徒！而且即使他願意，一個學徒升做了「朋友」（店員）以後能掙多少錢，他也有點知道，他還要養父親呢，他一定不能掙得那麼少！

他想到了他的哥哥在銀行裡當練習生。那也是一種「學徒」，可是據說很舒服，而且也真在那裡「學」。上次「外國清明」銀行裡放假，哥哥回家來住了一天，不是把「他那裡」的生活形容得了不起的好麼？不是他口氣大得很，新買了七塊錢一雙皮鞋，還說「只能將就穿穿」麼？然而他這位哥哥，媽媽在時固然常說他笨，姑夫不是也常常背後說他「沒有腦筋」麼？……元生忽然心頭一鬆。他覺得父親給他想法找的「事」，大概不能比哥哥的壞了多少。從小時到現在，大家都說他比哥哥強啊。

他轉臉朝他父親那邊看，卻見他父親的肩頭抽抽搐搐的，像是在那裡哭。

「爸爸！」元生吃驚地叫了一聲。

沒有回答。但父親也像吃了一驚，突然坐了起來，衣袖蒙在臉上。

「爸爸！」元生慌慌張張地再叫一聲，朝他父親走過去了。

父親像喉嚨裡哽著什麼東西，剛吐出「阿——元」兩個字，就又梗住了。過一會兒，父親嘆一口氣，露出臉來，元生看見他父親兩眼通紅，父親忽然高聲地很急地說了一大篇話：

「阿元！你看她到底是不是？事情會有那樣湊巧！可是你說，到底她像不像？不是，不像！可是日子和地方又都對，會有那樣巧麼？阿元，你想她會不會餓死？到底她是不是？」

「你說的是誰啊？爸爸！」

「誰——」趙老頭子瞪大了眼睛，半晌，這才嘆口氣，好像自言自語，輕得作怪地說：「誰——你的小妹妹啊。」

元生心一跳，覺得汗毛都根根直豎。他聽到過這樣輕得作怪的聲音，這樣的一句話！他記得媽媽病重的時候常常自言自語好像跟什麼人在說話，問她見了什麼人，她常常這樣用輕得作怪的聲音說：「誰——你的小妹妹啊。」而現在父親的神氣，就跟他媽媽那時一模一樣。他害怕得說不出話來了。

但是趙老頭子的神氣慢慢地又跟平常一樣了。只是眉頭皺得很緊。他盯住了他的兒子看，吞吞吐吐又問道：

「阿元——到底——她，像不像？」

「笑起來——像！」元生想了一想回答，也盯住了他父親看。

老頭子的眼皮忽然一跳，就趕快低了頭。過一會兒，他從牙縫裡嘆出一口氣，低聲說：

「大概不是，只好當她不是罷！」

「是她！爸爸，是她！笑起來像。」

「呵，呵！笑起來像？誰叫她笑起來像！」趙老頭子忽然像生氣，逼尖了嗓子喊著。他頓了一頓，忽然聲音又抖起來，拉著他兒子的手像求饒似的說：

「阿元，阿元，不要——不要再說像了；我，我心裡，受不住了。是像——像罷，我——有什麼辦法？沒有錢，姓周的不肯放她——就是他肯，領了她來，知道養得活她呢養不活她。」

「她一個小孩子也吃不了多少，爸爸！」元生想了一會兒說。

「可是她要大起來的啊。」

「爸爸——我也要大起來！」元生說得很有把握。

「你——」老頭子不懂兒子的話。

「我也要大起來的。我掙了錢，我幫你養她。我——不是你說下半年我不去讀書，去做事麼？我會比哥哥用得省。哥哥十塊錢一個月用得精光，我——我只要用三四塊，不，一塊也夠了，多下的九塊都給你養她——我再大起來，她再大起來；可是我一定掙得多些了。」

元生說的時候挺起了胸脯，就像一個負責任的大人一樣。

父親一邊聽他說，一邊點著頭，似乎臉上也有點笑容。但是等他說完了時，父親就輕輕嘆了口氣，看著他兒子好半晌，這才慢慢說：

「阿元，恐怕你找到的生意，沒有像你哥哥那樣好了。他——他是機會巧，他——人又比你大幾歲……今年，市面比去年壞，生意難找。」

「那麼，爸爸，」元生著急地問，「你打算叫我去做什麼？」

「現在也說不定。碰機會——也許不會怎樣壞。」

老頭子說了，便又歪在床上，手捧著頭。

元生覺得心頭像塞著一團茅草。他回到靠窗的桌子前，對著那本英文讀本只是發呆。他不一定羡慕他哥哥的職業，然而他想到自己將來不知道會碰到些什麼，便有一種說不出的恐怖。

「一定不是，眼睛和鼻頭沒有一點點兒像呀！」

忽然歪在床上的趙老頭子自言自語嘆出了這麼一句。

元生趕快轉過臉去看他的父親。但是父親不再說什麼，只是仰天躺在那裡，眼睛像是閉著。「我一定要到那姓周的家裡去看看，再仔細看看她到底是不是。」——元生心裡這麼想。於是他就想到要是他看出來果然是他的妹妹，那他一定要設法：找姑夫幫忙，或者跟那姓周的講理。他想得很專心，漸漸地就把職業那可怕的謎團忘記了。

六

端陽節漸漸近了。好天氣呵！太陽光是黃澄澄的，太陽光落在趙元生家的天井裡，像一張慈和的笑臉；天井裡那些破舊的洋鉛桶呀，竹小凳呀，都閃閃地發著光彩。

太陽光是沒有私心的。它照著有錢人的高敞的洋臺，也照著窮人的斗室。太陽光並不因為趙元生他們窮，而減少了溫暖。然而趙老頭子那張陰淒淒的苦臉卻又並不因為太陽光沒有私心，而有些喜氣！

每天早上七點鐘，趙老頭子迎著那暖洋洋的太陽光，到廠裡去辦事。太陽光晒得他的灰白頭髮噴熱氣，然而他的心裡卻是冰冷的。他走一步懶一步；他就怕一進了廠門，那胖子經理會叫了他去，板起臉對他說：「姓趙的！算清工錢，明天你不用來了！」

每天下午六點多鐘，他背著太陽光從廠裡走回家；太陽光還是那麼溫暖，然而他禁不住嘴唇和手指老是發抖。好像「犯人」又過了一堂，他知道他的「死刑的判決」只有愈來愈近。

到了家，他就坐在床上，像一尊泥菩薩似的呆住了好半天。然後——要是元生已經從學校裡回來了，他就會像背書似的告訴元生：今天廠裡有兩個同事咬耳朵說話，一定是說他的飯碗保不牢；他從他們那種神氣猜得到的，他問也不敢問；他經手放出去的賬一定要吃倒賬了，他們過了端陽節就要餓肚子；而元生的「尋生意」託了好幾處都還沒有回音。

要是元生還沒放學回來，這老頭子也會自言自語傾吐他的苦悶，直到元生來了，然後再從頭背書似的訴說一遍。

「阿元，近來你天天回來得很晚，你有什麼事呵？」

有時候，趙老頭子等到天黑才見兒子回來，那麼，見面第一句便不是「今天我在廠裡」如何如何，而是這樣的問句了。他似乎怪他的兒子不肯早點回來分擔他的憂鬱。

「哦——我在學校裡看書呢！許多好書，爸爸，許多……」

想起那些好書裡的「好故事」，元生興奮得臉也紅了。但是父親打斷了他的話頭，嘆著氣說：

「唉！好兒子！你是肯用功的。可惜！你要去學生意了，書本子上巴結，也是白費心血。」

「不是！爸爸，不是的！」元生回答。「學生意，也要有知識。先生這麼說，姑夫也是這麼說。書裡有許多好故事——學生意的好故事呢！」

「書上說得好聽罷哩！阿元，我告訴你，今天，廠裡總經理……」

趙老頭子於是又開始他的每天照例的「課程」，聲音很低，調子又很慢，臉上的皺紋刻得很深，嘴唇也有些抖。

元生靜坐在那裡，低了頭。父親的話，老是那一套，元生早就聽熟了，便也不大注意；他心裡卻在回憶那些好書上的「好故事」。自從他知道父親大概要失業，而自己不得不去「學生意」以後，他找過他的姑夫李志明，請教了許多事情。李志明在職業問題上並沒替元生出主意，卻反復叮囑他道：「有一天書讀，就安心讀一天，拼命讀一天；可是不要死讀那幾本教科書，這些不過是升級的敲門磚，現在你已經用不到了。你應當多讀課外的書，增加常識的書。一個人無論學什麼職業，常識是一定要有的。」

素來就很尊敬李志明的元生於是天天到學校的圖書館裡找書來讀。圖書館也實在簡陋，除了文藝性質的少年讀物，並沒有什麼常識的書。然而趙元生到底尋得了幾本中意的「好書」。

這幾本不是常識書，卻是激勵青年的「名人成功史」。趙元生特別中意的，是幾位出身貧苦而終於成了事業的發明家的小史。他們都是外國人，從前趙元生也聽得過他們的名字，卻總以為他們是大學出身呢！

但是這一天他回家以前在學校圖書館裡又看到了一本書，內中卻有一篇講到一位出身貧苦的「成功者」卻是個中國人！而且還是活著的，還是同住在上海的一個中國人！

這就是洋布店學徒出身而終於靠自修成了電氣工程師，並且創辦了華生電氣製造廠出產華生牌子電風扇的姓楊的中國人！

這個「故事」十二分感動了趙元生。

趙老頭子絮絮的訴說已經完了，然而元生還是低了頭默默地在構造他將來的大計畫，大理想。

「阿元，你的生意真難尋；昨天你的舅舅說……」

趙老頭子遲疑了一下，伸手去摸著元生的肩膀。

元生像驚醒似的抬起頭來，對著他父親的面孔堅決地說道：

「爸爸！舅舅給我想的門路，我不要！我要去學電氣匠，或者什麼機器匠！爸爸，你從這兩條路上託託人罷！」

趙老頭子驚異地睜大了眼睛，搖著頭。他不懂他的兒子為什麼要做「下賤」的手藝工匠，他覺得他家雖然窮，可是穿一件長衫的身份無論如何要保住的呵！他顫著聲音說：

「阿元，生意是難尋，可是你的爸爸總還有幾個場面上的熟人，哪裡就會弄到叫兒子去學手藝匠！阿元，你不要心焦！」

「我不是心焦！爸爸，我是打算過了，要學電氣匠或者什麼機器匠。」

元生的口氣依然很堅決，而且他那雙很有精神的眼睛裡閃射出樂觀的光芒。

不過兒子的心事，兒子的「理想」，做父親的是了解不到的，即使兒子說了出來，做父親的也覺得是一句「夢話」罷了。安逸了半世卻突然遭到打擊的趙老頭子已經什麼都沒有了，然而「長衫身份」的毒卻仍舊留在他心裡，牢不可拔。

七

趙老頭子預料中的不幸，特別早到。而且事出趙老頭子的意外，竟不是他一個人的飯碗敲破，而是幾百人的飯碗一齊敲破了。原來他所服務的那個廠關了門了。

這一來，趙老頭子倒省了一樁心事。「現在是天坍壓人家，倒也罷了！」——他對他的兒子說。十多天來他老是愁眉不展，此時忽然神氣舒泰些了。

「不過，我的運氣真不好，」他看著陽光豔麗的天空，又自言自語地說，「我經手放出賬去的幾爿小店倒還沒有出毛病，偏偏是廠倒了！」

「明天我們還有飯吃麼？」

元生很擔心地問著。然而他立即臉紅了一下，他知道自己這一問，孩子氣太重。近來是「大理想」塞滿了他的腦筋，他覺得「吃飯問題」應當不是頂重要的。

趙老頭子只嘆了一口氣，也不說什麼。

以後接連有幾天，趙老頭子的行動忽然緊張起來了。他不像從前一樣呆坐在床上，也不對兒子嘮嘮叨叨地訴說那些永遠不會完結的「家常」，他的臉色也頗像一個還能打主意的活人的臉了。顯然他也有一種「理想」或「計畫」，正在努力進行。

他這「理想」，或「計畫」，在一個星期日的上午居然揭曉了。

那時元生剛吃過四個銅子的粢飯團，正在看一本「開明青年叢書」，突然舅父錢選青滿面笑容地走了進來。

「恭喜，恭喜！那邊已經說妥了。」

錢選青一面說，一面拱起兩個拳頭靠在自己胸口連連搖動。

「哦！啊——啊——」趙老頭子驚喜得說不上話來了。他轉一個身，忽然拉住了元生，說道：「謝謝舅舅，磕個頭！」

元生不知道他們鬧些什麼把戲，但也猜想到大概就是指自己的「學生意」；他朝舅父望了一眼，又看著他的父親，似乎說「我不要的」。

「磕個頭，乖兒子！」趙老頭子又催促了，臉上是笑意。

元生只得行了個鞠躬禮。

舅父好像沒有看見，也沒像新年拜年的時候說「不要客氣」，卻轉臉對趙老頭子叫道：「啊喲！我倒忘記了！那邊要你住進去呢！多了個阿元，怎麼辦呢？開頭幾個月你也只能拿十多塊錢，要是你還租了這間客堂給阿元住，一是不上算，二則你也開銷不夠。」

「那——自然只好退租了，阿元呢——嗯！」

趙老頭子看著元生，搔搔頭皮。

這時元生也知道不是自己找到了「生意」，卻是父親有了事。他倒覺得心裡輕鬆些，就捧起了那本「青年叢書」再讀下去。

他聽得舅父很得意地在談著父親的事怎麼就「說妥」了：他沒有聽懂那到底是一件什麼事。到後來，從父親的一二句話裡猜起來，元生以為那一定是什麼祕密的賭場；他於是索性不看書了，只默默地坐在那裡懸想父親的新職業該是怎樣一種光景。

舅父走了以後，趙老頭子就對他兒子說：

「阿元，你只好到姑夫家裡住幾天了，反正一兩個月裡你的生意總可以找到的。」

「爸爸！賭場是害人的！姑夫說過一個故事——」

「不要亂說！那是小總會，進進出出全是長衫班，上等人！」

趙老頭子說著，就坐下去托住了下巴出神。

八

趙元生一住到姑夫家裡，就不去上學了。姑夫家裡沒有女僕，姑母自己又帶一個吃奶的孩子，姑夫整天在學校裡教書。姑母是不把元生當作客人的，有時忙不過來，也常常使喚元生上街買東西，或者代抱孩子。

在姑夫家的生活跟他在自己「家」裡完全不同。第一是熱鬧。姑母性情很爽快，愛說愛笑，不滿一周歲的小弟弟也很可愛，一點也不怕生的。第二是忙而快樂。姑母抱著孩子休息的時候從不嘆氣，也不嘮嘮叨叨地訴說窮苦，也不抱怨命運；姑夫教書回來時雖則臉色有點蒼白，但滿身都有一股勁道，從不垂頭喪氣。

「姑夫也是窮的，可是跟爸爸不同，姑夫不曾窮光了做人的興趣。」

元生在姑夫家裡住上了五六天，心裡就有這樣的意思。

元生自己也是不肯窮光了做人的興趣的。書本子上明明寫著：窮苦的學徒也可以成一番大事業。他就靠這個美妙的希望把自己撐起。然而姑夫李志明好像並不希望做大學教授——至少，姑夫李志明並不做著什麼「名人」的「夢」——那麼，姑夫的做人的興趣到底是什麼呢？這一點，也是元生隱隱約約感得，而同時有點不懂的。

姑夫家裡有許多書。這是元生沒有事時的伴侶。他渴望再多曉得些窮苦出身的大偉人的故事。但是姑夫那些書大部分是講「國家」或「社會」的，小部分卻講宇宙如何形成，最古的野人如何生活——元生雖然熱心地看，不懂的地方仍然很多，而懂的地方也不感多大的興味。

姑夫家裡的熱鬧空氣也使得他漸漸忘記了書，並且忘記了他的切身問題——學生意。他覺得住在姑夫家裡很有趣，而且他以為姑母實在也需要他這麼一個人幫做些雜務。

有一天晚上，姑夫正在批改學生的作文課，元生坐在一邊讀報紙，忽然姑夫擱了筆，仰起頭來，朝空中看了一會兒，便轉臉對元生這邊說道：

「元生，我聽得你的爸爸說過，你要去學電氣匠，可是真的麼？」

「真的。」元生回答。

「今天我的一班有作文課，我不出題目，叫他們各人隨便寫點感想；這裡有一個學生就說：只有科學能使中國強起來，所以他志願做一個科學家。可是他在學校裡就是自然和算學兩門最不肯用心，回回考試都不及格。年輕人說志願，往往只是聽人說什麼好就要志願起什麼來了——不過，元生，你到底為什麼要學電氣匠。」

姑夫說這番話的神氣，跟當年在課堂上仿佛。元生漲紅了臉，但是仍舊頗有自信地說出他的理由來。末了他反問道：

「姑夫，一個洋布店的學徒還能夠自修成功電氣工程家，那麼，倘使我開頭就學電氣匠大概更加有希望罷？」

姑夫望著元生這邊點著頭微笑。這又宛然是當年在課堂上聽得了滿意的對答時的面貌。元生快活得心有點跳。

「你這志向是好的，」姑夫的口吻極溫和，臉上依然有著微笑。「可是，你這『夢』，做得太大了。元生，你的『理想』，一半是對的，一半卻不對；你不把手藝工匠看作下賤的職業，這是對的；你相信只要自己肯立定志向，發憤學習，那就到處可以發展你的才能，可以對社會有貢獻，這也是對的；然而你先存心要做將來的『元生電器廠』的創辦人——要照著姓楊的走過的路去走，這才決定主意要學電氣匠，那你就錯了！姑且不說你這動機好比看見人家買彩票中了頭獎於是乎你也去買彩票，單就你這希望的本身而論，你這『夢』也就做得太大！你把事情看得太簡單了！」

姑夫這番教訓，元生心裡並不能完全佩服；然而姑夫的買彩票的比喻，卻戳著了元生自己也不大覺得的弱點，他滿臉通紅，低著頭，只把眼光盯在他那破皮鞋的尖頭上。

「為什麼我說你這『夢』做得太大呢？」姑夫似乎看到了元生的心裡，繼續著又說下去。「因為現在一個當電氣匠的，一天工作十多個鐘頭；實在也沒有精神和時間在工作之外再研究自修。即使你真能刻苦用心，而且環境也好，你居然自修成功一個電氣工程師了，可是你想創辦什麼廠，還得有資本。在這社會裡，什麼都是有錢的佔便宜。」

「但是，姑夫，那姓楊的本來也不是有錢的！」

元生抬起頭來看定了他的姑夫說。元生臉上的表情很複雜：在尊重姑夫的意見之外，又帶著強烈的自信。

「對了，他也不是有錢的。然而他的成功，一半靠他自己努力，一半也靠了好機會。他開始仿造小件頭的電器，遠在二十年以前呢。正當歐洲大戰，舶來品又貴又少的時候。這便是他的好機會！現在美國人，德國人，日本人，都在上海開了規模很大的電器製造廠，恐怕中國人已經有的一點電氣工業也要被外國資本打倒了罷。」

李志明說到這裡，眉頭一聳，臉上的皮膚便板得緊緊的，眼睛卻睜得很大。元生肅然看著，眼前便現出當年在課堂上激昂悲憤地演講「國情」的好先生李志明來了。於是疏遠了好久的愛祖國的熱情便又在他血管裡膨脹。然而「學生意」的問題仍舊釘在他心上。並且從姑夫剛才那番話裡，他又隱隱約約感得「祖國」和他個人同樣前途暗淡的悲哀了。他的「好夢」被揭破了。

過一會兒，元生遲疑地輕聲問道：

「那麼，姑夫，我還是不要學電氣匠罷？」

「這倒也不然。」姑夫很乾脆地回答。「要是你對於電氣工程有特別的興趣，那你就應該學！不過不應該看見有人從這上頭成了點事業，這才你也要走這一道！你相信知識或技能並不一定要在學校裡求得，當學徒的，只要肯用苦功，也可以自修到——你這志向好極了，但是你千萬不可以有另外的『夢想』！把太大的『夢想』當作你的『志向』的錦標，你就免不了要半途失望；那時你會連那『志向』也把不牢了！」

「我不再做夢了。可是，姑夫，你看來，我到底學什麼好？」

「你這一問，我也回答不來了。」李志明善意地微笑。「照了通常的說法，你喜歡什麼就可以學什麼；可是我要警告你：無論對什麼事，喜歡得太早是危險的！」

九

「我到底喜歡什麼？」——這個問題在趙元生腦筋裡盤旋了好多天。

他私下裡計算，哪幾項職業是他自量幹得下的？沒有。

他撇開自己的能力問題，再想想他的父親或舅舅能夠給他找到的是怎樣的職業？呵！這是他猜想得到的。他的父親不是常常說他的哥哥和生的職業（小銀行的練習生）再好沒有麼？他的舅舅不是說過什麼跑狗場、回力球場的 Boy 也頗有出息麼？父親和舅舅打算給他找的職業大概就是這一類了：穿長衫（舅舅說，Boy 們也穿了燙得很整齊的長衫），不必用腦筋，更無所謂專門技術，只要會鑽會拍就可以保牢飯碗。

這一類的職業，元生雖然還沒經歷過，可是他想來就覺得討厭。

並且自從那天經李志明一番話點破以後，元生的「未來好夢」也被驚醒。他開始對於自己職業的前途悲觀起來了。

然而十五歲的他即使「悲觀」也不會長久的。新的希望又在他心裡發芽。他自己問自己：「我能不能吃苦呢？能！我比別人笨麼？不！我有沒有目的呢？有！我既然能吃苦，不笨，有目的，我大概不至於毫無成就罷？只要我選的職業跟我的性情合得來就好了！」

他想像中跟他的性情合得來的職業一定是規模巨大的工廠，那裡有許多新奇的機器，他可以從這些新奇的機器學習，他學會了以後那就「熟能生巧」，可以有一點發明，一點改良；可不是，照他讀過的那些近代發明家的軼事看來，他這「理想」可也不算太高罷？

「不怕沒有機會，只怕沒有志氣。」——這句話似乎並不騙人。趙元生不久就得了個機會。

那一天，正是他在姑夫家裡過滿了第三個星期，忽然他的姑夫對他說：

「今天我們校裡的高年級學生要去參觀一個造紙廠，你反正沒有事，同去看看也可以。吃過中飯你到我校裡來找我就是。」

「參觀一個造紙廠呵！造紙廠裡大概有些新奇巧妙的機器！」元生隨口應著，心裡就湧來了他在書上見過的一些大機器的圖形。在這些圖形中，他努力要找出一架造紙的來，然而沒有。他又設想著造紙的機器應該是怎樣的？是否和碾米的機器相像？他從前看見過碾米的機器，覺得也已經夠巧妙。……總之，他一時裡腦筋忙極了，竟忘記跟他姑夫說定千萬要等他。當他發現姑夫已經走了時，他就怪自己糊塗。

這一天上午，元生一心只想早點吃了中飯便去找姑夫。不等姑母吩咐，他就幫著淘米，幫著煽煤爐。然而這一天姑母偏偏不忙著做飯，似乎她壓根兒就不知道元生心裡有正經事。煤爐上的水滾了，她倒拿來泡衣服。

元生好幾次溜出去看隔壁煙紙店裡的時辰鐘。每次回來時他總是跑到姑母跟前心焦地說：「姑媽！好燒飯了！」

兩手泡得通紅，一心在洗衣服的姑母，卻只是搖著頭說：「忙什麼！」元生發現了那半木盆的髒衣服是他的「冤家」，他就要幫著姑母將這一班『冤家』打發走。但是姑母又不許，倒叫他去抱小表弟。

於是元生覺得只好聽天由命了，抱著小表弟只管出神。他一會兒看著滿頭大汗在洗衣板上搓衣服的姑母，代她用勁，一會兒又懸想著造紙廠該是怎樣的有趣。他漸漸記起了從前他讀過一本書，裡頭講得有中國漢朝的蔡倫是紙的發明人（那至少離現在有三千年光景），並且一千年前歐洲也還沒有紙，卻用著硝軟研光的羊皮，又貴又笨重。

他又記起了從前姑夫說過：中國沒有發明紙的時候，文字是寫在或刻在木板或竹片上，所以那時候有什麼人要上「萬言書」給帝王或當朝的大官，光景是推了一車子木板或竹片去的。他想像到一車子的木板和竹片才只一封信，就禁不住獨自笑個不住。

他知道中國一向造紙都用手工。他沒有到過手工造紙的作場，然而他見過手工造草紙。那是把稻草切斷了，浸在石灰水裡，許多天以後，稻草爛了，就用棒攪勻，再加進些水去，使成為薄漿，於是用一種特別的四方形的木架子（大小就跟草紙一樣），中間裝著一片稀竹簾的，到那稻草漿裡平平一揀，再捧起來，就有一片黃漿留在那木架子裡的稀竹簾面上，略乾後揭下來在太陽裡晒燥，就是一張草紙。從上海到杭州鐵路兩旁的田裡和墳山上，常常看見有無數黃色小方塊排得整整齊齊的，就是在那裡等候晒乾的草紙。元生也曾問過「內行」，知道手工造紙的方法也跟造草紙差不多，不過原料是用竹肉（也可以用麻，用桑樹皮），而且不靠太陽晒乾，卻用火烘——有一種特別的暖房，牆是夾層的，中間空，生著火，要烘的紙就貼在牆上。

元生想得正在津津有味，忽然小表弟在他胸前哭起來了。而且姑母又在那邊煤爐前喊道：「阿元，阿元！光景是弟弟要撒尿了罷？」

小弟弟的哭和撒尿就將什麼暖房，什麼想像不出來的大機器，還有什麼碧綠的田野上面整整齊齊貼著的無數黃色小方塊，一股腦兒全從元生腦子裡趕走。元生滿肚子的委屈。幸而姑母也就搬出中飯來了。

胡亂裝了兩碗飯進肚子，元生就趕到他姑夫的學校裡。

跟在學生們的排尾進了那造紙廠時，元生的心就撲撲地跳個不住。呵！什麼都是新鮮的，什麼都是大規模的，都是奇妙的！他站在那比一間房子還大些的銅球面前出神。他幾乎不覺得聽著姑夫說這大銅球是漂白破布用的。他看到那長長一排而且尾巴上有兩三個大滾筒的造紙機，又立定了捨不得走開；他想不到剛造出來的紙原來不是一張一張而是無盡無窮連接的，只有那永無間斷的河流可以比擬。他癡癡地望著造紙機頭上的紙漿池，那明明像是一池清水，然而這「水」慢慢流著，流過了那一長列的似乎並不複雜的機器，到了尾巴上的大滾筒時，就已經是雪白的紙，這紙又霍霍地自己卷到一根鐵棒上，永遠不會完結。偉大的機器的神通呵！

參觀完了，學生們都在廠門內空地上排好隊，準備回去。趙元生興奮得滿臉通紅，還時時回頭望著機器房的門口。忽然他瞥眼看見辦事室前面牆頭的木牌上有許多佈告，他就走近去看著。他猛然驚喜地叫了起來：「哦，哦！啊！姑夫，姑夫！」可是這時他的姑夫並沒在近邊，這時學生隊伍的前排已經蒲達蒲達走出廠門去。

原來元生看見了那佈告牌上有該廠招收學徒的通告和章程。

回到姑夫家以後，元生的耳朵裡還是充滿著機器的騷音，眼睛前還是掛著那浩浩蕩蕩河流似的白紙。他坐在小表弟的搖籃邊，一聲不出，臉孔卻是紅紅的，連眼睛都有些紅。突然他的臉更加紅了，他站起來垂著頭踱了兩步，然後決定了主意似的轉身直朝他姑夫跟前走去，呼吸很急促地說道：

「姑夫！我要進造紙廠去做學徒。他們那邊正在招收學徒！」

十

現在趙元生是造紙廠的學徒了。他工作的部分，叫做「打漿部」；他伺候的機器，便是「打漿機」，又叫做「荷蘭機」，因為是荷蘭人發明了這一種機器的。

差不多跟趙元生的姑夫家的客堂同樣大小的一個池子——不過是圓形的、裡頭滿滿的全是豆渣一樣的東西，慢慢地自己在移動。趙元生的「上手」——一個中年的麻子，站在那池子旁邊，有時按著機器上的一個亮晃晃的熟銅轉柄（那機器占了圓池的一小半面積，但是大部分躲在豆渣般的濃漿裡，露在上面只是一個頭），忽然那池子裡的「豆渣」就轉動得快些；有時他用手去按著另一個轉柄，於是那些轉動著的「豆渣」又忽然會停止。

從工作的第一天起，趙元生就很熱心地要知道為什麼有時須使那些「豆渣」轉動得快些，而有時又須使它靜止了一下。然而三天已經過去了，那中年麻子並沒有把這「祕密」教給他。一天到晚，他忙的是雜差。

「打漿部」有同樣的圓池子五個，每個圓池子有一個熟練工人管理著，但是打雜的學徒一共只有兩個——趙元生和另外一個十八九歲的，叫做李阿根。這是個可憐相的傢伙，平板的面孔上有一雙半睡半醒的眼睛，動作老是懶洋洋地，好像剛生過一場大病。趙元生老實不大喜歡這位「師兄」。尤其因為這位「師兄」常常要使得元生多些額外的雜差。

「怎麼，阿根這懶胚還沒來？難道又是躲在蒸料間裡睡著了麼？」第三號打漿機上的工人像是生氣又像是開玩笑地說，同時用一根長木棒——頭上有一塊長方形的小板的，插進他所管理的那個圓池子，攪動那些「豆渣」。

「喂，新來的，你到蒸料間去催一催阿根！」中年麻子看著趙元生說。於是剛剛被差到「材料間」去取了硫酸回來的趙元生就不得不再跑一趟「蒸料間」了。

說是那李阿根會躲在「蒸料間」裡睡覺，趙元生就不大敢相信。五月的天氣已經頗熱，而且這幾天「蒸料間」又在工作，那個十二尺直徑，足夠元生一家再加上姑夫一家搬進去住得頂舒服的大「蒸球」，就像個極大的火盆似的把「蒸料間」裡的氣溫升高到至少在九十度光景。這樣的地方，誰還能夠躲起來睡覺，那真是怪了。然而除了太熱以外，「蒸料間」也許是個理想的偷懶睡覺的地方。這裡是靜悄悄的，沒有人來打攪；這裡只有那個大蒸球在慢慢地轉著，只有那些汽管的節縫處間或有蒸汽逃出來，絲絲地響著，像是給你唱催眠歌。

「蒸料間」的隔壁就是「選料間」，這幾天也在工作。汙穢的破布像山一般堆積著，「山」旁邊就有十幾個老婆子——也有十來歲的孩子，在那裡選剔合用的材料並且把它們撕裂成更小的布條。十幾人同時工作著，那些破布在他們手指下嗤嗤地叫著，同時就散出濃煙一般的灰塵和穢汙。老婆子和小孩子都不斷地咳嗆著。

趙元生把頭探進了這「選料間」，就有一股辛辣的臭氣直撲進他的鼻子。他胸中作惡要嘔，他的喉管裡火辣辣地要咳嗆，甚至他的眼睛裡也像撒上一把胡椒末，禁不止眼淚直淌。他趕快退後一步，行一次呼吸，然而他已經看見那李阿根卻正蹲在這「選料間」的門角裡打瞌睡呵！

「阿根！阿根！」趙元生站在門外怒聲叫著。

他朝那揉著眼睛懶洋洋地走出來的李阿根狠狠地瞪了一眼，就自顧走了。他這時簡直恨這李阿根——不，簡直覺得這李阿根就跟豬跟狗一樣！不——就是豬或狗也未必喜歡躲在這樣的地方睡覺。

在趙元生看來，整個造紙工程是美麗的，有趣的，可是那「選料間」卻是美麗中間一大汙點。是個害人的部分。他覺得那堆積如山的破布裡藏著幾百萬萬的殺人的病菌，殘酷地攻擊那些哀弱的老婆子和幼嫩的小孩子；他覺得那些潔白美麗的紙張裡頭實在混和著這些老婆子和小孩子的血肉！這樣想的時候，他簡直有點憎惡這造紙廠了。

不過當他回到了「打漿間」，而且暫時沒有雜差派到他身上的時候，他這憎惡的情緒就又平伏下去了。他從他站著的地方（他工作著的打漿部是在廠房的上層的），一眼往下望去，就看見了怎樣從豆渣般的「紙漿」變成了紙的全部工作過程。五口圓池裡滿盛著「豆渣」一般的東西，文靜的忠實的荷蘭機把這些「豆渣」推動著漂洗著，直到成為極白極白的厚漿（正跟麵糊差不多）；那邊有一個池子正在把打好的「紙漿」輸送到另一個池子裡，在這新池子邊緣的自來水龍頭汩汩地吐出清水來，把那些濃厚的「紙漿」沖薄，遠看去就和米泔水一樣；於是又輸送到又一池子裡，這池子在廠房中的地位比打漿的池子都低些，趙元生從上往下看得很明白；他看見那些「米泔水」似的紙漿慢慢地，幾乎看不出是在動的，從那最後的地方的池子流到「漉漿機」上，像一片極勻極薄沒有皺紋的水皮，通過了機器前部的一段平面，終於接觸到轉動著的銅絲網——現在，造紙工程中最奇妙的一幕來了！那極勻極薄的一層水皮（實在是紙漿）很平貼地附著在銅絲網上了，這圓桶形的銅絲網轉了過去，便由轉動著的絨布將那極勻極薄的一層紙漿粘了起來，此時宛然就是濕紙了，然後再被拖著轉去，經過了又一圓桶（也是轉動著）的吸水，便成為半乾紙，再經過烘筒，到了機尾上的轉軸上，便是完全乾燥的紙張。

這一串的工作都是連續的，自動的：各部分是分工的，然而又是合作的，多麼美麗、多麼諧和！趙元生偷眼看著，心裡便湧起了無限的歡喜、無限的讚賞。

中年麻子的粗大的喊聲把趙元生的靜默的讚賞打斷了。

「喂！喂！趙——來呀！」

趙元生趕快走到那「打漿」的圓池子旁邊，卻看見池子裡已經空了，那荷蘭機的下半身居然露出來了；然而還沒等元生看個明白，那中年麻子已經把一桶淡黃色的東西倒進池子裡，同時就開放了池子邊的清水龍頭。趙元生知道這淡黃色的東西就是他所憎惡的破布條子在那大蒸球裡和石灰或純鹼蒸煮了六小時的結果。中年麻子一邊接連倒進了第二桶，第三桶，一邊就對趙元生努著嘴巴說：

「看見麼？那邊的木漿！拿來！」

所謂「木漿」實在是雪白的跟厚紙板一樣的東西，元生早已在「原料間」裡見過，是一捆一捆的（極像一捆草紙，不過是雪白的，而且大得多），每捆上面還印著洋文，元生認得其中一個字是「加拿大」，他就猜想到這叫做「木漿」的造紙原料是從加拿大來的，是外國貨。

「木漿」拿了來了，那中年麻子也將它放進池子裡，然後用一根長木棒推動著。他推了一會兒，就將長木棒遞在元生手裡，用鼻音哼著說：

「照樣推。」

那雪白的「木漿」和淡黃色的「布漿」（就是破布條蒸煮成的）混在一處，又得了水，便成為一種粗的渣樣的東西。元生從這幾天的學徒經驗已經知道這是「打漿」的第一步。然而那中年麻子從沒告訴他，這混合的總體內木漿該有百分之幾而布漿又該有百分之幾。而這，元生因為學習的意志和好奇心，是渴想要知道的。

「好了，你走開罷！」中年痲子叫著，又把一些藥品倒進池子裡。元生卻並不走開，忽然他再也忍不住了，就很小心地問道：

「這是什麼藥？叫什麼名字呢？」

那中年痲子似乎生氣了，瞪大著眼睛朝元生看了一會兒，就乾笑著說：「阿弟，你還早哩！將來慢慢兒會知道的！」

這一個釘子碰得元生心裡非常難受，他漲紅了臉，正打算給自己辯白，正打算說「那麼我來學什麼呢？」可是那邊第五號打漿機上又在喊著：「新來的！趙——耳朵聾了麼？快點！」

就那樣伺候著五個打漿機上的各種雜差，趙元生從早到晚不大有休息的時候。

「照這樣子，挨上十年也學不到什麼的！」他時時在心裡叫屈。然而他也想起從前自家店裡的學徒生活來；那不是也盡幹著「雜差」麼，可是混過一年兩年，也居然會「做生意」。那麼，也許「打雜」是學徒們少不了的第一步磨練罷？可不是，看得多了自然會懂的！

但在各種各樣「雜差」中間，趙元生有一項最不願意的，就是去找或是去催懶胚的李阿根。把「公」和「私」分得很清楚的趙元生，認為這一項額外的「雜差」簡直不合理。

「謝謝你，阿根，少叫我跑幾趟，行不行？」

有一次趙元生再也耐不住了，在廠後的大自流井旁邊的濾水池（那是跟游泳池也很相像的）左近找著了李阿根時，就這麼恨恨地說。

李阿根那一雙半睡半醒沒有神光的眼睛只管看著地下，他那張平板的沒有表情的面孔卻顯出有點惶恐。

趙元生覺得李阿根似乎也很可憐，但突然他心頭的鬱怒迸發出來了，非要找個地方泄一泄不可。他用力唾了一口唾沫，怒聲叫道：

「你幹麼老是半死不活的！你簡直是豬，你會在髒透了的選料間裡打瞌睡！」

「什麼！」李阿根仰起臉來，睜大了眼睛，而這睜大的眼睛裡卻有一閃的異樣的光明。「不錯！我是豬，是豬，看你日子多了不也變成豬！」

趙元生也瞪大著眼睛了，卻說不出話。他的憤恨已經變成了驚愕。

「你算是人麼？」李阿根忽然怪聲地笑了，而這笑，趙元生也是第一次在李阿根臉上看到。「不錯！你現在是人！你才進來五六天呢！你混上半年，一年，再看罷！我剛進來的時候，也是人呢！現在，我是豬了，不錯，我是豬！」

於是李阿根搖了搖頭，他那對眼睛依然是半睡半醒沒有神光，他那張平板的面孔依然是那樣又可憐又可憎；他一路搖著頭，一路就拖著他那倦怠的身子走了。

猛然一個可怕的感想在趙元生腦筋上閃過了：自己將來也許就要變成這眼前的李阿根——倦怠，痲木，像一匹將死的野獸！誰敢說一句「不」呢？整天忙著那些多而無味的「雜差」！

這一個悲哀的黑影老釘住在趙元生心上。甚至他在工作時間偶得休息從高而下望著造紙工作的全部過程時，也不覺得美麗了；他只覺得那連續不斷的紙張簡直是在一點一點地把他的「生命的活力」卷了去，直到他跟李阿根一樣。

十一

快樂的日子固然是一眨眼就過去，但是煩惱的日子卻也並不過得怎樣慢。趙元生在「打漿部」裡幹雜差不知不覺將近一個月了。

他有時厭煩得要死；因為他想到日子久了說不定自己也會變成李阿根那樣的

死沉沉的麻木，因為中年麻子和其餘的幾個「上手」始終沒有教給他什麼，而也因為他認定「打雜」算不得「工作」——他相信「工作」是「神聖」的，但他覺得「打雜」卻是沒出息的賤役，尤其是像他這麼一個讀過書，有志氣的青年被派作「打雜」，他以為簡直是侮辱。

但是也因為是「打雜」，他的生活雖然無味；卻並不呆板。每天他總得跑遍了造紙廠的各部分，而除了汙穢的「選料部」以外，每一部分都還有些新鮮的趣味，吸引他的注目，尤其是每部分各有些工作上的「祕密」激發了他的好奇心。新鮮的趣味和好奇心也就時時抵消了他的厭惡「打雜」的心理。不過他也常常非催不可了。他幾乎是到一處，站一處，問這，問那，不管「打漿部」裡的「上手」們在那裡等得不耐煩，罵他也學李阿根的懶樣。

似乎造紙廠的辦事人也不願趙元生變成了半死不活的李阿根，有一天趙元生突然被調到「切斷整理部」去了。

這一部分在全廠中是趙元生一個月的「打雜」生活接觸得最少的一部分。這一部分有很巧妙的自動「切紙機」，趙元生走近去看過了一次以後，心裡就常常在惦念著這幾架機器。然而現在他居然被調到這一部分來了，他自然很高興。

而且他在這「切斷整理部」內也不是打雜的了。他有工作。這地位的提高，也使他精神一振，覺得自己的生活到底走上新階段了。

他的工作是把已經切斷的紙張一五一十數起來，數的時候，見有汙穢破損的就得剔出，數滿五百張算是一個單位──叫做一令。

經他這樣「整理」過的紙張送到「打包間」去；那邊是專門打包的機器。以後就由運貨汽車來載了去，送到市場，再到了用紙的人們的手裡。

趙元生到了「切斷整理部」的第一天就感到自己的新工作雖然輕便，可是責任重大。他從前在學校時，碰到練習簿有這麼一兩張破的，染汙的，或褶皺的，他就要不高興；現在他就負有這使人高興或不高興的責任！他極願使得用紙的人們──尤其是跟從前的他一樣的窮學生，不至於因為他的偶然不仔細而不高興。

他集中全身的注意力在前面的一厚疊紙上。他數著，他檢查著。他心裡記著數目，他的眼光不敢歪一歪，他的手指很不熟練地然而勤奮地動著。

在他的周圍，有霍霍的紙張響聲，也有工人們的談笑聲；可是他就跟沒有耳朵似的，他所有的精神都分配給眼睛和手指頭了。

漸漸他覺得手指有點酸了，額角上有汗珠了，而不斷地翻動著的紙張的雪白的閃光也耀得他的眼睛有點昏眩了，然而他的責任心使他努力掙扎著。

當他「整理」完了一「令」，鄭重地捧在一邊的時候，什麼手指酸，眼睛昏眩，全都沒有了；他只感得工作的愉快——盡了責任的愉快。他暝想到這一「令」紙從造紙廠到了市場上，又裝成練習簿或者印成書到了一個不相識的小朋友的手裡；那小朋友翻了一遍就高興地叫道：「好紙！張張潔白，張張光滑！」他忍不住微微一笑，他又變成有耳朵的了。他的耳朵裡很清晰地響著那位莫須有的小朋友的讚賞：「好紙！張張潔白！張張光滑！」

於是在滿意的心情中，他抖擻精神再來開始第二次的「一令」的工作。

忽然在照常的紙張響和工人們的談笑聲以外，有一道聲浪是準對了趙元生的耳朵來的。他並沒聽清，他也不要分心去聽。然而這聲浪第二次更強烈地撞擊他的耳膜了。他感到有人在對他說話。他稍微分心到耳朵上。固然那聲浪第三次又來了。他聽清了：

「喂！新來的！你這樣細磨細琢，一天數得了幾令呢！」

說話的人在趙元生右邊，一個面目和善的青年工人，看去不過二十多歲。他一邊說話，一邊不停手地霍霍地翻動紙張。趙元生惘然轉過臉去，卻正看見那人翻過了一張有褶皺的紙——這些褶皺是由「濕紙」變成「乾紙」的時候因了紙幅的極輕微的不平貼而被造紙機的那些滾筒軋起來的。

「哦——可是，剛才你翻過一張有皺紋的，沒有剔出。」趙元生熱心地說。

那人的眉毛聳了一下，似乎對於趙元生的「指摘」不大樂意，但到底和善地笑了一笑回答道：

「一張皺的？哎哎！工頭不是說過，皺的，破的，髒的，都得剔出麼？可是他又要你快——每天你交五十令，他還嫌你太慢！」

五十令這個數目字將趙元生弄糊塗了。他甚至忘記了已經數過的數目。他嘆一口氣，只好把手頭的那疊紙從頭再數起。

「你是新來的，你是生手，那自然不同；不過你這樣細磨細琢……」

那人還說些什麼話，趙元生就沒有聽明白；他也無心去聽。他現在知道他不但對於用紙的人們要負責，並且對於廠裡也要負責；前者要求張張紙都是好的，後者卻要求他工作得快。這似乎很難兩全，但是他不灰心——他不是容易灰心的。他相信做熟了以後自然可以兩全。

這一天的工作時間完了時，工頭固然說他「做事細心，可是太慢」！

太慢——趙元生自己也承認，自己也感得不滿意。他努力想把自己的眼和手練成那切紙的機器那樣正確而且迅速。

切紙機的動作是「公開」的。肥大的捲筒形的紙裝在那切紙機的一頭，拖出來經過了機器中部一組轉動的小輪子，紙就被拖拉再向前，先受了直切，再被「腰斬」，於是按照預定尺寸的兩張紙就有了。切紙機的發聲是文靜的，動作是靈敏的，就跟一個溫柔的小姑娘一樣。

趙元生也是文靜的，靈敏的，然而他到底不是機器。最初幾天裡，工頭並不限定他每天工作的數量，因為「原諒」他是「生手」。但是後來就限定他每天得「整理」出三十令來了。又過幾天，他就被規定每天非交出「五十令」不可！這時候，趙元生就覺得自己簡直被人家當作一架機器用了。然而人家使用機器也還有個限度；一架機器每天開足馬力能出多少貨，就硬是多少，人家不能勉強使它再多；可是對於一個人，他們就不管三七二十一，只是要你做得更快更多。今天你不能交出五十令，明天就要你交出六十令來了。

同時，趙元生雖然勉強對付著，滿足了工頭的要求，可是心裡老大的不愉快。他知道他的工作不免潦草，他對不起無數的用紙的人們！

如果他又知道廠裡因為用進他這麼一個得力的學徒而開除了一個老年的工人，那他的「不愉快」也許還要加深。

然而即使他不知道有這麼一回事，他對於眼前的工作卻一天一天地覺得厭惡起來了。每天足足有十個鐘頭站在那裡只是數弄那些紙張，數的時候明明看見有些紙張有點小毛病，然而因為要工作快，只好含糊放過——這簡直不是叫趙元生「學習」什麼對人對自己有益的工作，而是在「學習」怎樣過麻木的生活，怎樣消滅責任心！

有時實在悶極了，也倦極了，趙元生也學別人的樣，一邊數弄著紙張，一邊和右邊那個和氣的青年工人說說笑笑。但是十次裡有九次就招來了工頭的斥罵，說他工作「撤爛汙」。趙元生知道廠裡並不對於貨的品質怎樣認真——他和他的同伴們手裡「整理」出去的貨明明是很可以挑剔的，然而「打包間」裡從沒退回來過，廠裡所認真的就是出貨多而且快，工頭是怕他們說說笑笑就耽誤了出貨的數量罷了。而特別對於趙元生嚴厲，是因為他是學徒，而別的工人卻是包工。

趙元生每月只拿廠裡六塊錢的津貼，因而他的工作愈快愈多，則廠裡所得的利益就愈大。

把這一點也看明白了時，趙元生在厭惡以外再加了憤怒，可是他到底還年輕，他不知道怎樣方能求得公道，他唯一的辦法是脫離了這造紙廠。

十二

趙元生離開了造紙廠，只好仍舊回到姑夫家裡。

這是六月的第一個星期日，熱悶得很。天空像是一塊厚的鉛板，趙元生的心也像是鉛做的，只管發沉。

他一步懶一步地走進了姑夫家裡，就看見一屋子的人；他聽得姑夫李志明用了鄭重的熱心的辯論的口氣在說話，他又看見他的父親皺著眉尖搖頭，他又聽得他的哥哥和生的聲音在另一邊似乎跟姑母也有爭論。

他不知道發生了什麼大事情，站在客堂門邊不進也不退，只是發怔。

姑母手裡抱的小表弟是第一個看見了元生的，就咿咿唔唔地說起只有他自己懂得的話來，伸開了兩隻小臂膊。姑母也看見了，叫一聲，「元生！」這一聲就打斷了房裡說話的聲音。他們都回過臉來朝元生看了一下。然而，又若無其事地回轉臉去。這次，只有姑夫一個人在那裡說話了：

「勉之，別的不說，有一句古老話，大概你還相信：三百六十行，行行出狀元。況且在造紙廠裡做工，到底也學點真本事，你要叫他去當 Boy，眼前看看，好像進益多些，可是將來……」

「將來做酒吧老闆也說不定呢！」和生忽然插口說，掏出手巾來擦著他那雙烏亮的皮鞋上的一個泥印。

李志明淡淡一笑，不理和生，仍舊對趙老頭子說：

「而且元生的性格也跟當 Boy 不相宜。元生不喜歡那種……」

「這孩子就是這點牛勁不好呵！」趙老頭子搶著說，輕輕嘆一口氣。「不過這是他年紀輕，不知高低；他高興起來時，嘴巴也還伶俐。他的舅父也說他『擺相』不錯，就怕他牛性發作，不肯巴結。可是我看他也不是講不通的。家境艱難，他是知道的。我老了，知道還能掙幾年呢。」

李志明覺得無話可說了，轉眼看著還是站在客堂門邊的元生。

元生到底也弄明白他們爭論的是怎麼一回事。他好像心裡亂得很，但又好像並不是「亂」而只是空洞，只是厭倦；什麼造紙廠裡做工，什麼當 Boy，他都覺得跟自己沒有關係。他已經走出造紙廠了，所以姑夫的代他爭論，他也只是一個耳朵進一個耳朵出，並沒在他心裡停住；至於什麼Boy呢，他們說他們的，他本人是聽不進。因此他默默地站在那裡，就好像是啞子是聾子。

可是他又聽得他的姑母也來勸他的父親了。姑母後半段的話，他聽得很清楚：

「……進造紙廠是他自己的主意。他情願的。你要他改行業，他不情願，要是三天二天鬥氣出來，那倒弄做駝子跌一交，兩頭勿著了。」

「造紙廠，我也不去了！造紙廠裡沒有意思！」

元生忽然很不耐煩地說。他走到客堂中間，又站住了，朝四面看看，好像他找不到一個可以安放他的身體的地方。

「不去了？出了什麼亂子？」

李志明驚訝地問著，同時卻也注意到元生臉上的氣色是一種形容不出的煩躁帶著厭倦。

姑母也吃驚地睜大了眼睛看著元生。小表弟又朝元生這面伸出小臂膊來咿咿呀呀的，意思是要他抱，但是姑母不理睬她的小寶寶的要求。

趙老頭子和他的大兒子和生卻也詫異，然而也高興。

「哦，這就好了！」趙老頭子滿含著感激的意味說。「真是天意，剛好我們給你弄個事情有點頭緒，你也回心轉意了！」

趙元生低著頭，不回答。父親的話使他發生反感——就同嗅到了黴爛的氣味似的使他胸口難過，然而父親的不中聽的話裡那種慈愛的深情又使他忍不住要哭出來了。他心裡擾亂得說不出話。

李志明似嘆息非嘆息地「嗳」了一聲。

誰也沒有注意。然而元生卻像被這一聲震醒了，他抬起頭來，兩顆眼淚不自覺地掉了下來，他有聲無力地朝了他父親也朝了他姑夫說：

「造紙廠，我不去了。整天數數紙張——對不住人，也沒有意思。不去了。可是——Boy呢，我不會做。爸爸，我不願意做。我——」

元生又低下頭去，偷偷地用袖口抹一下眼睛。大家都張開了嘴望著他，等候他說下去，可是他沒有話。

趙老頭子皺著眉頭催促道：「你要做什麼事呢？你太心活了。你存的是什麼主意，說出來也不要緊。」

「我還沒有主意。我只是不願意去當Boy，我——哎，讓我想幾天再說。現在我心裡亂得很呢！」

「嗨，阿元，不要太孩子氣！找事情不比買東西，人家是不等你的；你遲了一步，就有別人來搶了去！不用多說廢話了，今天你跟我去，明天就帶你去照個面，成不成，馬上可以定局的！」

和生也接上來說：

「你不要不通世故。為了你的事，託過多少人，陪過多少小心呢！現在給你弄好的，是○○總會的酒吧間，規矩大得很，主顧全是大班，買辦，大公館的太太小姐；跟什麼造紙廠的學徒比起來，真是天上地底呢！」

「我不去！不去就是不去！」趙元生的聲音忽然響些了。他並不朝他哥哥看一眼，哥哥的話，他是半句也聽不進去。他朝父親身邊走去，好像決定了主意，很倔強地說：

「哦，原來是什麼總會的酒吧間，伺候洋行大班和買辦的！殺了我的頭也不去！叫我去端菜斟酒，替人家脫大衣穿大衣，那我寧願在造紙廠裡整天數著紙頭！」

「哼！真是不識抬舉的賤胚！」

和生扁著嘴巴說，把烏亮的皮鞋腳架到一張凳子上去。

元生像被刺了一針，立即轉身過去朝他哥哥瞪了一眼，但又轉身朝著他父親和姑夫這邊，微仰起了頭，像宣誓似的說：

「好，好！我是不識抬舉的！看罷，到底是伺候洋人的人賤些，還是伺候機器的人賤些！」

於是他好像想到了什麼似的，把臉一板，又說道：

「爸爸！我的主意打定了。我願意的，還是伺候機器！」

「哎，哎！元生！不要不懂事！」

趙老頭子氣急敗喪地高聲說。

元生卻又低了頭。李志明看見元生臉上又是剛進來時那種陰悒的氣色。元生像嘆了一口氣，低著頭自管自說道：

「造紙廠我不能再進去了。我當面對工頭說，我不幹了。姑夫，我的鋪蓋還在廠裡，他們說，學徒告退，要保人去出面交涉的。姑夫，請你告訴我的保人罷。」

十三

「我到底幹什麼好呢？」——這個問題又時時使得趙元生苦惱了。一個青年人——特別像趙元生那樣做過「少爺」，做過「中學生」的青年人，對於職業的選擇，往往會像一個靦腆的大姑娘選擇「終身伴侶」似的，惟恐選錯了惹人家笑話。而已經留了一個話柄並且拒絕了父親和哥哥給代找職業的趙元生，一則是總想在父親和哥哥面前掙口氣，二則是自己也覺得一誤不可再誤，所以尤其躊躇不定。

自然，他的職業的方向是已經決定了：「寧願伺候機器，不願伺候人。」可是機器的世界太廣闊，又太複雜了，他對於這世界的內容又知道得太少。他又沒有人可以商量。就是姑夫李志明也不能有問必答。

趙元生又特別有一個幻想：他總希望他未來的終身的職業能夠同時解決了他的生活技能和知識欲。他的求知欲，始終在他心裡旺燃著。

照他那樣的「理想」的職業，社會中倒也並非一定沒有，然而只能碰運氣偶然得到，立時之間要找，怎麼辦得了？

不幸是趙元生又不能坐守這麼一年半載呵！雖然他還沒有到非自立不可的年

齡，可是他已經處在非自立不可的境遇了。雖然現在還沒有人要他負擔，可是也沒有人負擔他。

姑母的口氣總有點責備元生不該使性一下裡就跑出那造紙廠，「弄得身子閑起來，沒有著落。」姑夫倒不說那樣的話，但是也常常勸元生拋開了他那個太好可是太空的「理想」。姑夫警告他道：

「要是你不把你的理想放低些，要是你老以為只有同時能夠解決了謀生技能和知識欲的職業，這你才肯幹，那你就是換上一百個職業，也不會滿意的了。你會變做了馬浪蕩！」

趙元生感到孤獨了。他覺得：甚至於姑夫李志明也不大了解他。

然而李志明儘管口頭上是那麼警告趙元生的，暗中卻也依著他的志願在竭力替他多方設法。無論如何，一個青年人有那樣的志願，總比沒有好；李志明覺得「個性太強」是元生的缺點，然而同時也是元生的好處呵。

一天——那是元生離開造紙廠兩星期以後了，李志明從學校回家比平時遲了一個多鐘頭；一回來了，他就坐在書桌前沉吟，又時時把眼光瞥到趙元生臉上，似乎他正在整理出一番話，要告訴這位「個性太強」的內侄。

終於，李志明用了上課時的口吻開始了：

「元生，目前這世界上只有一個國家裡有你理想中的職業制度——就是使得青年人一方面學習著生活技能，一方面又滿足了並且提高了他的求知欲。在這一個國家裡，一個工人有時間讀書，也有專門供給他求知識的許多設備。在這國家裡，一個木匠如果被發現了有音樂的天才，國家就擔任費用，使他去專門學習音樂。因為在這國家裡，凡是做工的人，上面是沒有專給自己的錢袋打算盤的老闆的。」

「哦哦，那是不是蘇維埃俄羅斯？」元生問。

「是的。」李志明接著說。「但是在旁的國家，一個青年人想要又有職業又能滿足知識欲，那就是只好碰機會了。你在書上見到的那些苦出身的成功者，那是機會特別好，一萬個人裡也難得有一個呵！至於在中國呢，因為什麼都落後，工作時間又長，簡直十萬個人裡也難得有一個了！」

趙元生聽著便低了頭，不作聲。卻聽得姑夫又說道：

「近來我替你想了許多時候，覺得只有一項職業，跟你倒還相宜。就是去學『排字』。這一種職業，剛好是需要讀過小學的人去學習的，而且到底是天天和書本子接近，你從前學到的那一點，也不至於抛荒。」

「學『排字』這是屬於哪一行的？」

「這是印刷工業裡的一部分。一本書，先要一字一字的排成了板，然後再印刷。排字工人可以說是最先讀到那部書的人。」

最先讀到一部書——趙元生覺得這「生活」夠味兒。他的興致好起來了。他盯住了李志明的眼睛看著，問道：

「想來這件事不用先當學徒了罷？」

「不！也得先當學徒！三年的學徒。」李志明回答。但是他看見元生的臉色有點異樣，就知道這個年輕人是被造紙廠的學徒生活嚇怕了的，趕快接著解釋道：「不過『排字』的學徒跟別的不同。是真正叫你學。有些印刷所要用『排字』學徒，還得先考一考呢。」

「那麼，我就去學排字罷。但是，有門路麼？」

「有的。明天我去接洽，就可以說定了。」

李志明覺得肩膀上輕鬆了許多，就又把排字工人這一項職業的「頗有後望」約略說了一番，鼓勵著趙元生的興趣。

李志明這主意，也是偶然碰來的。他教書的那個學校裡所用的什麼作文簿算草簿，都是一家小印刷鋪承辦的；這印刷鋪的老闆常到學校裡來，和李志明也相熟。有時閒談，這老闆就很得意地講他從前的「奮鬥歷史」：如何由排字工人慢慢升到「包工頭」，然後又開了這印刷鋪。他說：

「現在我的鋪子裡，也用到七八個『上手』，五六個學徒；我自己是工人出身，我不肯待虧他們。手段好的，做包工，一個月拿進六七十塊錢，真是稀鬆（不費力）。在我那邊當學徒的，三年滿師，一個月也有二十多塊錢好拿。」

李志明並不很相信這位老闆的大話，但是他就想到元生的「出路」問題，認為這倒也是一條路，而且現成有這老闆的鋪子可以試一試。

現在趙元生自己也同意了，李志明更覺高興。他的夫人也對元生說：

「阿元，你這回可要耐心點呀。說不定你將來也開一個印刷鋪，志明那學校裡的生意就歸你去做。」

那晚上，趙元生確也做了一個好夢；但不是開印刷鋪子做老闆，而是坐在印書機旁邊讀了許多好書。

十四

一切都還順利，趙元生就在那個和李志明的學校有交易的印刷鋪子裡做了學徒。老闆姓張，人也還和氣，說話也還靠得住——除了他自己所誇耀的他「不肯待虧」他的工人和學徒。

鋪子是弄堂裡一幢兩樓兩底的住家用的房屋。一邊靠一條小小的斷頭巷，一邊是裁縫店；前門對鄰是一個蹩腳醫生的診所，後門對過則是一爿南貨店的後門，隔著一條兩人不能並肩過去的狹路。

趙元生是這小印刷鋪的第五個學徒。可是和他一同工作的，只有兩個：十八九歲的王全生和十四五歲的周連福。樓下靠著那條斷頭巷的邊廂，就是他們工作的場所。趙元生是經過造紙廠那種大規模的工廠來的，一見這至多一丈寬三丈長的邊廂裡倒放著五六個「字架」和一部印刷機，就覺得透一口氣也不大自由。

王全生雖然也是學徒，但已經老練得很。據說他的本領還是老闆親自教成的。

趙元生工作的第一天，老闆給他們介紹過了以後，這位「大師兄」就對趙元生努了努嘴巴說道：

「噢噢，讀過中學的。一定比連福強了。喂，來罷！」

於是他站在一個「字架」前，似乎是熱心，又似乎是性急，夾七夾八地教導起趙元生來了。他指著「字架」的一部分說：「喏喏，這裡就是『廿四盤頭字』。」好像恐怕趙元生不懂，他將手膀一揮，在「字架」前畫一個大圈子，加添一句道：「這裡全是，全是『廿四盤頭字』，記好！」接著，他的手膀就移到「字架」的一角，手掌在那角上輕輕抹一下，大聲說：「這是『部位字』了！」於是又很不耐煩似的叫道：「那邊是四號，這邊是五號，下面是小五號，六號。」

趙元生一邊聽著，一邊就細看那「字架」。這是舊式的方格子窗模樣的東西，很大，斜立在木架上；那些像蜂房一般排列得很整齊的方格眼內就放著鉛字——有的占滿了一格，有的卻只占半格，更有幾格則空無所有——字面全朝外；在所謂「部位字」的一角，那些方格的木框上貼著小小的紙條，都寫著字，可是字體太小，又染汙著油墨，趙元生定睛細看，也還看不明白。忽然他又聽得王全生說道：「這裡是『棧房』。這是『大棧房』，你瞧！」

趙元生急轉臉向這擠滿了「字架」的邊廂掃了一眼，想找出那所謂「棧房」者，躲在哪一個角落；可是王全生卻厲聲斥責道：

「看什麼野眼！是這裡，這裡！」

趙元生的眼光再回到「字架」上，正看見王全生兩指拈著一把小小的鑷子敲著「字架」上一個小小的突出的部分。原來所謂「棧房」——甚至「大棧房」，也還是在「字架」上。原來這就是一個方格眼裡加襯三片鉛片，突出了二三寸左右，因而這一格內容納的鉛字特別多罷了。而所謂「大棧房」者，是兩個方格眼連起來加襯了鉛片的，突出部分也比較的大。趙元生一邊看著，一邊忍不住笑了一笑。

「笑什麼！」王全生似乎很生氣了，「你想得出這麼巧法門麼？嗨！都教過你了，你是進過中學的，你自己去讀『部位』罷！」

王全生說著就自顧走了。可是他又回頭來看了趙元生一眼，似乎說：「倒要看看你有多少本事！你是讀過中學的呀！」

「讀什麼？你還沒給我書呢！」趙元生趕快追問。

這句話卻逗得所有在邊廂裡的人們都笑起來了。那邊板桌旁有一個三十來歲戴眼鏡的，正在拼排一面書，也停止了手裡的工作轉臉看著趙元生笑著。

「這就是書！哈哈！」王全生指著「字架」說，就走到那戴眼鏡的旁邊，坐了下去就做他自己的工作。

趙元生呆在那裡，眼望著「字架」，心裡茫茫然，不知道這本古怪的「書」，如何個「讀」法。他的生疏的沒有受過訓練的眼睛只覺得滿架子就像螞蟻擺好的陣營，哪裡還分別得出筆劃。他只覺得這「螞蟻陣」有些地方發著金屬的閃光（這是些簇新的鉛字），而別一些地方卻烏黑黑地，（這是些用舊了的鉛字），就跟一簇螞蟻相彷。如果這是一部書，那真是一部「天書」了！

印刷機發出勻整的「克——拉！克——拉！」的叫聲。這是從前廂來的，雖然頗為沉濁，可是又似乎輕捷而愉快。另一種聲音好像是較遠的地方送來的：「格勒格勒格勒，喀！」那就叫人聽了心裡不舒服，無端會聯想到肺癆病患者那種苦痛的乾咳！

趙元生勉強擺脫了這些機器的騷音，揉一下眼睛。再試「讀」眼前這部怪「天書」。忽然，福至心靈起來了，他發現「字架」上占了最大部分的鉛字全是些常用的熟字，而且每個方格眼裡都裝得滿滿的；可是在「字架」的一角，只占了很小的地位的，卻大都是不常用的「生字」，十成裡倒有六成不認識。趙元生並沒忘記剛才王全生手拍著「字架」的那一角說那是「部位字」，而其餘的大部分則稱為「廿四盤頭字」，現在趙元生就恍然大悟，斷定了「廿四盤頭字」其實是常常要用到的熟字，因而熟習「廿四盤頭字」一定是排字工人最基本的功課了。

他既然拾到了「讀通」這部怪「書」的線索，他的興味也就濃厚起來了。他專心一致研究「廿四盤頭字」的分佈和排列。最初，他覺到「廿四盤頭字」在「木架」上的排列次序也跟普通字典裡一樣地分「部首」，但是隨即他又知道並不完全按照字典裡的「部首」，而是依著一個字的筆劃的繁簡，竟是沒有定規。

「哼！只好硬記了！」他心裡這樣想著，順手取了一個鉛字看一下。這是四方形的長條子，一頭有凸出的字體，一頭卻是平的，這算是「尾巴」；離「尾巴」不遠，在方形的一面，又有一道淺的凹槽，看樣子一定是特地刻起來的。趙元生不明白這凹槽有什麼用處，正在沉吟，忽聽得有人在叫喚：

「喂，讀過中學的！走來！」

趙元生一時之間竟想不起這是在叫喚自己。他將那鉛字放回原處，又研究那所謂「棧房」或「大棧房」到底放著一些什麼字。原來這所謂「棧房」實在只是放繁用字的地方，大棧房裡放的無非是「的」，「了」，「吧」，「嗎」，「呢」。他忽然忍不住要笑了，因為他記起了他在中學時一位反對「白話文」的國文教師說過這樣一句話：「白話文是不成其為東西的，不過把文言中的『之乎者也』換成了『的了嗎呢』！」

「喂！趙——！讀過中學的！耳朵聾了麼？來呀！」

這次的叫喚聲卻提醒了趙元生。他回過臉去找聲音的發源地，同時卻又聽得旁人噗嗤嗤地笑了。趙元生紅著臉，把眼睛一瞪；可是勉強忍著氣，朝王全生那邊走去。

「這一段，你去撮毛坯！」

王全生說著把一張紙遞給了趙元生，又側著頭向趙元生看著，似乎等待什麼詢問。雖然這王全生的臉上有點惡作劇的笑形，可並不油滑奸險；不過趙元生還是沒有好氣，他抓過那紙片，轉身就走。

「喂！你怎麼不帶手盤去？空手好撮毛坯麼？」

王全生又在叫喚了。元生轉身站定了，卻望著王全生發怔。「手盤」是什麼呢？天曉得，王全生剛才並沒教過呢！

叫做連福的那學徒卻拿著一件黃澄澄的東西給了趙元生。這是長方形的黃銅的盤子，只有兩道邊框，靠在一面，像曲尺的形式。

趙元生一言不發，接過「手盤」，就走到「字架」面前去。他先看那紙片，原來是什麼文稿中一頁內的一段，沒頭沒尾。他左手捧著手盤，右手拿著那紙片，覺得不對，於是將紙片也並到左手裡，然而這兩件東西放在一隻手裡卻無論如何弄不妥貼。他又著急，又不肯服輸去請教王全生，正在為難，幸而那連福來了，他也是拿著一段稿子來撮毛坯的。

「嗨！是這樣一個拿法的呢！」

連福賣弄本領似的做給趙元生看，同時便向「字架」上撮取鉛字。似乎手指頭上就生著眼睛似的。他只是隨手摸去，撮得很快。

趙元生雖然看了羨慕，卻並不驚異；他知道熟練以後自然手指頭上會生眼睛，現在他只能目不旁視地看著「字架」上的無數的方格，比寫還慢地撮取他所需要的字。他學著連福的樣，把撮得的字，頭在上，尾在下，排列在「手盤」內。

「嗨！你真是傻子！」

忽然連福小聲兒地說了；這時，趙元生正把一個誤撮的鉛字歸還原處。趙元生睜大了眼睛，不明白連福為什麼要罵他是傻子。

「撮錯了不用去換的。你是撮毛坯呀！毛坯有錯字，不算稀奇！」

連福好意地說明著，一邊說，一邊他的手指仍在飛快地攝取。

「哦！哦！」

趙元生嘴裡應著，心裡卻想道：「怪不得他撮得那樣快，原來錯不錯是不問的！」

十五

一面在工作，一面就在「學習」。趙元生只混上三四天，就把印刷工廠裡大部分通用的「術語」都弄明白了。這就好比從前他在小學校裡最初學會了幾個罵人的外國字，覺得很高興。

其次，他又看了出來，「排字」這項手藝，原來並沒有什麼難懂的祕密，也沒有什麼必須師父「傳授」的祕密。在排字工作的過程中，什麼都是公開的：「字架」是公平地開放在那裡，只要你自己肯用苦功，就可以把「部位」讀得爛熟；「上手」們把「毛坯」按著指定的格式加標點，分行，分段，裝成了「版」——這也只靠著心靈手敏，並沒有特別的「祕密」。

這都使得趙元生很滿意，甚至於佩服。他最恨一種職業有所謂「職業上的祕密」，而所謂「師父」者卻非待學徒格外拍馬屁是不肯「傳授」的——或者甚至於不讓學徒「偷得」那祕密。他以為這是強迫學徒們喪失了「人格」。

然而「排字工作」雖則沒有祕密，卻有它的毫不通融的鐵一樣的規律。這就是性急不來。若要懂得「排字工作」的過程，不難；若要熟練，那麼即使是心靈手敏的人，也得經過相當長期的時間。單是那「廿四盤頭字」你要摸熟它們，也不是十天八天能夠成功的。

趙元生如果有缺點的話，那就是性急。他是個聰明人，排字房裡的種種花樣，他能夠一學就會，然而「會了」不就是「熟練」。聰明使他易學，然而不能幫助他跳過那成為「熟練」所必須的時間。

一個星期過去了，兩個星期也過去了，趙元生「撮毛坯」每天可以撮這麼四五千字了；他的指頭上也「生了眼睛了」，他「撮毛坯」的時候，可以不再相面似的盡朝「字架」細看，而是伸手去「摸」就得了，然而要以每天撮四五千字的成績再進一步——比方說，加到七千罷，卻就非常之難。

一個月也過去了，他每天淨「撮毛坯」，也只能達到六千字的最高限度。

可是以笨出名的連福卻每天能撮到一萬字呢！

「喂，連福，你來了多少日子了？」

趙元生不服氣似的問他的同伴。這時趙元生正在將一塊用過的「版子」拆開，將那些鉛字一個一個歸還到「字架」上去。這叫做「還字」。這跟「撮毛胚」剛剛是相反的工作。「撮毛胚」是排字工作的「頭」，是照了原稿一字一字排起來，「還字」卻是排字工作的「尾」，是將每一鉛字歸還到「字架」上的老地方去；趙元生直到現在每天幹的就是這「頭」「尾」兩段。對於「頭」部工作，因為至少還有創造的或建設的興味，他是樂意做的；但對於拆版「還字」卻總覺得太掃興了。

「來了總該有一年了罷？」得不到連福的回答，趙元生自言自語地咕嚕著，同時歪過頭去看看他的同伴。

「唉，一年半了！」連福一邊回答，一面皺緊了眉頭瞅著手裡的一張紙。這是經過了「初校」的「毛樣」，滿紙擠著歪七豎八的紅墨水寫的「字」和縱橫交錯跟蛛網差不多的線條。連福似乎被這些雜亂的字和線條弄得頭昏眼花了。

連福現在的工作是把「毛坯」排錯的字依照「初校」所校出來的（就是那些

紅字）一一來改正。這叫做「改毛樣」，是排字工作的第二步。通常是「毛坯」排好以後就印出一張樣子來，這叫做「打毛樣」。「毛樣」經過了「初校」，就是連福現在看著皺眉頭的東西。

趙元生還沒經驗過「改毛樣」的工作——然而他是喜歡新鮮工作的，看見連福那種愁眉苦眼的樣子，他就說道：

「好不好：你代我還字！我代你改毛樣？」

「好是好的——回頭挨罵，算你？」連福低聲說，斜過眼去瞥了那邊的王全生一下，似乎恐怕被王全生聽了去。

「自然算我！」趙元生很爽快地回答。

於是兩個人就交換了工作。

因為感到新鮮有味，精神也振作起來了，趙元生左手掌上攤著那張「初校」的「毛樣」，眼光註定了那些紅字，右手便跟小雞啄食似的往「字架」上配取鉛字；配來的鉛字，他都放在左手掌裡，不多工夫，那些鉛字便積成小小一堆，把「校樣」上的紅字遮掩了一部分。忽然，他「唔」了一聲，自言自語地說：「連福真粗心！這裡漏掉了整整一句呢！」於是他的右手接連地很快地在「字架」上摸了幾下，摸得的鉛字全收在右手掌裡。

他走到靠近窗角的一個板桌前，這裡就是連福改樣子的地方，這裡有等待改正的「毛坯」平躺在一個木盤裡。他先將右手掌裡的鉛字放在一邊，然後把「毛樣」包著的鉛字放在另一邊，就動手解開了紮住那「毛坯」的細麻線。他究竟是聰明的，他不用看「校樣」（就是經過「初校」的樣子），就記得那漏掉的一整句應當補在什麼位置；他先補了進去。接著，仍將細麻線紮好，又取過那「校樣」來，依照紅筆的校改，在「毛坯」上拔去那些排錯的字，換進改正的字；這時，他須得使用著鑷子，他使用鑷子的手法還不大純熟，然而他對於「校樣」上那些歪七豎八的紅字卻能一眼看去就有頭緒。出名笨的連福必須依著紅筆劃的線路去找到一個應當改正的「字」，可是紅線條太多太亂了，他往往找錯，他最怕「改毛樣」就是為此。趙元生可就比連福心靈得多！趙元生能夠從「文理」上看出應當改正的字，他畢竟是「讀過中學的」！

工作得正有興味的當兒，趙元生恍忽覺到有一個人走到他身邊，並且在他背後站住了。他不理會，只是忙碌地用鑷子拔出了一個字再填進一個字。他看著改正的「毛坯」，心頭便湧起勝利的愉快。

忽然，他聽得一個較重而且匆忙的腳步聲奔到他身邊停住了。這時他剛好把最後一個錯字改正，便愉快地鬆一口氣，抬起頭來，卻見連福站在一邊，臉色像一個被捉破了的扒手。

「我來改罷，我來改罷——字都還到字架了。」

連福吶吶地說，慌慌張張搶起了一把鑷子，又抓起了那張「校樣」。

趙元生笑了笑就站起來，正想說「我也改好了，」卻從他背後伸出一隻手來拍著連福的肩膀，喝道：

「你忙什麼？人家都改好了。哈哈，連福，你也會指使人了麼？」

說這話的，正是那「老資格」的王全生，他夾著一隻眼朝趙元生點頭微笑。

趙元生覺得應該代連福表明一下，可是王全生已經遞過一張原稿說：

「去撮毛坯罷！」

趙元生走到了「字架」前，便又聽得王全生似乎在對另一個「上手」說：「嗯，讀過中學的，爬得很快！」趙元生不喜歡人家老把「讀過中學的」開他的玩笑，然而他也辨出現在王全生這一句話裡卻含有驚嘆的意味。

拍，拍，拍！……

連福又在那裡「打樣子」了。這是在排好的「版子」上滾了油墨，蓋上一張紙，然後用一把長毛刷輕輕地打著。打過一會兒，將紙揭下來，就已經印好字了。這「樣子」接著就送到校對先生處。

趙元生撮完了一段「毛坯」，便也來「打樣子」。可是他使用那長毛刷的手法也還不及連福那麼熟練。這一點小玩意，也不是短時間學得到家的：下手太輕了呢，字跡就模糊不清；太重了呢，那張薄薄的有光紙又會破裂。

十六

印刷所的老闆也知道趙元生會「改樣」，會「裝版」了。一天早上，這位張老闆到排字房來和兩個「上手」嘰嘰咕咕說了一些話，就當著眾人面前稱讚趙元生「聰明」，「肯用心」，「學好」——誇獎得天花亂墜，連趙元生也覺得不好意思，臉都紅了；然而他心裡卻認真感激老闆「識貨」。

末後，張老闆拍著趙元生的肩膀說：

「好好兒幹罷，我心裡明白。我是不肯待虧人的！」

老闆說到那「我」字，就翹起大姆指來點著自己的鼻子，又格格地笑了。那邊王全生也用鼻音在笑，可又著一隻眼睛朝趙元生瞧，似乎在說：「嗨，傻小子，一陣米湯把你灌昏了罷？」

趙元生理會不到王全生那種不尷不尬的眼色和鼻音的輕笑，他一面聽著老闆的誇獎，一面忽然想起自己打算來做印刷學徒的「前夜」，姑母對自己說的一句話：「這一回，你可要耐心些，說不定你將來也開一個印刷鋪啊！」他的心便跳得快起來了。

老闆「不肯待虧人」的證據就是派趙元生兼做「上手」的工作——裝版，改樣。他被正式地給予了使喚連福的權力，他也可以像王全生那樣坐在「上手」用的板桌邊歪著頭喚道：「喂，連福，這段毛胚拿去撮一撮，喂，啊！」他跳在連福上頭了。

然而他心裡得意的，不是爬在連福頭上，而是很快地有了出路——他的才能不至於埋沒，他能真真「學習」一種本領。

他自己相信得過他絲毫沒有看不起連福的意思，他雖然也使喚連福，卻總是用了和氣的對待平輩的態度，他不擺架子；可是連福對他卻突然不同了：好像是疏遠，又好像是懼怕，而且還帶一點憎恨和妒嫉。

在白天因為忙於工作，趙元生倒也無暇去想這些「閒心事」。到了晚上九點以後，排字房停工，王全生和另一「上手」都回「家」去了，前廂房的印刷機也在休息了，染滿著油墨的大捲筒像骯髒的大頭鬼的臉孔，字架像墳堆，五支光的電燈像磷火，窗外斷頭巷裡忽然有人在小便，又忽然有撲撲撲的似乎一人在逃一人在追的腳步聲，睡不醒的嘶啞的「賣糖粥」的叫聲，又在前面弄堂裡懶洋洋拖過——一句話，在這沒有機器的騷音而聽得到斷續人聲的夜間，工廠裡只剩了連福和趙元生從「字架」下拉出鋪蓋來準備睡覺的時候，趙元生便感到難過；連福的好像懼怕又好像憎恨的神情使得趙元生心頭發悶。

尤其難受的，是樓上那架「老爺印刷機」偏偏常做夜工，那種「格勒格勒格勒，喀！」的像肺癆病患者苦痛地乾咳的聲音，一下下打在趙元生悵惘的心上，睡也不成，就只覺得心口有一團什麼東西，非吐露不行。

「倒楣的！一架破爛機器倒天天開夜工！」

趙元生像自言自語地，側過頭去，對著連福。

但是連福不作聲。

趙元生乾咳了兩聲，又搭訕地說：

「十六開的平板機！偏是它忙！喂，連福，你知道那是印些什麼？」

因為是在叫他了，連福也覺得不好意思再裝啞，便在喉頭「唔」了一聲，卻又像生氣又像哀求似的咕嚕著：

「忙了一天，趁早睡罷；你——」

「哎，哎，連福哥！睡不著啊，天氣太悶。鉛氣味，油墨臭好像成塊兒壓在我鼻孔上——嗅臭蟲，這裡，哎，連福哥，你倒睡得好麼？」

「睡不好也得睡啊！明天一早要上工。」連福的口音自然些了，忽然伸腳一蹬，似乎要蹬掉臭蟲之類，趁勢也就翻個身，跟趙元生面對面了。

趙元生好像在沙漠裡遇見了親人，忍不住天真地笑起來了，同時他就接口說：

「喂，連福哥，講講說說，就忘記了鉛臭油墨臭，也就睡著啦。你比我先來這裡，你的肚子裡藏的貨比我多——」

「噢，噢——哼，我比你笨得多啦！」

這是一針！趙元生覺得意外，但仍然笑著說：

「笑話，笑話；你到底是師兄。」

「師兄，師兄！我——唔，你平升三級了，爬得高……」

「可是我還是我，我和你還是好朋友，不過做工上頭有個上下手罷了。可是，你見我擺過架子麼？雖說我做了上手的……」

「哈哈！」連福的冷笑就打斷了趙元生的熱心的自白。在五支光的電燈下，趙元生看見連福睜大著眼睛，歪著嘴唇皮，在做鬼臉，那樣子叫趙元生又生氣又覺得受了冤枉。他沒有了說話的勇氣了。

連福忽然翹起頭來，憤憤地說：

「你不要做夢罷？上手？誰把你當做上手？我麼？你拿多少錢一個月！兩塊！我呢，我還比你多半塊！上手拿多少錢一個月？二十，三十，四十，沒有定規，看各人額角頭（運氣）。不管你做的什麼事，你拿兩塊錢一個月，就是學徒！包工頭一個月拿到百把塊，他手指頭也不用曲一曲。這裡就是用洋錢來做砝碼的。老闆加了你錢沒有？」

趙元生想不到連福心裡有那麼一番大道理，倒怔住了，開不來口。他特別弄不清的，是連福正替他抱不平呢，還是在譏諷他幹得太傻些。

可是連福接著又加添了兩句把趙元生的疑團打破：

「你就是再巴結些，也不會加你工錢的。學徒做上手的工作，只是老闆的運氣！」

「哦，哦。」趙元生含糊地應著，心裡卻翻滾起無數的念頭。他明白連福並無惡意，但也知道自己在連福乃至王全生他們眼中看來實在是傻得可以；他又知道學徒們的老是死洋洋「無心上進」，大半是為了不肯做「傻子」，然而他又自問自道：「學了本領總是自己的；本領應得上緊學，老闆的待遇不公平也應當抗議；終不成『吃了砒霜藥老虎』就算得計？」

他想得太多，直到頭有點痛了；聽聽樓上那架「老爺機器」卻還在「格勒格勒格勒，喀！」地掙扎；伴著機器聲，有一個人在哼京戲。

連福卻已經鼻息如雷。

十七

趙元生的心裡從此多了一件事：他覺得老闆只把他當作一架廉價的然而很能做工的機器，這是他越想越憤恨的；可是另一方面他的「同事」們，從王全生以至連福，卻又把他看作一條蠢得很的「走狗」──老闆伸出油手來給舐舐就很滿意的「走狗」。這使得他傷心。

他不願喪失了連福的友誼。他有時想想，連福可恨；恨他的糊塗。怎麼會不識得他趙元生不是無恥的小人？但有時他覺得連福可憐，雖說太糊塗，可是這糊塗也非一朝一夕之故，而且也是環境造成的。

他對連福更加和氣些，甚至有時工作上必須「使喚」連福的當兒，也寧願自己動手；他用盡方法要使連福了解他，他們照舊是「平等」的朋友。

因為多操了這一份心，趙元生工作的時候便不像往常似的。一切付之不聞不問了；他分一半心，注意他周圍的動靜，也檢點他自己的態度，惟恐惹起人家的反感，又說他是「像煞有介事」。

然而他愈加小心翼翼，連福的神氣卻愈加冷冰冰；偶然面對面看一眼時，連福眼光中那種又似憎恨又似畏懼的表情卻更加分明。

連福在這些日子裡似乎更加「偷懶」了，常常無事端端站在那靠著斷頭巷的窗口去，朝窗外偷偷地望一會。每次他離開那窗口，一定偷瞧了趙元生一眼，似乎防他在暗中監視。這個，趙元生也有點覺到了。

也許連福向來就有這站到那視窗去「看野眼」的習慣，然而趙元生一向都沒留意。現在他既「發現」了，就起了「好奇心」。他納悶地想道：「窗外是死巷，連過路人也少見，有什麼好看呢？」

一天下午，快到「放工」的時候了，王全生和另一個「上手」已經在洗手了，王全生把他自己份內的兩頁書推給趙元生，哄孩子似的「拜託」他多辛苦一次，那邊連福卻又像影子一般移到那窗口了。趙元生剛把王全生推給他的「生活」接過手，無意中一抬頭，正瞥見連福的手從窗檻邊移開，似乎剛遞出什麼東西到窗外去。窗是裝了粗鐵絲網的，不過年歲久了，鐵絲黴爛，有幾個小小的破洞。

「哦，怪不得他老是站到那視窗去，原來有把戲！」趙元生心裡想著，忽然臉上紅了一陣。他這臉紅，一半是代連福捏一把汗，一半是生怕自己的無意中看破了人家的祕密已經被連福覺到而且認為有意。

趙元生忐忑不安了好久，勉強裝著王全生「拜託」他的兩頁書來排解。他一會兒想起應當給連福解釋明白，一會兒又以為也應當勸勸連福不可做這種「下流」的事。

很不湊巧，前廂房那架印書機有夜工。趙元生只好懷著那種忐忑的心情，也伴著那勻整的機器聲音，胡亂睡到天明。

這時機器聲音已經停止了，前廂房的印書機旁邊橫七豎八躺著兩個人，呼呼地在打鼾。

連福也不知到哪裡去了，他那份髒鋪蓋卻還推在當路口。

趙元生揉了揉眼睛跳起身來，把自己的鋪蓋卷好，推在「字架」底下，隨便踅到那工作了一夜的印書機跟前，忽然心裡想起：「是什麼東西呢，趕了一班夜工？」便從地上那很高的一堆印件上取了一張來看了。

他本來只想望一眼就丟開手的，然而他竟讀著，越讀越不肯放手。

這是一種「小報」性質的印刷品，可是上面所講的，全是「大事情」。趙元生已經好久不看報了——寄住在姑夫家裡的時候，他每天總把報紙翻一翻，剛來這印刷鋪時，他也還抽空到後門對過那南貨店裡借看過幾次，但因為每天報上都是那些「老調」，他又忙於學習工作，所以近來倒是「不看報」成了習慣了；此時他無意中在自己工作場裡拾起這張紙，卻像睡久了的人忽然睜開眼睛。

從這紙上，他這才知道漢奸在北方大活動，知道有什麼叫「冀東自治政府」在醞釀，知道黃河以北大塊地爿快要變成「傀儡第二」，卻也知道東北義勇軍原來仍舊在活動，而且全中國各處有民眾的救國運動。

這小小的報紙不像普通報紙，這是記事中夾著議論，而且是極痛快的議論，趙元生一邊讀，一邊想：他從來不曾在普通報紙上看見過同樣的沉痛而鋒芒的議論。他像喝了一杯燒酒，心在直跳。

他自己家庭遭到的災禍，便也在他眼前出現了：雖然隔了那麼幾年，雖然這幾年來父親失業以及自己找職業種種新的痛苦層層堆積，差不多將四年前「家破人亡」的創痛埋在了最下層，可是此時猛一再湧現出來，依然好像還是剛剛過了的昨天的事情。

他靠在印書機的大輪子上，讓那過去的然而簇新的仇恨悲痛吞沒了全心靈。

忽然，前面弄堂裡平空起了猛厲的呼喝：「倒——倒——」接著又是隆隆的一片聲。

趙元生吃驚地挺起身來，小心地側著頭，可是隨即忍不住自己笑了；原來這是每天必來的「倒老爺」（倒糞的人）和糞車。

這一天，趙元生的心裡便時時回轉著那張奇怪「小報」上的烈酒似的議論和消息。他無暇想到連福對他的誤會，也無心去留意連福站到那窗口去的「把戲」，可是他卻好奇地渴望要知道另一件事。

他自己並沒排過那張奇怪「小報」上的文字，他也知道王全生和另一「上手」也沒有，不過他又知道樓上另有一個排字房，他猜想來一定是樓上排的。

他忽然覺得自己手上的工作又麻煩又沒有意思。原來那是什麼私立學校的幾周年紀念冊，除了有幾張表格，滿書是拍馬（頌揚出錢的校董）和吹牛。

中飯以後，他一溜煙跑到了樓上去。設在前樓的小排字房反鎖著門，灶披樓裡卻有人在說話。一個和趙元生招呼過幾次的工人正捧著一些鉛字埋怨著另一位工友。

「呀——阿弟，來得剛好，幫幫忙罷！」瞥眼看見了趙元生，那工人就高興地叫著，他叫做孫阿興，是專打紙版的。

一塊裝好的版子不知怎麼被他們失手弄亂了一二行鉛字，這兩位老實人正急得沒有辦法呢。趙元生進去一看，恰好那是昨天他自己裝的一頁書。他從孫阿興手裡接過那些鉛字來。又查看上文，本著他還記得那是怎樣的文字，就一半憑記憶，一半憑自己的「作文」本領，將弄亂的兩行重新排好。

「到底是讀過書的！」另一工友心悅誠服地說。

「還用你說麼！」孫阿興接口，朝趙元生伸出一個大拇指。於是他即刻拿過兩張極薄的紙（薄型紙）蓋在那重新整理好的字版上。接著又加蓋了四張厚些的紙（厚型紙），用一把硬毛刷拍拍地打著，一面吃吃地笑著說：「免得再闖亂子。」

趙元生還沒見過打紙版（或打紙型），覺得很有味。他看見板桌上還有黃紙板，還有剪子，還有剪成狹長的黃紙板的條子，他就問是做什麼用的。

「這都是襯條。」孫阿興回答。

「來！你看這裡。」孫阿興的同伴喚著趙元生說。

趙元生看見一方正像孫阿興在打著的東西上貼滿了大大小小長長短短的黃紙板剪成的條子。

「凡是空白（沒有字）的地方，我們都襯上紙板條子。」孫阿興的同伴加以說明，隨即又拿了一張厚型紙蓋上，又說：「這就得了，回頭到那邊的傢伙一烘，就是紙型。」說時，他把嘴唇朝屋角一努。

這屋角是一個灶模樣的東西，上面有鐵板和 H 字形的鐵架子，極像學校裡博物教員用來壓幹植物做標本的那壓榨器。趙元生用手到鐵架上去一摸，那鐵架是熱的。

這時候，聽得有人上樓來了。趙元生忽然又想到前樓的排字房，便問道：「前樓裡今天沒有生活做麼？反鎖了門呢！」

孫阿興一毛刷正待打下去，就在半空停住了，伸一伸舌頭說：

「進進出出總是鎖門的。知道他們藏的什麼寶貝！」

「藏的怕是鬼戲呢！」另一位接口說，也做了個鬼臉。

這可把趙元生弄糊塗了，他還想問問，但是樓下有人在大聲喚著他的名兒了，他只好懷著這個悶葫蘆趕快下去。

十八

「打紙型」那間房裡附帶「澆鉛版」。有一個熔鉛爐，終年熱烘烘。「紙型」上的文字是凹的，而且是正面的；從「紙型」翻出來的「鉛版」，便是凸體的反文，和趙元生用鉛字排成的「版子」一樣，不過鉛字排的「版子」很厚很重（因為一個個鉛字是長的），而且雖有麻線紮緊，到底不堅固，一個不小心，就會弄散。至於鉛版」呢，又薄又輕，又是一片生成，自然方便得多。

「澆鉛版」的工人叫做李興，並不怎麼高大，可是健壯得很。趙元生和紙型房裡的人們混熟了，便常常偷空溜到樓上去。他看著李興工作。

這位粗頸脖粗臂膊然而比趙元生還矮了半個頭的漢子，用一把鐵勺舀起大半勺光景水銀一樣的鉛汁，就先在熔鉛爐上一擱，然後拿過一方「紙型」放在「鉛版型」裡，很隨便似的再拿起那鐵勺，將流動的鉛汁灌進「鉛版型」的扁口——嗤的一聲，鐵勺裡的鉛汁剛剛倒得不剩什麼了，這時李興就放開鐵勺，將「鉛版型」一掉頭——像舞弄板斧，揭開了「鉛版型」的一爿，鉛版已經成了。李興像折糖片似的將「版框」外多餘的鉛片折斷，任由它掉在地上。

當「嗤」的一響時，趙元生替李興捏一把汗；他想：要是多倒了一點——只要是一點點，那滾熱的鉛汁（雖然不出汽）豈不就要從「鉛版型」的扁口裡溢出來，豈不就要燙壞了李興的手或腳麼？

「鉛版型」是兩塊淺盤形的鐵板，一邊相聯下有柄，所以像一把奇形的「板斧」，但是那兩塊鐵板能開能合，所以又像一把特別的鉗子；鐵板合攏時，三面沒一些縫，只在上端有一扁口，趙元生看見「鉛版型」裡靠一爿襯著一張牛皮紙，那紙的一頭吐露在「鉛版型」的扁口外邊，就像一條舌頭。

趙元生拿起一張澆過了「鉛版」的「紙型」來看一看，「紙型」還是好好的「紙型」，不過顏色變得赭些，那自然是受燙了的緣故，特別是凹下去的文字部分竟成為赭而帶黑，還閃閃地發著鉛光。

「用過一次就不要了麼？」趙元生指著「紙型」問。

「嗨！哪裡就能不要！」李興回答。「嗤」的一聲，李興又澆好了一塊「鉛版」，但是他張開「鉛版型」看了一看，就將這新澆成的「鉛版」輕輕地回進熔鉛爐裡去了。

「怎麼？不好麼？」趙元生又慌忙地問。

「不好！」李興搖著頭說，又舀起一鐵勺鉛汁來了。

「我看是好好的呢！」趙元生非常惋惜似的再說。

「你看是好的麼？哈哈！」李興天真地笑了，已經拿在手裡的一鐵勺重複放下。「我就是馬虎點，不把它『回爐』，回頭那邊『修鉛版』的赤佬（對同夥的愛稱）卻不肯馬虎，還是要打回票！」

李興再拿過那鐵勺的鉛汁來想澆了，但是哼了一聲，又把那一勺鉛汁回進爐裡，重新舀一勺，照老例在爐邊上一擱。

李興把「鉛版型」裡那方「紙型」弄平正些，然而——嗤的一聲。他放下鐵勺，揭開「鉛版型」，側著頭相了相，微微笑地把新澆得的「鉛版」放過一邊，撲的一下，將那方「紙型」丟在趙元生相近的一張板桌上了。

「當真，一幅紙型可以澆幾次？」趙元生忍不住又問著。

「五六次是有的，也要看紙型的生活做得好不好。」那邊「打紙型」的錢阿強回答，正在旋動那烘「紙型」的鐵架上的大螺旋直杠。

趙元生嗅得有輕微的火香。

趙元生要走了，但是他依依不捨地還把那方新烘成的「紙型」摸一下。

「阿弟，等一等，」錢阿強叫住了趙元生，就走到那邊板桌前捧起一疊的鉛字版子來，「謝謝你！省得我跑樓下一趟。」

趙元生知道這是連福的工作來了。凡是已經打過「紙型」的鉛字版就要拆散，把字粒分類還歸「字架」。他笑著點頭，就捧著那些鉛字版去了。

沒有學會排字以前，趙元生夢想不到一頁書由鉛字排成，要經過好幾道手續；自然更不知道版子裝成以後還有「打紙型」「澆鉛版」這些手續。他很佩服那位發明「紙型」的人。他想：「書印過了，鉛版回爐，依然是鉛，可以再澆別的鉛版；紙型卻保留起來，又輕便，又不至於白擱空許多值錢的鉛，將來書要再版，只消再澆一幅新鉛版就得了。這真是聰明的辦法！」

他起了好奇心，覺得印刷上一定還有多少奇巧。他要知道這一些奇巧。

「可是，鉛版為什麼還要修呢？怎樣修？」

他愈想愈不明白。

「修鉛版」的地方就在「紙型房」隔壁，一個亭子樓，卻和「紙型房」各有各的門戶。有一天，趙元生捉個空，終於在這「修鉛版房」出現了。

這裡只有一位工友，坐在當窗的板桌前。他身邊一隻木箱裡全是鉛版，他一塊一塊拿起來，先看一看，就將「鉛版」放在桌上的一座小鍘床裡鍘了一下。主要是把「鉛版」的四邊修得平直。有時只鍘下了極細的銀絲似的一條，有時多些，但有時逢到有半塊鉛版是空白時，他老實就鍘去了那沒有字的半方。

他又兼帶檢查「鉛版」。趙元生看見他將一塊「鉛版」橫看了一下，又豎看了一下，便放到鍘床裡鍘去了一隻角——連字的一隻角，嘴裡咕嚕著：「今天李興一定著了鬼了，接連幾塊都澆壞了。」

趙元生知道這是要「回爐」重新澆了，便代替那位矮矮的粗臂膊的朋友擔心事；他始終覺得「澆鉛版」真不是玩的，如果把鉛汁灌進那「鉛版型」的扁口時，剛巧——說是剛巧要打個噴嚏罷，手一震，那准會把鉛汁潑到腿上腳上。那「鉛版型」的扁口又是這樣小！

趙元生佩服澆鉛版的李興，卻不佩服那位「修鉛版」的工友。

但是樓上各部分最使得趙元生感興味的，仍是他最初視為「神祕」的前樓——小排字房。他終於和這「小排字房」裡一個工友熟起來，而且捉空兒常常進去「玩」了。因為這裡有吸引他的東西，就是前次他偶然讀了很中意很興奮的那種定期刊的原稿。

他也明白了為什麼「這一宗生活」要特別在樓上「做」。因為他從文字中看出這一路刊物一定是祕密的，承印這種刊物要擔著風火。

「老闆的看相雖則粗俗，可是骨子裡倒很有意思呢！」趙元生這樣想。他忽然又覺得老闆也還可以敬重。

十九

同時，趙元生又發現了小排字房裡那位正式工人——大家喚他為「老角」的，竟是十分奇特的人物。

首先是這人的年齡就很難確定下來。他自己說是二十幾歲，三十不到，可是趙元生估量他總有四十歲了。這不但因為他的面容已經頗見蒼老，不但因為他的舉止言談已經脫盡了青年人的「一團火」似的——或者一味喜歡胡調的氣味，並且也因為他有一句口頭禪：「哼，十年前……」

他從沒說出「十年前……」的下文，也從沒說過「十年前」他自己如何如何，然而趙元生分明感到，這一句口頭禪裡包括了無數的歡樂悲痛辛辣的意味，這是經過了一段長長的變幻太多的生活經驗的人兒才會有的口吻。

「老角」這口頭禪，有時候用得還算「離題不遠」，例如談話中說到「小五字型大小」盛行，或者打紙型的那位錢阿強並沒惡意地打趣著趙元生，呼他為「學堂裡少爺」或「小老闆」——這時「老角」冷冷地說一句「哼，十年前……」那自然是將過去和現在比較的意思了。然而更多的時候是這口頭禪竟跟談話的內容毫無關係。那時候「老角」嘴裡的「哼，十年前……」就和別人嘴裡的「他媽的」一樣了——只是一句表現著高興或驚異或忿恨的毫無意義的慣用語。

別人聽慣了，毫不以為奇；往往「老角」說著「哼，十年前……」別人就應和似的接一句「嗨，他媽的！」但是趙元生總覺得「老角」這句口頭禪就是他年紀不小的記號。

「老角」來這印刷鋪子，也不過一年光景；沒有人明白他過去的底細，只知道他在印刷界混的年數不少，熟人也極多。

趙元生又覺得「老角」另有奇特的地方，就是冷冰冰的好像是世故深又好像是頹唐的那種態度。他並不是不會生氣，有時罵起山門來，比別人都狠毒些，可是別人為了一件什麼事打夥兒起哄的時候，他多半是好像沒有聽得。即使不是好像不聽到，他也不過用了沉著的半鼻音冷冷地說：「哼，十年前……」這在別人是當作無意義的只表示忿怒的「他媽的」看待的，但在趙元生聽來卻覺得沒有那麼簡單。

「老角」對待趙元生的態度，也和別人不同。這小小的印刷鋪子裡，雖然人手不多，可是常和趙元生接近的那幾位，各人有各人的態度。王全生老是飄著又像嫉妒又像嘲笑的眼光，有了機會，總要來挖苦幾句；然而他想利用趙元生的時候，那一張嘴也就甜蜜得很。這傢伙真不愧為老闆親自教導出來的徒弟。連福對於趙元生還是又怕懼又憎恨，紙版房裡的兩三位，卻是「佩服」趙元生的；他們贊他心直、聰明，又能「學好」。只有「老角」，趙元生摸不清他的心思。

他對待趙元生並不虛偽。趙元生有叨教他的地方，他肯說；在趙元生面前，他也要罵山門的。但是他又時常流露出不大信任趙元生的意思：「你年紀還輕呢！心活，嘴巴不準……」

這種批評，很傷了趙元生的自尊心。有一次，他又偷偷上來讀那古怪刊物的原稿，讀到興奮時，便說了些慷慨激昂的話。他兩眼望著「老角」，期望著共鳴。「老角」卻給了他一瓢冷水，提不起精神似的說：

「年輕人，嘴巴是硬的……」

「心是活的罷？哼！」趙元生憤怒得臉也紅了。「公仇私仇——我是公仇之外還有私仇的！我一個家，送在他們炮火裡；我的母親死了……小妹妹不見了，我——我自己半途廢學，都是○○人害的！你以為我這樣的私仇也不過嘴上說說？」

「比起肚子餓來，你的私仇也不算了不得！」
「什麼？」趙元生摸不著頭緒。
「嗨！這一點點也不明白。你肚子餓過麼？肚子餓，比一炮打掉了你老子的洋貨店，比你媽嚇成病，比你沒有讀書，都要難受些；我見過不少人——哼，十年前，為了肚子餓，嘴巴也怪硬的，可是，哼……」
「我要是肚子餓起來，我的拳頭也是硬的！」
「好！看你！」
「老角」的聲音這回不是冷冷的了，雖然字面上還像有點信不過。
趙元生忽然想到他剛剛讀過的那古怪刊物原稿上的幾句話，就又說道：
「人愈多，力量愈大；膽子也愈大；〇〇人要使得我們四萬萬人都餓肚子，抗〇是大家都會齊心的，那自然不同了；就看我們的老闆……」
「老闆怎樣了？」
「他也肯擔著風險承印這種小報，他也要愛國……」
「哈哈！他要錢！他要多做生意！不要說這一類的小報了，只要能賺錢，比這再凶些，連他老闆也要打倒的，他也照樣肯排印呢！」

趙元生不大相信似的瞪直了眼睛朝著「老角」。

可是他不能不相信。「老角」比他年紀大，比他經驗多。

看明白了老闆的「原形」，趙元生自然感到痛快，但同時也覺得掃興。他是十二分希望凡是中國人都願意抗〇愛國，像那刊物上所說。

並不想替老闆辯護，但為了也不忍把自己的一團高興變做冰冷，趙元生勉強笑著說：

「不過，老闆倘使多接些什麼賣藥廣告，吹牛紀念冊，豈不是也賺錢；同樣賺錢，他肯印這種愛國的小報，到底比不肯印好些。」

「老角」搖著頭冷笑。

「就拿我自己來講罷，」趙元生又接著說，「雖則知道老闆左右全是為了錢，可是倘使讓我來排這些小報，我就格外要起勁些了。」

「哎，你真是年紀輕！人家欠了印刷費，老闆就不肯印了；他只認得錢！可惡就在這裡！再說我們罷，要是老闆欠了我的工錢，我也不肯排這個撈什子；我犯不著餓了肚子愛國，倒讓他老闆沾我的光，他盡拿錢，我受他的騙！凡是老闆，想拿愛國的幌子來到我身上沾便宜，我都不幹！」

「哦！」趙元生睜大了眼睛，說不出話來。他從沒想到這種地方，他簡直弄糊塗了；想想「老角」的話原也不錯，但又總覺得不盡妥當。這中間的關係有兩重，趙元生一時分不出輕重來。

他更加覺得「老角」這人不可捉摸：好像不是專顧自己，又好像是專顧自己的。突然「老角」拍一下趙元生的肩膀，少有的興奮地說：

「告訴你……（可是他又頓住了，似乎終於不告訴了），哼，十年前！要是十年前不那麼著，那自然什麼都不同了！」

趙元生感到這些話裡有「骨頭」，但是他啃嚼不出這些「骨頭」的滋味，他委實是太年輕，太少經驗。

二十

「老角」的工作房裡又有兩個木櫥。這是略帶扁形而頗闊的傢伙。不很高，趙元生靠近去剛齊到肩頭。櫥門上橫擋著小指頭那麼粗的長鐵條，而且鐵條的一端又有結實的小洋鎖。

趙元生看見「老角」的衣鈕上老掛著幾個鑰匙，「大概就是開那小洋鎖的罷？」——趙元生料想來一定不錯，但又從沒見「老角」用過。

先得開鎖，然後能夠抽下那粗長的鐵條，然後能開櫥門——麻煩！可見這裡面藏的大概是貴重的東西。趙元生猜想來，這是錢櫥，然而轉念一想，又覺得不對。鑰匙不是在「老角」身上麼？印刷場裡大大小小的工作，老闆從來不彎一彎小指頭，唯獨是銀錢，他總是自己經手。

可巧有一天趙元生和「澆鉛版」的李興開玩笑，兩人廝趕著從「紙型房」追到「老角」這「窩」裡；就在那兩口怪櫥的面前，李興一把扭住了趙元生的衣襟，趙元生插在襟頭的一支自動鉛筆不知怎樣一來就掉在地下，躲進了櫥底去。當時誰也不覺得，事後趙元生拉整衣服，可就發現了身上少這麼一件小東西。趙元生漲紅了臉，很不高興。這一件小東西還是他做了半年光景學徒掙來的第一份家當呢！李興也幫同他找覓。地下的碎雜的廢紙堆都用手捏過，哪裡有？李興疑惑不是在這「房」裡丟的，趙元生卻咬定了「是」；兩人幾乎又鬧將起來。「老角」在一旁冷冷地說：

「櫥底下呢？一對蠢傢伙！」

李興雙手抓住了櫥角，便想把櫥移動一下，李興這漢子不是沒有力氣的，可是那櫥就同生根似的，一動也沒動。「看不出這櫥又是那麼重！」——趙元生一邊想，一邊蹲著身子，用手去摸。他馬上摸得了細長的一根東西，剛叫一聲「有了」，再一看，原來是：一把沒用的鑷子。

「來吧，幫助抬一下。」李興看著「老角」說。

「老角」搖了搖頭。然而趙元生第二次去摸，居然找著了。

把自動鉛筆照舊插在襟頭的時候，趙元生瞧著那一對古怪的木櫥，心裡又想道：「這裡面藏的，到底是什麼呢？有那麼分量！」

他對於這兩口櫥的好奇心從這一次起就像有了根了，一點一點長大。可是他又不肯問「老角」，他知道「老角」脾氣古怪。他猜想來，那裡邊一定是什麼祕密的東西，然而又那麼重，他幾乎猜到武器上頭去了。

一有了這個猜度，他更不便開口問了，可是更想要探研個明白。

「喂，老角，這櫥裡的，藏了多久了？還中用麼？」有一天，趙元生又溜上來和「老角」閒談，到底彎彎曲曲裝作什麼都已經曉得了的神氣，小心地探問著。

「誰說不中用？頂新式的一套呢！」「老角」軒眉動眼地回答。

「哦？」趙元生故意不信似的裝鬼臉，可是心裡快活得要笑。他斷定自己的猜度沒有錯。

固然「老角」被激起來了。「這是我經手去辦來的，哪裡會差！」他一面說，一面就走到櫥前，動手開鎖。他衣鈕上掛著的鑰匙果然是開這兩口木櫥上的小洋鎖的。

趙元生趕快跟過去，心裡非常得意。

哧拉拉地一聲，長鐵條被抽去了。「老角」拉開櫥門，趙元生看得清楚，原來櫥身全是扁抽屜，從上到下，約莫有十多隻。每只抽屜上都裝得有銅把手。

「老角」兩手拉開一隻抽屜來了，似乎很沉。撲到了趙元生眼睛來的，是閃閃的金屬的光彩。趙元生有點心跳了。然而他竟不認識那抽屜裡的東西。那是排得整整齊齊的擠滿一抽屜的小小的長條，銅質的，極像槍彈，然而上面平，大概是方形。

「啊！真的——嗯？……」趙元生叫了起來，他這時的感想如何，自己也不很清楚。可是他也絕對沒有想起自己一向的猜度完全錯誤。

「老角」得意地揀起一顆那些黃銅的小玩意來，在指頭上掂了一掂，又橫過來看了一看，然後遞給趙元生說：「你瞧，這貨色！」

趙元生接到手裡，才知道那是正方形，有小指頭那麼粗，寸多長，十分光滑，分量也沉。他又發現那上面還有紫色的一塊四方，像個印記，而且似乎也有字。他仔細一看，可不是有一個字麼！字是「宋體」，跟他每天弄的鉛字一樣，不過字形是凹下去的，而且也不是反文。

他愈看愈覺得自己先前的猜度有點不很對似的。

「這是幹什麼用的？」他忍不住問了。

「呀，你還沒知道？這就是銅模！」「老角」回答。

銅模！趙元生仿佛記得聽人說過這兩個字。可是他仍舊不知道這小巧的「銅模」做什麼用。

「正方的，嗯——也是放在什麼槍裡的麼？」他心裡這樣想，口裡就說出來。

「什麼槍不槍！這是澆鉛字的！」「老角」一邊說著，似乎很不高興趙元生的不識貨，劈手就把那粒「銅模」奪過去，放回原處，就要關那沉重的抽屜了。

趙元生不讓關，嘴裡急忙地說「等我再看一看」，便用力把抽屜拉出些，定睛細瞧，固然每粒「銅模」上都有一塊紫色的四方，方形中都有一個字。這許多字，沒有一個重複，趙元生經過訓練的排字學徒的眼睛立即就辨認出它們是按照「部位」排在一處的。

他又央求著「老角」換一個抽屜給他看看。裡邊也是滿滿的整齊地躺著的「銅模」。他嘆一口氣，暗笑自己先前的猜度太古怪。

「不過，鉛字也是小小的長方條子，這銅模上那個字卻又不刻在橫頭，反而在中腰，這可怎樣澆成鉛字呢？」趙元生的好奇心換了一個方向，疑問又很多。

「那是有專門的機器的，叫做澆字爐子。」

「怎麼我沒有見過？阿興那邊有麼？」

「沒有。本來有一架老式的，用用不靈了，被老闆賣掉。」

「也像阿興澆鉛版那樣澆麼？」

「笑話！你沒有見過，就跟你說，也不明白。」

「老角」似乎厭煩了，一面將櫥門上的鐵條插好，仍然加了鎖，一面望著趙元生搖了搖頭笑著。

「銅模一定很貴罷？」趙元生看著那鎖得很嚴密的兩口木櫥惘然說。

「很貴。一個不大不小的印刷鋪子，一半的家當就是銅模呀。」

「想來是為的刻它費事……」

「嗯——可是，銅模也並不是用手工刻的。」「老角」一邊說，一邊已經走到工作臺邊，揉揉眼睛，就拿起了鑷子。

又不是用手工刻的——趙元生更覺得奇怪，然而他已經耽擱得時候多了，他只好下樓去工作，把那一肚子的疑問暫且放開。

從那時起，趙元生上來找「老角」閒談便離不了「銅模」。他逐漸地知道了「銅模」實在也可以說是「澆」的。有些專為刻字的，先在「空鉛（那是和普通鉛字一樣的東西，不過沒有字）的一端刻了字，也是凸體，而且也是反文，然後把這鉛字放進電鍍箱去，在有字的一頭鍍上了銅（紫銅），等到銅鍍夠了時，然後從電鍍箱中取出洗淨，用人工將那一層薄薄的銅衣（只是刻字的一頭才有的）很小心地剝下來——這算是第一步手續完了。這時那薄薄的銅衣就好像是一片殼，外面（或正面）是一個反字，凸體的，內面呢（也就是反面），卻是那同一字的凹形的正文。將這一片「殼」，露出反面在上，鑲焊到特製的小小長銅條（就是銅模的身子）中腰處的方窪堂裡，使平，就成功了「銅模」。

由銅模澆鉛字，可就容易得多了。澆字的機器俗名「爐子」，可想而知內部必有用到火力的（通常是用煤氣來燃燒）。澆字的原料——鉛，就由這火力來熔化，並且經常保持著流質的狀態。新式的澆字機器完全是自動的；裝上了銅模，開了機器，在克嚓克嚓的勻整的響聲中，新鉛字就一個一個吐出來，很整齊地排列在承接那些鉛字的狹長銅槽上，只要看銅槽裡裝滿了時把它們出空就是了。

趙元生知道了這一切時，也就恍然於「銅模」比鉛字貴得多的原因了。不但銅比鉛貴，而且「銅模」既然先須刻字在空鉛上，又須電鍍，又須用人工剝下那層銅衣，用人工鑲焊——多少人工，是貴在人工上呢！

「你看見過人家製造銅模罷？」趙元生很羨慕似的問「老角」。

「怎麼沒有見過！我還幹過這玩意呢！」「老角」得意地回答。「我在一家很大的印刷所裡做過，那裡什麼都有。石印、影寫版、三色版，我都見識過。還有排字機器呢！」

「什麼？排字的機器？機器會看原稿麼？」

「嗯，也許將來會有人發明一架機器，能看原稿，只要將原稿放進機器的嘴裡，它就會把書排好，從屁眼裡拉出來。不過，現在還不能。我見過的排字機器是專排洋文的。仍舊是人在排，可是——你想想，多麼舒服，不用彎著腰撮字，只要坐在機器前面，彈風琴似的按捺字母的鍵頭，機器就會將毛坯排好，從屁眼裡拉出來……」

「哦！那真是太舒服了！」趙元生說著，咽下了一口唾液。他是最恨彎著腰撮字的。

有好多天，趙元生的腦子裡充滿著這些聽來的印刷上的巧妙。他渴望能夠親眼見一見。他時時想道：「要是在一個大規模的印刷所做著工，多少有趣！」他愈加不滿意眼前的簡陋的工廠和機器的工作了。

並且他那種想有所發明的野心忽然又復活起來。自從經過了造紙廠學徒和排字學徒兩次的實地經驗後，他這個太天真的野心早就死了，但現在……也不能怪他太空想，他知道排中文的排字機器還沒有，可是，洋文的排字機發明以前，誰又預料得到有一天排字人只要坐在那裡按捺一些鍵頭就得了呢？

趙元生覺得，若要實現他這「夢想」，第一步就須進大規模的印刷所去做工，增多他的見識。他存了這個念頭，卻還不敢說出來，可巧機會來了。「老角」不知為什麼和老闆吵了一場，告起假來。大家都說「老角」要走了。果然，告到第三天的假，「老角」穿了長衫來取他的零星物件。趙元生抓空兒跑到樓上，「老角」

一見就說道：

「喂，元生，這可不定哪一天再見了。」

「你真個要走麼？」趙元生心裡很難過。

「不走，等他趕麼？我找好了生意。比這裡場面大得多的一個印刷所，不過工錢並沒比這裡多。算了罷，混混再看。」

「大印刷所！」趙元生心裡一動。他嘆口氣低聲說：「可惜我……」

「你也想——」

「早有這個心了！」

「哈哈！你要一走，老闆真會肉痛的。來罷，和我一道去。我給你去辦交涉。拿學徒的錢，做上手的事，哪一家不歡迎呀！」

趙元生快活得說不出話來，只抓住了「老角」的手，抓得緊緊的。

這以後，趙元生的職業生活就另是一番光景了。

兒子開會去了

父親把原稿紙攤平，提起筆來正要寫，忽然房門輕輕開了。父親坐在那裡是看不見房門的，然而從腳步聲他知道進來的是他的兒子。

父親朝書桌對面小櫥頂的大鵬鐘看了一眼。十一點又十二三分。「怎麼這鐘又慢了？」——父親這樣想著，就擱了筆。

「爸爸，下午我要到市商會去。」

「哦！」父親嘴裡應著，心裡卻又想到他手頭那篇文章的內容，在某一點上推敲起來了。兒子看見父親沒有話語，轉身預備退出。

「噢，到市商會去麼？哦？」父親的心又移到兒子身上了，就又猛然記起就是昨天妻告訴道，阿向近來常常和同學們出去走，甚至走到文廟公園，來回足有二十里路，這在他這樣一點年紀實在要走傷身體的。

「到市商會去幹麼？」父親轉身看著他的兒子說。

「開會。」兒子回答，臉上浮出一絲按捺不住的笑影來。

啊！——父親也想起來了，明白了，今天是五月三十。

「你也到了要去參加什麼『運動』的時候了麼？」——父親心裡這樣想，盯住了兒子的面孔看。

「三個人同去，都是同班的。」

兒子說。要不是他猜想父親有不讓他去的意思，他是連這一句話也不願意說的。關於他「自己的事」，他向來就不肯多說。

「認識路麼？」

「認識。同去的人認識。」

「那麼，來去都坐公共汽車罷，不可以再走呀。我給你車錢。」

父親說著，便又轉眼看著未了的文稿，打算再續上幾句，把一小段告個結束，就下樓去吃中飯。

他提筆寫著，可是又分明聽得兒子在房外的書架上找什麼書，又聽得他下樓去了。

文稿的一小段告了結束了，他讀一遍，搖搖頭，便放下筆。

想起要給兒子車錢，他取出兩張角票，就走下樓去。

兒子坐在小籐椅裡，狡猾地微笑，這是他覺得大人太多心太嚕蘇的時候常有的表情。

母親在燙衣服，看見丈夫來了，就說道：

「阿向要到市商會去參加群眾大會。你已經允許他了麼？他先同你說，他知道你不會攔阻他。我想不讓他去，有危險，可是他說爸爸已經答應了。」

「大概沒有危險。」

父親一邊回答，一邊就走到兒子面前，又定睛朝他看著，又在心裡想道：

「哦，你也到了要去參加什麼『運動』的時候了麼？你是覺得好玩這才要去呢，還是——」但是母親卻問兒子道：

「倘使被捕了，你怎麼說？」

「我說，軋熱鬧的。」兒子回答，又狡猾地笑了。

「噯嗨，你看，」母親趕快對父親說，「他們連『口供』都對過了。有組織的，有組織的，他們準備著有衝突。」

父親還沒回答，兒子卻又說了：

「叫我們不要多帶錢，不要帶紙，不要帶鉛筆。」

「那麼，是學校裡叫你們去的麼？」父親問。

「不是。」

「哦！那麼誰叫你們去？你們怎麼知道今天在市商會開大會？」

「學校裡並沒正式叫他們去。」母親說明著。「可是鼓勵他們去。誰要是去了，不作缺課算。教員也有去的。」

「先生另外走，不同我們一路。」

「哦！」父親朝母親看了一眼，覺得她剛才所說的「他們準備有衝突」不是過慮了。然而怎麼能不準備有衝突呢？這是在中國呀！

母親已經把衣服燙完，一面收拾電熨斗，一面就說：「依我的意思，還是不要去罷；他太小了！」

「快點炒蛋炒飯罷。十二點我要和他們會齊的！」兒子卻又來催促了。

「還沒到十二點麼？」父親問。他只曉得兒子學校裡放課總是在十二點的。

「今天他是早出來一個鐘頭，也不作缺課算的。」母親回答，便到廚房裡去。

父親又盯住了他兒子的面孔看，心裡便想到十一年前的今日。十一年前的今日，這兒子只有兩足歲，剛剛會走。十一年前血染南京路的第二天晚上，母親同她的兩個女朋友從「包圍總商會」立逼「宣布罷市」的群眾大示威回到家裡時，一把抱住這兩歲的孩子，一面興奮地說：「我們一隊裡有小學生，馬隊衝開了前排的大人，有好幾個小學生跌倒了，我看見一個──不過十二三歲，在馬蹄下滾過，幸而交通隊立刻來救了去。我那時就想到我們的阿向。可是，阿向大了時，世界總該不是現在那樣的世界罷？」

以後每有一次示威運動，每有一次看見小學生們參加而挨著皮鞭馬蹄，母親回家來總是抱住她的阿向，沉痛地說了同樣的話語。

最近，她看見了「一二．一六」北平的受傷學生的攝影，她喚著阿向說道：「阿向！你看，這一個臂上綁著紗布的，好像比你大不了幾歲呢！唉，他們對於小孩子也下毒手！」

然而現在阿向也到了要去參加什麼「運動」的時候了呢！十一年前無數的跟阿向同樣大小的孩子，現在大概也同阿向一樣懷著又好奇又熱烈的心情準備去參加第一次示威。

父親想著，心裡覺得有點難過，又有點快慰。

兒子匆匆忙忙地在吃蛋炒飯了。父親和母親坐在旁邊看他吃。父親覺得他應該對兒子說幾句話，可又覺得要說的太多了，而且兒子也未必全懂，兒子畢竟是太小了一點。

母親卻先開口了：

「開過會倘使去遊行，阿向，你還是不要去罷。」

兒子只管扒飯進嘴裡。

「遊行可以不去。你的肺病剛好，多走要傷身體的。況且，要是半路裡被沖散了呢？你又不認識路，怎麼回來呢？」

父親也說了。但是兒子狡猾地笑了笑，匆匆地把飯吃完，這才很不平似的叫道：「不怕，不怕！不認識路，我會問，會叫車子！」

他伸出手來，又說：「車錢呢？」

父親給他兩張角票，他就走了。母親一直站在後門口看他走出了衖堂門。

「你不應該先允許他去的！」母親回到客堂裡就抱怨父親。

「不許他去麼？以後他簡直就瞞過你！」

「可是到底太小了！」母親嘆氣說。

父親搖了搖頭，燃起一支香煙來，心又轉到他那篇未完成的文稿去。這是當天晚上一定要交卷的。

父親和母親對面吃午飯，覺得比往常冷靜些。

「我先打算和他同去，倘使要遊行了，就帶他回來；可是後來一想，一則不免要碰到許多認識的人，二則他也不肯跟我回來的……」母親自言自語地說。

「自然，」父親笑得很響，「他要跟群眾走，怎麼肯跟你母親呢！」

「他是什麼也不懂的，就憑一股血氣，膽又大——你應該教教他。」

「怎樣教？教什麼呢？對他說，要避免無謂的犧牲麼？他太小了，不能理解的。」

父親說著忽然又很響地笑了，臉上的肌肉卻是繃緊的。

直到吃完飯沒有再提這件事。

吸著香煙踱方步的時候，父親好幾次站住了朝母親瞥一眼，父親的臉上有一層興奮的紅暈。終於他站在妻的面前說道：

「恐怕要到阿向的兒子做了小學生，這才群眾大會之類是沒有危險的。中國革命是長期的艱苦的鬥爭！」

「我們阿向將來一定是勇敢的。如果現在他是二十歲了，我一點也不擔心。

可是他不過十三歲——我巴望著他馬上就是二十歲！」

「放心。日子有時候是過得很快的！」

父親和母親都笑了，父親和母親對看了一眼，彼此都覺得眼眶裡有點潮潤，然而他們的笑是自然的，愉快的。

整個下午過去得很快。但到六點鐘以後，「時光老人」卻又變得極古怪了：有時覺得它的腳步太慢，有時又覺得它太快。母親是已經在考慮，應當到哪幾個地方去打聽，以及找哪幾個人去探詢。

八點鐘過後，父親也著急起來了，然而有一個朋友來了，帶著他在當天大會裡收集得來的各種傳單。問過他，知道當天沒有出事情，母親這才略放了幾分心。

可是她又憂慮到另一方面去了：「迷路了罷？或是給汽車撞了罷？」孩子在母親心中始終是像剛出世的小羊似的。

直到九點十五分光景，兒子這才回來了。他一進門就看見桌子上的大會裡的傳單。他叫道：

「這是哪裡來的？」

他趕快從衣袋裡摸出他自己帶來的一份。

父親和母親都哈哈笑了。

母親捉住了兒子問道：

「怎樣遊行的？講給媽媽聽。」

「到了五卅公墓，後來到北車站，有兵攔住了，就散隊。腳底一點不痛。」

兒子一邊回答，一邊就又摸出一張印著紅字的小紙來說道：

「這是口號。喊得真高興呀！」

一九三六年六月，上海

大鼻子的故事

一

在「大上海」的三百萬人口中，我們這裡的主角算是「最低賤」的。

我們有時瞥見他偷偷地溜進了三層樓「新式衛生設備」的什麼「坊」什麼「村」的烏油大鐵門，爬在水泥的大垃圾箱旁邊，和野狗們一同，掏摸那水泥箱裡的發霉的「寶貝」。他會和野狗搶一塊肉骨頭，搶到手時細看一下，覺得那黏滿了塵土的骨頭上實在一無可取，也只好丟還給本領比他高強的野狗。偶然他撿得一隻爛蘋果或是半截老蘿蔔，——那是野狗們嗅了一嗅掉頭不顧的，那他就要快活得連他的瘦黑指頭都有點發抖。他一邊吃，一邊就更加勇敢地擠在狗群中到那水泥箱裡去掏摸，他也像狗們似的伏在地上，他那瘦黑的小臉兒竟會鑽進水泥箱下邊的小門裡去。也許他會看見水泥箱裡邊有什麼發亮的東西，——約莫是一個舊酒瓶或是少爺小姐們弄壞了的玩具，那他就連肚子餓也暫時忘記，他伸長了小臂膊去抓著掏著，恨不得連身子都鑽進水泥箱去。可是，往往在這當兒，他的屁股上就吃了粗牛皮靴的重重的一腳：憑經驗，他知道這一腳是這「村」或「坊」的管門巡捕賞給他的。於是他只好和那些尾巴夾在屁股間的野狗們一同，悄悄逃出那烏油大鐵門，再到別地方進行他的「冒險」事業。

有時他的運氣來了，他居然能夠避過管門巡捕的眼睛，踅到三層樓「新式衛生設備」的一家的後門口，而又湊巧那家的後門開著，燒飯娘姨正在把隔夜的殘羹冷飯倒進「泔腳桶」去，那時他可要開口了；他的聲音是低弱到聽不明白的，——聽不明白也不要緊，反正那燒飯娘姨懂得他的要求，這時候，他或者得半碗酸粥，或者只得一個白眼，或者竟是一句同情的然而於他毫無益處的話語：「去，不能給你！泔腳是有人出錢包了去的！」

以上這些事，大概發生在每天的清早，少爺小姐們還睡在香噴噴的被窩裡的時候。

這以後，我們也許會在繁華的街角看見他跟在大肚子的紳士和水蛇腰長旗袍高跟鞋的太太們的背後，用發抖的聲音低喚著：「老爺，太太，發好心呀。」

在橫跨蘇州河的水泥鋼骨的大洋橋腳下，也許我們又看見他忽然像一匹老鼠從人堆裡鑽出來，躥到一輛正在上橋的黃包車旁邊，幫著車夫拉上橋去；他一邊拉，一邊向坐車的哀告：「老爺，（或是太太，……）發發好心！」這是他在用勞力換取食糧了，然而他得到的至多是一個銅子，或者簡直沒有。

他這樣的「出賣勞力」，也是一種「冒險生意」。巡捕見了，會用棍子教訓他。有時巡捕倒會「發好心」，裝作不見，可是在橋的兩端有和他同樣境遇然而年紀比他大，資格比他老的同業們，卻毫不通融，會罵他，打他，不許他有這樣「出賣勞力」的自由！

就是這樣的「冒險生意」也有人分了地盤在「包辦」，而且他們又各有後臺老闆，不是隨便可以自由營業的。

但是我們這位主角也有極得意的時候。

這，通常是在繁華的馬路上耀亮著紅綠的「霓紅燈」，而僻靜的小巷裡卻只有巷口一盞路燈的冷光的時候。我們的主角，這時候，也許機緣湊巧，聯合了五六個乃至十來個和他年紀相仿的同志，守在這僻靜的小巷裡。於是守著守著，巷口會發現了一副飯擔子，也是不過十二三歲的一個孩子挑著，是從什麼小商店裡回來的。這是一副吃過的飯擔子了，前面的竹籃裡也許只有些還剩得薄薄一層油水的空碗空碟子，後面的紫銅飯桶裡也許只有不夠一人滿足的冷飯，但是也許運氣好，碗裡和碟裡居然還有呷得起的油湯或是幾根骨頭幾片爛菜葉，桶裡的冷飯居然還夠喂一條壯健的狗；那時候，因為優勢是在我們的主角和他的同志這邊，挑空飯擔的孩子照例是無抵抗的。我們的主角就此得了部分的滿足，舐過了油膩的碟子以後，呼嘯而去。

然而我們這位主角的「家常便飯」終究還是挨罵，挨棍子，挨皮靴；他的生活比野狗的還艱難些。

二

在「大上海」的三百萬人口中，像我們這裡的主角那樣的孩子究竟有多少，我們是不知道的。

反過來說，在「大上海」的三百萬人口中，究竟有多少孩子睡在香噴噴的被窩而且他們的玩厭了弄壞了的玩具丟在垃圾箱裡引得我們的主角爬進去掏摸，因此吃了管門巡捕的一腳的，我們也不大曉得。或者兩方面的數目差得不多罷，或者睡香噴噴的被窩的，數目少些，我們也暫且不管。

可是我們卻有憑有據地曉得：在「大上海」的三百萬人口當中，大概有三十萬到四十萬的跟我們的主角差不多年紀的孩子，在絲廠裡，火柴廠裡，電燈泡廠裡，以及其他各式各樣的工廠裡，從早上六點鐘到下午六點鐘讓機器吮吸他們的血！是他們的血，說一句不算怎麼過分的話，養活了睡香噴噴被窩的孩子們以及他們的爸爸媽媽的。

我們的主角也曾在電燈泡廠或別的什麼廠的大門外看見那些工作得像人臘似的孩子們慢慢地走出來。那時候，如果他的肚子正在咕咕地叫，他是羨慕他們的，他知道他們這一出來，至少有個「家」（即使是草棚）可歸，至少有大餅可咬，而且至少能夠在一個叫做屋頂的下面睡到明天清早五點鐘。

他當然想不到眼前他所羨慕的小朋友們過不了幾年就會被機器吮吸得再不適用，於是被吐了出來，擲在街頭，於是就連和野狗搶肉骨頭的本領也沒有，就連「拉黃牛」過橋的力氣也沒有，就連……不過，這方面的事，我們還是少說些罷，我們還是回到我們的主角身上。

他不是生下來就沒有「家」的。怎樣的一個「家」，他已經記不明白。他只模糊記得：那一年忽然上海打起仗來，「大鐵鳥」在半空裡撒下無數的炸彈，有些落在高房子，然而更多的卻落在他「家」所在的貧民窟，於是他沒有「家」了。

同時他亦沒有爸爸和媽媽了。怎樣沒有了的，他也不知道；爸爸媽媽是怎樣個面目，現在他也記不清了，那時他只有七八歲光景，實在太小一點；而且爸爸媽媽在日，他也不曾看清過他們的面目。天還黑的時候他們就出去，天又黑了他們才回來，他們也是喂什麼機器的。

不過，他有過爸爸媽媽，而且怎樣他變成沒有爸爸媽媽，而且是誰奪了他的爸爸媽媽去，他是永久不能忘記的。他又明白記得：沒有了爸爸媽媽以後，他夾在一大群的老婆子和孩子們中間被送進了一個地方，倒也有點薄粥或是發霉的大餅吃。約莫過了半年，忽然有一天一位體面先生叫他們一夥兒到一間屋子裡去一個一個問，問到他的時候，他記得是這樣的：

「你有家麼？」

他搖頭。

「你有親戚麼？」

他又搖頭。

於是那位體面先生也搖了搖頭。用一支鉛筆在一張紙上畫一筆，就叫著另外一個號頭了。

這以後，不多幾天，他就糊里糊塗被擲在街頭了，他也糊里糊塗和別的同樣情形的孩子們做伴，有時大家很要好，有時也打架，他也和野狗做伴，也和野狗打架；這樣居然拖過了幾年，他也慣了，他莽莽漠漠只覺得像他這樣的人大概是總得這樣活過去的。

三

照上面所說，我們這裡的主角的生活似乎頗不平凡然而又實在平凡得很。他天天有些「冒險」經歷，然而他這樣的「冒險」經歷連搜奇好異的「本埠新聞」版的外勤記者也覺得不夠新聞資格呢。

好罷，那麼，我們總得從他的不平凡而又平凡的生活中挑出一件「奇遇」來開始。

何年何月何日弄不清楚，總之是一個不冷不熱、沒有太陽也沒颳風也沒下雨的好日子。

這天之所以稱為他生活史上的「奇遇」，因為有這麼一回事。

大約是午後兩點鐘光景，他蹲在一個「公共毛廁」的牆腳邊打瞌睡。這是他的地盤，是他發現，而且曾經流了血來確定了他的所有權的。提到他這發現，倒也有一段小小的歷史，那是很久的事了，他第一次看見這漂亮的公共毛廁就覺得詫異：這小小的蓋造得頗講究的房子到底是「人家」呢，還是「公司」？那時正有一位大肚子穿黑長衫的走了進去，接著又是一位腰眼裡掛著手槍的巡捕，接著又是一位洋裝先生，——嚇，都是闊人，都是隨時有權力在他身上踢一腳的闊人，他就不敢走近去。他斷定這小屋子至少也是「寫字間」了，不免肅然起敬。然而忽然他又看見從另一門裡走出一個女人來，卻不像闊人們的女人。接著又有一個和他差不多的孩子也進去了，這可使得他大大不平，而且也膽壯起來了，他偷偷地踅近些一看，這才恍然大悟：原來那些闊人們進去辦的是那麼一樁「公」事！他覺得被欺騙了，被冤枉地嚇一下了，他便要報仇；他首先是想進去也撒他媽的一泡尿，然而驀地又見新進去一人把一個銅子給了門口的老婆子，他又立即猜想到中間一定還有「過門」，不可冒昧，便改變方針，只朝那小屋子重重吐一口唾沫，同時揀定門邊不遠的牆腳蹲了下去，算是給這駭了他的小屋子一種侮辱。

那時，他並沒有把這公共毛廁的牆腳作為他的地盤的意思。然而先前進去的和他差不多的那個孩子這當兒出來了，忽然也蹲到他身邊，也像他那樣背靠著牆，伸長兩條腿，擺成一個「八」字。他又大大的不平。

「嗨！哪裡來的小烏龜！」他自言自語地罵起來。

「罵誰？小癟三！」那一個也不肯示弱。

於是就扭打起來了。本來兩方是勢均力敵的，但不知怎地，他的腦袋撞在牆壁上，見了紅，那一個覺得已經闖禍，而且也許覺得已經勝利，便一溜煙逃走。只留下我們的主角。從此就成為這公共毛廁牆腳的佔有人。

現在呢，他對於這公共毛廁的「知識」，早已「畢業」了；他和那「管門」的老婆子也居然好像有點「交情」。現在，當這不冷不熱又沒太陽又不下雨颳風的好日子，他蹲在他的地盤上，打著瞌睡，似乎很滿意。

這當兒，公共毛廁也不是「鬧汛」，那老婆子扭動著她的扁嘴，似乎在咀嚼什麼東西。她忽然咀嚼出說話來了，是對牆腳地盤的「領主」：

「喂，喂，大鼻子！你來代我管一管，我一會兒就回來的。」

什麼？大鼻子！誰是大鼻子？打瞌睡的他抬起頭來朝四面看一下，想不到是喚他自己，然而那老婆子又叫過來了：

「代我管一管罷，大鼻子；我一會兒就回來。謝謝你！」

他明白「大鼻子」就是他了，就老大不高興。他的爸爸媽媽還在的時候，他有過一個極體面的名字，他自己也叫得出來；可是自從做了街頭流浪兒以後，他就沒有一定的名字。最初，他也曾把爸媽叫他的名字告訴了要好的夥伴，不料夥伴們都說「不順口」，還是瞎七瞎八亂叫一陣，後來他就連自己也忘記了他的本名。然而，夥伴們卻從沒叫過他「大鼻子」。他的鼻子也許比別人的大一些，可是並沒大到惹人注意。他和他的夥伴對於名字是有一種「信條」的：凡是自己身體上的特點被人取作名字，他們便覺得是侮辱。例如他們中間有一個叫做小毛的癩痢孩子，他們有時和他過不去，便叫他「癩痢」。

因此，他忽然聽得那老婆子叫他「大鼻子」，他就老大不高興，然而不高興中間又有點高興，因為從來沒有誰把他當一個人託付他什麼事情。

「代你管管麼？好！可是你得趕快回來呢！我也還有事情。」

他一邊說，一邊就裝出「忙人」的樣子來，伸個懶腰站起了身子。

老太婆把一疊草紙交給他，就走了。但是走不了幾步，又回頭來叫道：

「廿五張草紙，廿五張，大鼻子！」

「嚇嚇，那我倒要數一數。」

他頭也不抬地回答，一邊當真就數那一疊草紙。

過不了十分鐘，他就覺得厭倦了。往常他毫無目的毫不「負責」地站在一個街角或蹲在什麼路旁，不但是十分鐘就是半點鐘他也不會厭倦，可是現在他卻在心裡想道：

「他媽的，老太婆害人！帶住了我的腳了！走他媽的！」

他感到負責任的不自由，正想站起來走，忽然有人進來了，噗的一聲，丟下一個銅子。

從手裡遞出一張草紙去的時候，「大鼻子」就感到一種新鮮的趣味。他居然「做買賣」了，而且頗像有點威權；若沒有他的一張草紙，誰也不能進去辦他的「公」事。

他很正經地把那個銅子擺在那一疊草紙旁邊，又很正經地將草紙弄整齊起來。似乎公共毛廁也有一定的時間是「鬧市」，而現在呢，正是適當其時了。各色人等連串地進來，銅子噗噗地接連丟在那放草紙的紙匣裡，頃刻之間就有五六枚之多。這位代理人倒有點手忙腳亂了。一則，「做買賣」他到底還是生手；二則，他從來不曾保有過那麼多的銅子。

他乘空兒把銅子疊起來。疊到第四個時，他望了望已經疊好的三個，又將手裡的一個掂掂分量，似乎很不忍和它分手。可是他到底疊在那第三個上面，接著又疊上第五第六個去。

還是有人接連著進來。終於銅子數目增加到十二。這是最高的紀錄了。以後，這位代理人便又清閒了。

十二個銅子呢！寸把高的一個銅柱子。像捉得了老鼠的貓兒似的，不住手地搬弄這根銅柱子，他掐斷了一半，托在手掌裡輕輕掂了幾下，又還過一個去，然後那手——自然連銅子！——便往他的破短衫的口袋邊靠近起來了。然而，驀地他又——像貓兒噙住了老鼠的半個身子卻又吐了出來似的，把手裡的銅子疊在紙匣裡的銅子上面，依然成為寸把高的銅柱子。

第二次再把銅柱掐斷，卻不托在手掌裡掂幾掂了，只是簡潔老練地移近他的破口袋去。手在口袋邊，可又停住了，他的眼光卻射住了紙匣裡的幾個銅子；如果不是那老太婆正在這當口回來，說不定他還要吐出來一次。

「啊，老太婆，回來了麼？」

他稍稍帶點意外的驚異說，同時他那捏著銅子的手便漸漸插進了衣袋裡。

老太婆走得上氣不接下氣似的，只把扁嘴扭了幾扭，她的眼光已經落在那一疊減少了的草紙以及壓在草紙上面的銅子。

「你看！管得好不好？明天你總得謝謝我呢！」

他說著，祐了一下眼睛，站起來就走。

走了幾步，他又回頭來看時，那老婆子數過了銅子，正在數草紙。於是他便想到趕快溜，卻又覺得不必溜。他高聲叫道：

「老太婆！風吹了幾張草紙到尿坑裡去了！你去拾了來晒乾，還好用的！」

老婆子也終於核算出銅子數目和草紙減少的數目不對，她很費力地扭動著扁嘴說道：

「不老實，大鼻子！」

「怪得我？風吹了去的！」

他生氣似的回答，轉身便跑。然而跑得不多幾步又轉身擎起一個拳頭來叫道：

「老太婆！猜一猜，什麼東西？猜著了就是你的。哈哈哈！」

他一邊笑，一邊就飛快地跑過了一條馬路。

四

我們這位主角終於由跑步變為慢步了，手在衣袋裡數弄著那些銅子。一共是五枚。同時手裡有五個銅子，在他確是第一次。他覺得這是一筆不小的財產了，可以派許多正用。他走得更慢了，肚子裡在盤算：「弄點什麼來修修肚髒廟罷？」然而他又想買一顆糖來嘗嘗滋味。對於裝飽肚子這一問題，他和他的夥伴們是另有一番見解的：大凡可以用討乞或者比討乞強硬的手段（例如在冷巷裡擱住了一副吃過的飯擔子）弄得到的東西，就不應該花錢去買；花錢去買的，就是傻子！

至於糖呢，可就不同了。向人家討一粒糖，準得吃一記耳光，而且空飯擔裡也決不會有一粒糖的。現在我們的主角手裡有了五個銅子，就轉念到糖一類的東西上了。特別是因為他一次吃過半粒糖，所以糖的引誘力非常大。

他終於站住了。在一個不大乾淨的弄堂口，有三四個小孩子（其中也有比他高明不了多少的）圍住一個攤子。這卻不是賣糖，而是出租「小書」（連環圖畫故事）的「街頭圖書館」。

對於這一類的「小書」，我們的主角也早已有過非分之想的。他曾經躲在人家的背後偷偷地張過幾眼，然而往往總是他正看得有點懂了，人家就嗤的一聲翻了過去。這回他可要自已租幾本來享受個滿足了。

「一個銅子租二十本罷？當場看過還你。」

他裝出極老練的樣子來，對那擺攤子的人說。

那位「街頭圖書館館長」朝他了一眼，就輕聲喝道：

「小癟三！走你的！」

「什麼！開口罵人！我有銅子，你看！」

他將手掌攤開來，果然有五個銅子，汗漬得亮晶晶。

書攤子的人伸手就想抓過那五個銅子去，一面說：

「一個銅子看五本，五個銅子，便宜些，看三十本。」

「不成不成！十五本！喂，十五本還不肯？」

他將銅子放回衣袋去，一面忙著偷看別人手裡的「小書」。成交的數目是十本。他只付了兩個銅子，揀了二十本，都是道士放飛劍，有使刀的女人的。

他不認識「小書」上面的字，但是他會照了自己的意思去解釋「小書」裡的圖畫。那些圖畫本來是「連環故事」，然而因為畫手不大高明，他又不認識字，所以前後兩幅畫的故事他往往接不起榫來。

可是他還是耐心地看下去。

有一幅畫是幾個凶相的男子（中間也有道士）圍住了一個女子和一個小孩子打架。半空中還有一把飛劍向那女的和那孩子刺去。飛劍之類，他本來佩服得很，然而這裡的飛劍卻使他起了惡感。

「媽的！打落水狗，不算好漢！」

他輕聲罵著，就翻過一頁。這新一頁上仍舊是那女人和孩子，可是已經打敗了，正要逃到一個樹林裡去，另外那幾個凶相的男子和半空中那把飛劍在後追趕。他有點替那女人和孩子著急。趕快再看第二頁。還好，那女人在樹林邊反身抵抗那些「追兵」了。然而此時圖畫裡又加添出一個和尚，也拿著刀，正從遠處跑來，似乎要加入「戰團」。

「和尚來幫誰呢？」他心焦地想著，就再翻過一頁。他覺得那和尚如果是好和尚一定要幫那女人和小孩子，他要是自己在場一定也幫女人和小孩子的。然而翻過來的一頁雖然仍舊畫著那一班人，卻已經不打架了，他們站在那裡像是說話，和尚也在內。

如果他識字，他一定可以知道那班人講些什麼，並且也可以知道那和尚到底幫誰，因為和尚的嘴裡明明噴出兩道線，而且線裡寫著一些字，——這是和尚在說話。

他悶悶地再看下面一幅畫，可是仍舊看不出道理來。打架確是告一結束了，這回是輪到那女人嘴裡噴出兩道線，而且線裡也有字。

再下一幅圖仍有那女人和孩子，其餘的一些人（凶相的男子們，道士，連和尚），都已經不見；並且也不是在樹林邊，而是在房子裡了，女人手裡也沒有刀，她坐在床前，低著頭，似乎很疲倦，又似乎在想心事；孩子站在她跟前，孩子的嘴裡也噴出兩道線，線裡照例有一些可恨的方塊字。

這可叫他摸不著頭腦了。他不滿意那畫圖的人：「要緊關口，他就畫不出來，只弄些字眼來搪塞。」他又覺得那女人和孩子未免不中用，怎麼就躲到家裡去了。然而他又慶倖那女人和孩子終於能夠平安回到了家——他猜想他們本來就是要回家去。

總而言之，對於這「來歷不明」的女人和孩子，他很關心，他斷定他們一定是好人。他熱心地要知道他們後來怎樣，他單揀那些畫著這女人和這孩子的畫兒仔細看。有時他們又在和別人打架了，他就由著自己的意思解釋起來，並且和前面的故事連串起來。不多一會兒，二十本「小書」已經翻完。

「喂，拿回去，二十本！還有麼，講女人和孩子的？」

他朝那書攤子的人說，同時捫著自己的肚子；這肚子現在輕輕地在叫了。書攤子的人一面招呼著另一個「小讀者」，一面隨手取了一套封面上畫著個女人的「小書」給了我們的主角。

然而這個「女人」不是先前那個「女人」了，從她的裝束上就看得出來。她不拿刀，也不使槍，可是她在書裡好像「勢頭」大得很，到處擺架子。

我們的主角匆匆翻了一遍，老大不高興；驀地他又想起這一套新的「小書」還沒付租錢，便趕快疊齊了還給那書攤子的人，很大方地說一聲「不好看」，就打算走了。

「錢呢？」書攤子的人說，查點著那一套書的數目。「也算你兩個銅子罷！」

「什麼，看看貨色對不對，也要錢麼？」

「你沒有先說是看樣子，你沒有罷？看樣子，只好看一本，你剛才是看了一套呢！不要多賴，兩個銅子！」

「誰賴你的！誰……」我們的主角有點窘了，卻越想越捨不得兩個銅子。「那麼，掛在賬上，明天——」

「知道你是哪裡來的雜種；不掛賬。」

「連我也不認識麼？我是大鼻子。你去問那邊管公坑的老太婆，她也曉得！」

一邊說，一邊就跑，我們的主角在這種事情上往往有他的特別方法的。

他保全了兩個銅子，然而他也承認了自己是「大鼻子」了。他覺得就叫做「大鼻子」也不壞，因為在他和他的夥伴中間，「鼻子」，也算身體上名貴的部分，他們要表示自己是一條「好漢」的時候總指自己的「鼻子」，可不是？

五

我們的主角，——不，既然他自己也願意，我們就稱他為「大鼻子」罷，也還有些更出色的事業。

照例是無從查考出何年何月何日，總之是離開上面講過的「奇遇」很久了，也許已經隔開一個年頭，而且是一個忽而下雨忽而出太陽的悶熱天。

是大家正要吃午飯的時候，馬路上人很多。我們的「大鼻子」站在一個很妥當的地點，貓一樣地窺伺著「幸福的」人們，想要趁便也沾點「幸福」。

他忽然輕輕一跳，就跟在一對漂亮的青年男女的背後，用了低弱的聲音求告道：「好小姐，好少爺，給一個銅子。」憑經驗，他知道只要有耐心跟得時候多了，往往可以有所得的。他又知道，在這種場合，如果那女的撅起嘴唇似嗔非嗔地說一句「討厭，小癟三」，那男的就會摸出一個銅子或者竟是兩個，來買得耳根的清淨，——也就是買得那女人的高興。

可是這一次跟走了好遠一段路，卻還不見效果。這一男一女手臂挽著手臂，一路走著，自顧咬耳朵說話。

他們又轉彎了。那馬路的轉角上有一個巡捕。大鼻子只好站住了，讓那一對兒去了一大段，這才他自己不慌不忙在巡捕面前踱過。

過了這一道關口，他趕快尋覓他的目的物，不幸得很，相離已經太遠，他未必追得上。然而也還不至於失望，因為這一對兒遠遠站在那裡不動了。

大鼻子立刻用了跑步。他也看清了另外有一個女人正在和那一對兒講話。忽然兩個女的爭執起來，扭打起來了，那男的急得團團轉，夾在中間，勸勸這個，又勸勸那個。大鼻子跑到了他們近旁時，已經有好幾個閒人圍住了他們亂出主意了。忽然有一個小小的紙袋（那是講究的店鋪子裝著十來個銅子做找頭的），落在地下了，只有大鼻子看到。他立刻「當仁不讓」地拾了起來，很堅決地往口袋裡一放，就從人群的大腿間鑽出去，吹著口笛走到對面的馬路上。

逢到這樣的機會，大鼻子常常是勇敢的。他就差的還沒學會怎樣到人家口袋裡去挖。

逢到這樣的機會，他又是十分堅決的。如果從前他「揩油」了管公共毛廁的那個老婆子的五個銅子，——這一項「奇遇」的當時，他頗顯得優柔寡斷，那亦不是因為那時還「幼稚」，而是因為他不肯不顧信用：人家當他朋友似的託付他的，他倒不好意思全盤沒收。

六

天氣暖和時，大鼻子很可以到處為「家」。像他這樣的人很有點古怪：白天，我們在馬路上幾乎時時會碰見他，但晚上他睡在什麼地方，我們卻難得看見。不過他到晚上一定還是在這「大上海」的地面，而不會飛上天去，那是可以斷言的。也許他會像老鼠一樣有個「地下」的「家」罷？作者未曾調查過，相應作為懸案。

然而作者可以負責聲明：大鼻子的許多無定的「家」之一卻是既不在天上又不在地下的。

想來讀者也都知道，在「大上海」的北區，「華」「洋」「交界」之地帶，曾經受過「一．二八」炮火之洗禮的一片瓦礫場，這幾年來依然滿眼雜草，不失紀念。這可敬的「大上海」的創疤上，有幾堵危牆依然高聳著，好像永遠不會塌。牆近邊有從前「繁華」時代的一口水泥垃圾箱，現在被斷磚碎瓦和泥土遮蓋了，遠看去只像一個土堆。不知怎的，也不知是何年何月，我們的大鼻子發現了這奇特的「地室」，而且立刻很中意，而且大概也頗費了點勞力罷，居然把它清理好，作為他的「冬宮」了。

這，大概不是無稽之談，因為有人確實看見他從這不在天上也不在地下的「家」很大方地爬了出來。

這一天不是熱天，照日曆上算，恰是一年的第一個月將到盡頭，然而這一天又不怎樣冷。

這一天沒有太陽。對了，沒有太陽。老天從清晨起，就擺出一副哭喪臉。

這一天，在「大上海」的什麼角落裡，一定有些體面人溫良地坐著，起立，「靜默三分鐘」。於是上衙門的上衙門，到「寫字間」的到「寫字間」……

然而這一天，在「大上海」縱貫南北的一條脈管（馬路）上，卻奔流著一股各色人等的怒潮，用震動大地的吶喊，回答四年前的炮聲。

我們的大鼻子那時正從他的「家」出來往南走，打算找到一頓早飯。

他迎頭趕上了這雄壯的人流，以為這是什麼「大出喪」呢。「媽的！小五子不夠朋友！有人家大出喪，也不來招呼我一聲麼！」大鼻子這樣想著，覺得錯過了一個得「外快」的機會。他站在路邊，想看看那「不夠朋友」的小五子是不是在內掮什麼「挽聯」或是花圈之類。

沒有「開路神」，也不見什麼「頂馬」。走在前頭的，是長衫先生，洋裝先生，旗袍大衣的小姐，旗袍不穿大衣的小姐，短衣的像學生，短衣的像工人，像學徒，——這樣一群人，手裡大都有小旗。

這樣的隊伍浩浩蕩蕩前來，看不見它的尾巴。不，它的尾巴在時時加長起來，它沿路吸收了無數人進去，長衣的和短衣的，男的和女的，老的和小的。

有些人（也有騎腳踏車的），在隊伍旁邊，手裡拿著許多紙分給路邊的看客，也和看客們說些話語。忽然，震天動地一聲喊——

中華民族解放萬萬歲！

這是千萬條喉嚨裡喊出來的！這是千萬條喉嚨合成一條大喉嚨喊出來的！大鼻子不懂這喊的是一句什麼話，但他卻懂得這隊伍確不是什麼「大出喪」了。他感得有點失望，但也覺得有趣。這當兒，有個人把一張紙放在他手裡，並且說：

「小朋友！一同去！加入愛國示威運動！」

大鼻子不懂得要他去幹麼，——這裡沒有「挽聯」可掮，也沒有「花圈」可背，然而大鼻子在人多熱鬧的場所總是很勇敢很堅決的，他就跟著走。

隊伍仍在向前進。大鼻子的前面有三個青年，男的和女的；他們一路說些大鼻子聽不懂的話，中間似乎還有幾個洋字。大鼻子向來討厭說洋話的，因為全說洋話的高鼻子固然打過他，只夾著幾個洋字的低鼻子也打過他，而且比高鼻子打得重些。這時有一片冷風像鑽子一般刺來，大鼻子就覺得他那其實不怎麼大的鼻子裡酸酸的有些東西要出來了。他隨手一把撈起，就偷偷地擦在一個說洋話的青年身上。誰也沒有看見。大鼻子感到了勝利。

似乎鼻涕也有靈性的。它看見初出茅廬的老哥建了功，就爭著要露臉了。大鼻子把手掌掩在鼻孔上，打算多儲蓄一些，這當兒，隊伍的頭陣似乎碰著了阻礙，騷亂的聲浪從前面傳下來，人們都站住了，但並不安靜，大鼻子的左右前後盡是憤怒的呼聲。大鼻子什麼都不理，只伸開了手掌又這麼一擦，不歪不斜許多鼻涕都爬在一個女郎的蓬鬆的頭髮上了，那女郎大概也覺得頭上多一點東西，但只把頭一縮，便又脹破了喉嚨似的朝前面喊道：

「衝上去！打漢奸！打賣國賊！」

大鼻子知道這是要打架了，但是他著眼得意地望著那些鼻涕像冰絲似的從女郎的頭髮上掛下來，巍顫顫地發抖，他覺得很有趣。

隊伍又在蠕動了。從前面傳來的雄壯的喊聲像晴天霹靂似的落到後面人們的頭上——

「打倒一切漢奸！
一二八精神萬歲！
打倒〇——」
斷了！前面又發生了擾動。但是後面卻拾起這斷了的一句，加倍雄壯地喊道：

「打倒〇〇帝國主義！」

大鼻子跟著學了一句。可是同時，他忽然發現他身邊有一個學生，披一件大衣，沒有扣好，大衣襟飄飄地，大衣袋口子露出一個錢袋的提手。根據新學會的本領，大鼻子認定這學生的手袋分明在向他招手。他嘴裡哼著「打倒——他媽的！」身子便往那學生這邊靠近去。

但是正當大鼻子認為時機已到的一剎那，幾個凶神似的巡捕從旁邊衝來，不問情由便奪隊伍裡人們的小旗，又喝道：

「不准喊口號！不准！」

大鼻子心虛，趕快從一個高個兒的腿縫間鑽到前面去。可是也明明看見那個穿大衣的學生和那頭髮上頂著鼻涕的女郎同巡捕扭打起來了，——他們不肯放棄他們的旗子！

許多人幫著那學生和那女子。騎腳踏車的人叮鈴鈴急馳向前面去。前面的人也回身來援救。這裡立刻是一個爭鬥的旋渦。

喊「打」的聲音從人圈中起來，大鼻子也跟著喊。對於眼前的事，大鼻子是懂得明明白白的。他腦筋裡立刻排出一個公式來：他自己常常被巡捕打，現在那學生和那女子也被打；他自己是好人，所以那二個也是好人；好人要幫好人！

誰的一面旗子落在地下了，大鼻子立刻拾在手中，拼命舞動。

這時，紛亂也已過去，隊伍仍向前進。那學生和那女郎到底放棄了一面旗子，他們和大鼻子又走在一起。大鼻子把自己的旗子送給那學生道：

「不怕！還有一面呢！算是你的！」

學生很和善地笑了。他朝旁邊一個也是學生模樣的人說了一句話，而是大鼻子聽不懂的。大鼻子覺得不大高興，可是他忽然想起了似的問道：

「你們到哪裡去？」

「到廟行去！」

「去幹麼？這旗子可是幹麼的？」

「哦！小朋友！」那頭髮上有大鼻子的鼻涕的女郎接口說。「你記得麼，四年前，上海打仗，大炮，飛機，〇〇飛機，炸彈，燒了許多許多房子。」

「我記得的！」大鼻子回答，一隻眼偷偷地望著那女郎的頭髮上的鼻涕。

「記得就好了！要不要報仇？」

這是大鼻子懂得的。他做一個鬼臉表示他「要」，然而他的眼光又碰著了那女郎頭髮上的鼻涕，他覺得怪不好意思，趕快轉過臉去。

「中華民族解放萬萬歲！」

這喊聲又震天動地來了。大鼻子趕快不大正確地跟著學一句，又偷眼看一下那女郎頭髮上的鼻涕，心裡盼望立刻有一陣大風把這一抹鼻涕吹得乾乾淨淨。

「打倒〇〇帝國主義！

一二八精神萬歲！」

怒潮似的，從大鼻子前後左右掀起了這麼兩句。頭上四個字是大鼻子有點懂的，他脹大了嗓子似的就喊這四個字。他身邊那個穿大衣的學生一面喊一邊舞動著兩臂。那錢袋從衣袋裡跳了出來。只有大鼻子是看見的。他敏捷地拾了起來，在手裡掂了一掂，這時——

「打倒一切漢奸！到廟行去！」

大鼻子的熟練的手指輕輕一轉，將那錢袋送回了原處。他忽然覺得精神百倍，也舞動著臂膊喊道：

「打倒——他媽的！到廟行去！」

他並不知道廟行是什麼地方，是什麼東西，然而他相信那學生和那女郎不會騙他，而且他應該去！他恍惚認定到那邊去一定有好處！

「中華民族解放萬歲！」

這時隊伍正走過了大鼻子那個「家」所在的瓦礫場了。隊伍像通了電似的，像一個人似的，又一句：

「中華民族解放萬萬歲！」

列那與吉地

一

「那麼小。兩顆碧綠的眼珠亮晶晶的，好像很懂話。全黑的，一身的緊毛。」

女孩子連跑帶跳地跑進了媽媽的房，一邊說，一邊做手勢比著那條狗的大小。

他們剛搬進這院子的第二天，就發現這個院子裡不但住著五種以上的民族，也還有不大能辨別清楚是多少種族的「啞口朋友」。這院子是朝西的，正面是維族房東自己住的三大間，這可以說是一種樓房，——樓房就是樓房，幹麼又說是「一種」呢？因為當地的土風建築，那樓房的上層並不住人，只擱東西，譬如冬天就堆滿了馬草，也全無門窗。下層呢，可就相當講究了，有地板，有雙層的玻璃窗，還有相當闊的走廊。從大門到這樓房，總有十來丈遠，一個狹長的院子；坐北朝南是一排十多間的洋式平房；女孩子他們一家就住了這一排的東頭的四間。隔開一條通到毛廁去的走路，又有兩小間，這是土式的平房，一間是當差和廚子住的，另一間便是廚房。女孩子剛發現的那隻「碧綠眼珠的小東西」，就在當差的屋子裡，不知道是哪裡來的，也不知道來了幾天了。

媽媽聽說當差房裡多了一條狗，也不怎樣在意。在這院子裡，經常有不少的狗，狼種的、叭兒種的、蒙古種和西藏種的，以及這一些種族的混血兒，在剛剛解凍的泥濘地上追逐叫鬧。每當夜深，院子裡只要有一條狗吠了一聲，便立刻引起洶洶然一大片的聲浪，打著各樣不同的腔調。爸爸還因此而覺得討厭，曾經俏皮地對他的朋友老張說：「這裡是民族展覽會，然而更妙的，又是個動物園；你瞧，牛、馬、雞、羊、狗，而狗的種類之多，好像是特地搜羅了來展覽似的。」

但是孩子們卻高興的不得了。女孩子發現以後不多時，男孩子也就把那「碧綠眼珠的小東西」的來歷查明白了。他走到媽媽房裡，慢吞吞說：「大司務說是勤務在馬路上撿來的，其實恐怕是偷的；勤務不敢放它出房門一步。」

勤務是一個五十來歲的「老公事」；據他自己說，他伺候過不少的闊人，副官長因為他「懂事」，所以特地給派了來的。他見過世面，他到過蘭州。提起蘭州，他總是用了感嘆的腔調說：「嘿！那是口裡！這裡啥也沒有，不能比！」他是把蘭州代表了全中國，不，甚至於全世界的。他也在軍隊裡混過，提起他那「光榮時代」怎樣白拿人家的東西，總是津津有味。

所以說狗是勤務偷來的，沒有人懷疑。

但是那小東西當真很有意思。勤務是有眼力的。兩個孩子不斷地傳來了「情報」，把一個媽媽也慫恿到廚房裡去看。那小東西蹲在勤務的床板上，看見面生的人進來，並不吠，只睜大了它那對碧綠的眼睛，很憂悒地朝人家看。他們走近了時，這小東西便慢慢把身子伏下，卻又一次一次偷眼看。

「小東西，可憐，」媽媽說，「瞧它抖得什麼似的。」

媽媽伸手過去，那小東西抖得更厲害了；但當它明白了這手不是來打它的當兒，它就安靜下來。它慢慢站起了前半身，伸出鼻子輕輕地小心地嗅著，唔唔地低聲哼著，可是它的眼光仍然那麼憂悒。

「坐下！坐下！」男孩子走近了一步喝著。

那小東西側著頭，看一看媽媽，又偷眼看了女孩子一下，似乎央求他們說句話免了它這一遭。看見央求無效，它這才十分委屈似的縮起兩條前腿，自己坐直，可是那雙碧綠的眼睛裡已經滿含了淚水，那略圓而微凹的面部有一種沒可奈何的表情。

「怪可憐見！」媽媽輕聲說，同時轉身要走了。

好像當真能聽懂，那小東西立即放下前腿，又伏下去了。又唔唔地輕聲哼著，聲音很悲哀。

站在那火光熊熊的煤灶旁邊那個專門挑水的清潔兵老王，努動著他那落光了牙齒的癟嘴，一會兒以後才慢慢說：「狗娃子想回去哩，狗娃子想著老主人呢。」他說著又嘆口氣。

女孩子後來告訴媽媽：那小東西見了勤務的面就索索地抖，勤務喝一聲「坐下」，它就馬上坐了起來，哪裡敢像剛才那樣只坐一會兒就自己伏下呢，可是一邊坐著，一邊卻在落淚；勤務一定狠狠地打過它的。

「可是小東西又會央求別人放它回去，」女孩子說，「它唔唔的，就是懇求你，它要回去。」

「等爸爸回來，」男孩子也說，「我們叫勤務把它送回去。偷人家的狗是不道德的。」

「不中用，」女孩子反對，「勤務會把這小東西寄放到別處去。他怎麼肯送還呢？」

媽媽便說：「打聽打聽，是鄰近哪一家丟的，叫他們自己來認了去罷！」

二

大約是兩天以後，上午，那小東西的老主人果然來了。這是一個蘇聯女人，住家在馬路對過的蘇聯領事館附近。那小東西遠遠聽得她的聲音就愉快地叫了起來。帶到了面前時，它搖著尾巴，後腿直立起來，前爪撲著那頗為肥胖的女主人，唔唔地叫，伸舌頭舐女主人的手。

而且它又對女孩子表示親善，也舐她的手，繞著她的腳跳躍，嗚嗚地叫了。同院子一個「歸化族」的婦人用她那破碎的漢話充當翻譯。從她的幾個不連續的單字和附加的手勢，勉強可以得出這樣的意思：謝謝，因為她家裡一個小弟弟很愛這條狗，所以謝謝。

但是，當天下午，那蘇聯女人又來了，抱著另一條狗，還帶了一位真正的翻譯。狗是送給女孩子的。也是黑色，一身的緊毛，比貓大不了多少，放在桌子上，木然站著，一對棕色眼珠老是賊忒忒地偷看那陌生的房子和陌生的人物。它是那

「碧綠眼睛的小東西」的兄弟，據翻譯說，才只有一個月大，蘇聯女人因為它的哥哥失而復得，所以拿它來做報答。

媽媽本來不打算養狗，可是那翻譯代蘇聯女人說了許多感謝的話，再三請收。於是就留了下來。握手道別，送走了客人以後，媽媽就對女孩子說道：「你去管它罷。管教一條狗也不大容易呢。」

女孩子給小狗取名列那。

孩子們性急地要教乖列那。但是這小狗呆呆的，像是懶，又像是故意裝傻；扶著它要它用後腿直坐，它也能坐，可是手一放，它就隨手伏下。喝它，它好像不懂；作勢要打它，它歪著臉，一副等待挨打的蠢相，卻又偷眼賊忒忒地看你。

老勤務不喜歡列那，說它是「一臉賊相」。

兩三天過去了，孩子們對於列那的興趣漸漸差了些，忽然有一位哈薩克的老婆子，也不知她是誰，但在大門外那條跨在小溝上的木橋頭，女孩子是常常見到她的，而且雖然言語不通，也常常用微笑來表示寒暄，這一天她抱了一條小狗來，看神氣也是要送給孩子們的。大家用手勢來「交談」，一邊是推辭，一邊是要贈送，幸而維族的房東來了，這位「把爺」（財主）很能講幾句漢話，他代作主意，把狗留下，而且說：老婆子看見列那不大好，所以送了這一條來，反正她家裡還多得很呢。他又用手比著說：「大的，大的，今年明年，這麼高。這麼高，好的，好的狗子娃啦！」

因為女孩子先有了列那，這條新來的狗就派給了男孩子。他們的鄰居陳處長家裡有一條高大的番犬名為采采的，一身棕黃色的卷毛，男孩子曾經見過而且很喜歡它，從維族房東的話猜想起來，這條新來的小狗大概是采采的同一種族罷。男孩子欣然把這條小狗作為他的所有，從一本書上找了個名字來，叫做吉地。

吉地那時和列那一般大。棕黃色的軟綿的卷毛，可是尖嘴巴，兩隻闊耳朵，垂在眼睛的兩旁。呆木木的，好像什麼也不懂，它那灰色的眼睛可以說毫無表情，而且很怕事；吃飯的時候列那獨自占了食缽，不讓吉地上前，吉地就蹲在一旁，靜靜等候列那吃完了它再上去吃列那揀剩下來的東西。

有時男孩子看著覺得不平，拉著吉地要它和列那同吃，可是這「弱者」依然不吃，等到男孩子一放手，它就退下來蹲在一旁側著頭靜靜地看，直到列那吃夠了走開它再上前。

吉地就是那麼一副「可憐相」。便是作為它的「保護人」的男孩子，有時也覺得很生氣。

三

五月的迪化，白天已經很暖和了。解凍後的遍地泥漿，現在也差不多晒乾。院子裡，成天喧鬧著各種狗的聲音，其中就有吉地和列那。現在這兩條小狗都長得很好看。列那已經長足，卻也不過二尺長，矮腳，身子渾圓，黑色的緊毛非常光滑。一對眼睛還是喜歡偷偷地看人，雖然不及它哥哥那樣富於表情，然而也有一副像煞很懂事的嘴臉。同院子的那些狗，大都是狼種的，「歸化族」女人家裡的一條簡直有小牛一般大；這些大傢伙總是懶懶地躺在主人家門口，有時也大模大樣在院子裡踱來踱去，完全是老成持重的風度。然而一天也總有幾次的大聲咆哮，鬧成一片；那是為了爭奪偶爾在垃圾堆中扒出來的一根羊骨，或者是為了外邊別人家的狗偷偷進來叼去了毫不值錢的一方爛布或小小一段木片。這當兒，躺在房內地氈上的列那就匆匆忙忙跳起來，一股正經搬動它那四條矮腿，迫不及待地就在屋子裡汪汪地吠起來。它一溜煙跑到院子裡，就擺出非有它不可的神氣，夾在那些高大的狼種狗們中間，跳著叫著，緊張得了不得。狼種狗們並沒覺得有列那的存在，它們擺好了坐馬式相對咆哮，然後，突然向對方來一下突擊；列那卻鑽在它們的高大的後腿中間，特別忙碌，吠得特別響，一點自慚形穢的意思也沒有。

至於吉地，它現在長得比列那又高又大，跳跑起來又遠又快，它那高而矯健的腿，那瘦長的身子和細的腰，都表示出它一定是在森林中追逐狐兔的好身手；然而它好像很懂得「先進山門為大」的規矩，它服從了列那的領導。每逢院子裡吠聲忽起，而列那急急忙忙很管事似的跑出去時，吉地便懶懶地站起來伸個懶腰，似乎定神想一想，然後靜悄悄地走出去。它比列那出發的遲，可是它一到院子裡，幾個縱跳就先到了鬥爭的中心，這時候，它的孩子氣的頑皮，可就發作了。它一聲不出，也不問這是自家院子裡的狗，那是外來的「闖入者」，它一視同仁地跟它們開玩笑；常常忽然一縱，它從狼種狗的頭上跳過去，又跳過來，有時還順便咬一下它們的耳朵。被玩弄了的大傢伙也突然跳起來要搏擊它，可是它又調皮地逃得遠遠的，站定了，這才吠一兩聲，好像說：「你奈我何呵！」它這樣自有一樂地開著玩笑，直到「闖入者」自行退卻，而列那像一個打了勝仗的總司令似的追到門口吠了一陣，擺動它那肥胖的圓身子，蹣跚地走回來，這才吉地也跟著進了自家的屋子。

「列那已經是個大人了，吉地還是個小孩子，不懂事！」媽媽時常這樣說。

但是列那也並不是根本不淘氣，不過它受了教訓以後就能牢記。有一次，這兩個好像預先有過商量，一清早便到院子裡翻掘那邊角落的一個垃圾堆。它們一心一意工作著，幾次喚它們回來，都不肯聽，後來，列那搖搖擺擺來了，裝出沒事人兒的樣子，跳起來舐主人們的手。後邊卻是吉地，躲躲閃閃，一溜煙就跑進吃飯間，在大壁爐腳邊躺下，賴在那裡不肯起來了。

「見鬼，原來是這麼一件寶貝！」當男孩子將吉地拖開，發現它身下藏著一塊帶毛的臭羊皮時，就這樣說。「你拿來幹麼？」男孩子將那塊臭羊皮放在吉地的鼻子前，於是捏住了吉地的尖嘴巴，在它頭上打了幾下。吉地並不掙扎，頑皮地橫躺下去，只用兩條後腿在空中無目標地抓著，而且搖著尾巴，——這是它挨打時的老調子。列那懂得事情敗露，便一聲不響鑽進窩裡去，女孩子去叫它，它死也不肯出來，最後再也賴不過去了，它這才垂著頭出來，一臉的倒楣相。

帶毛的臭羊皮拿出去扔掉了。兩條狗都躺在地氈上，沒一點關心的表示。可是過一會兒，吉地不見了；院子裡沒有，大門口也沒有。都以為它跑到別人家的院子裡撒野去了，哪知道末了還是在吃飯間內大壁爐腳邊找到它；平平穩穩伏在那裡，尖嘴巴伏在地板上，閉了眼皮，在裝睡覺。趕它起來，它賴著不動；拖它的時候，嘿，那一小方臭羊皮赫然在它身下。為什麼它念念不忘這塊既不能吃又不好玩的臭皮子呢，沒有人猜想得到。媽媽覺得它可憐，說「隨它去罷」。然而男孩子不答應，依舊把臭皮扔掉，而且更重地打了它幾下。當第三次又發見它仍將那臭皮找回來藏在身下的時候，男孩子很生氣了，爸爸媽媽和女孩子卻只是笑。

「一定不許再找回來！」男孩子氣憤地說。

他叫吉地銜著那臭皮，要帶它出去，可是吉地賴著不肯走。拖了它的耳朵，方才勉勉強強走到大門外。男孩子把臭皮丟在門外的水溝內，讓吉地看著它那心愛的東西隨水流去，不知下落。這才它算是斷了那一個念頭。

媽媽他們都說這樣奪了它心愛的玩意，太殘忍，猜想它大概要有一個時期的悶悶不樂；然而吉地並不。一個眼錯，它又跳在院子裡，和那些大狼狗開玩笑。

「到底還小哩，吉地是一團孩子氣。」女孩子也這麼說。

然而吉地的頑皮是不難索解的。它這一族類，並不像列那似的，慣於家居生話。它的父母，它的兄弟，大概這時跟著那哈薩克的一家，在山野裡。吉地如果不送給人家，此時大概也伴著羊群，追逐著高頭駿馬，在山野，在森林，發揮它天賦的能力。但現在，它只能在這小小院子裡，在一塊帶毛的臭羊皮上試練它靈敏的嗅覺和搏攫的身手。

四

有一天，也許是吐魯番風要到的緣故，天氣燥熱得使人頭暈心悶。午後，大門外小溝上那木橋的橋欄上，絡腮鬍子的哈薩克和滿頭小辮、穿一件花衣、腳上一雙長統皮靴的維吾爾小姑娘，三三兩兩，坐的，蹲的，正在那裡享受柳樹的蔭涼。大大小小的幾條狗，也在路旁嬉戲。女孩子和男孩子這時從鄰近的朋友人家回來，那懂事的列那候在門口歡迎。他們在那條小木橋上站了一會兒，和一個維族的小姑娘大家用不合文法的俄國話交談。忽然，列那似乎發現了馬路對過有什麼有趣的東西，便扭動它那渾圓的身子急急忙忙穿過馬路去。剛到了路中心，一輛大卡車從北向南疾馳而來。男孩子瞥眼看見，忙說「不好」，列那的一聲慘叫已經尖銳地衝破了街頭的噪音刺進人們的耳朵。黃塵過處，列那是被看見了，躺在路中心，掙扎著像要起來。孩子們急要過去，可是一輛馬車卻又跑過小木橋前面。待到馬車也過去了，列那已經自己拖著半個身子到了小木橋旁邊，躲進一塊板下去了。男孩子三腳兩步趕到跟前，伸手要抱它，哪知它一口就咬住了他的手指。「列那！」男孩子忍痛喊著，列那鬆了嘴，男孩子忍痛把列那抱了起來。渾圓的身體的後半段分明是壓得有點扁了，可不見有血，女孩子接手將列那抱在懷裡，不由地落下眼淚來。旁邊的哈薩克老頭子用生硬的漢話嘆息道：「狗娃子，不中用了。」

他們將列那抱回家裡。媽媽為列那準備一個軟的墊子。列那痛苦地呻吟著，這時候它一步也拖不動了，然而它那雙棕色的眼睛還是很有表情地朝看護它的人們看。吉地繞著列那和看護列那的人們走來走去，偶爾也發一兩聲短促的叫聲——顯然，吉地也知道發生了怎麼一會事了。

「媽媽，怎麼辦，怎麼辦？」女孩子著急地說。

「大概不要緊，」媽媽說，「一點血也沒有，真怪！可是下半身是壓扁了的。大概不會死。」

他們用心看護它。媽媽當了看護長。他們喂它牛奶，將它的窩搬到吃飯間。男孩子打聽得有獸醫院，於是等爸爸下辦公室來，他們抱了列那，坐了爸爸的馬車，又到獸醫院。據醫生說，列那並沒傷到內臟，不過後跨骨恐已壓斷，全愈了時也不免跛癱。醫院裡給列那的後半身塗了厚厚的一層油膏，又給它人工放了一次小便。

後來又進了兩次醫院，列那漸漸好了起來。它已經不哼了，也能吃，可是碰到它的後半身的某一部分時，它還是要慘痛地叫嗥的。

半個月後，列那居然能拖著半個身子爬了。在這半個月內，成天喝牛奶，列那前半身胸部長得更寬，可是後半身卻很小，不大相稱，又過了些時，它能夠站起來了，但兩條後腿只能並在一處跳，不能走。

待到初次飛雪的時候，列那已經能走了，居然沒有癱，不過走快了的時候，略顯得有點跛罷了。可是從此它不大敢獨自跑到馬路上去，遠遠聽得汽車的聲音就趕快逃進門來。但在院子裡它依然是個最活躍的分子；大狼狗們打架的時候，它還是夾在中間，拐著後腿，非有它不可似的。跳著叫著，而且它還是吉地的領導者，吃的時候，吉地仍然讓它。

五

吉地的最大的野心是跟了人出去。家裡不論誰出門去，它總要跟。有一次，爸爸到附近的第九招待所去看新從內地來的朋友，才走進那招待所的大門，卻看見吉地已經在院子裡亂縱，亂跳。原來它偷偷跟在背後，主人沒進門，它先已鑽進去了。

那院子裡有幾隻小雞，吉地就以它們為物件，嚇得那些雞到處亂飛。爸爸沒法，只好叫人拿繩子將吉地帶住，吉地還是頑皮地叫著跳著，又恐嚇朋友家一個小孩。後來它不見了它的主人，這才發慌，嗚嗚地悲啼起來。它竭力想掙脫那套在身上的繩子，倒退，用前腳抓，嗚嗚地叫，終於無效的時候，它就伏在地上，憂悒地垂著頭。它大概覺得這次糟了，落在敵人的手裡了。

後來爸爸要走了，叫人解下吉地。給它解繩索的時候，它還以為大禍到了，怕得什麼似的，渾身索索地抖。

「看見吉地發抖，這倒是第一次。」爸爸回來時這麼告訴媽媽和兩個孩子。

每天早上，馬車停在院子裡等候爸爸上辦公室，那匹轅馬也是個年輕的頑皮傢伙，吉地最喜歡和它開玩笑。它繞著那馬跳著吠著，跳到車上，從車上再跳到馬背上。有一次被那馬踢了一腳，這才有兩天光景不敢再頑皮。

一天午後，爸爸坐車進城到辦公室去，那時凍雪鋪地，車去如飛，已經快到城門口了，這才發覺吉地跟在車後，連縱帶跳，十分得意。爸爸見它離家已遠，怕它回去迷路，便不迷路，這一帶的狗們都劃有勢力範圍，回家時吉地要通過人家的防地，也頗不容易，因此就叫馬夫慢一點，讓吉地跳上車來，帶它到辦公處。

吉地在車上也不斯文，老想爬上御者的座位去，待到了文化協會大門外，車還沒停穩，吉地已經跳下去，直躥進了大門，倒好像它是來慣了似的。爸爸連忙吩咐車夫看好吉地，不要讓它亂跑，可是已經不見吉地。末後才找見它又已爬在車上，似乎等著回去。原來它在那大屋子的每間房內匆匆巡遊一遭，發現並無可玩之處，便又著急地想回家了。但是爸爸須在一個鐘頭以後，才能離開那辦公處。這一個鐘頭內，吉地找到爸爸的辦公室來，不知有多少回；每一次它都伏在地上汪汪地叫，似乎說「怎麼還不走！」沒有辦法，爸爸只好叫人將吉地帶在號房裡，不讓它亂闖。

這一次經驗以後，爸爸每逢從家出去，便先叫勤務看住了吉地，免得它再跟去。第一次是帶住了，第二次臨時遍找不得，車走了一段路，卻發現它從後趕上來了，於是停車，抓住它，再送回家去。第三次，馬車出大門的時候，車夫就留心看；吉地卻蹲在大門外左邊一家雜貨店裡，歪著頭，似乎並沒看見馬車出去。哪知它這是故意的，馬車走出了十多間門面，它又跳著來了。這次又費了手腳把它押回去。

後來它更刁了，很早就躲在離家更遠些的鋪子裡，而且隱藏得很巧妙，不被發現。車進了城，這才看見它在車旁跑，渾身出汗，似乎很累。於是再讓它跳上車來，但一到了辦公處，就關它在馬房裡。這次一連三小時的禁閉，大概給了吉地一點教訓，從此以後，它拋棄了那跟車進城的念頭。

六

第二年春天，又開始解凍，路上泥漿有寸把厚的時候，他們因為有事，要離開這城市了。對於列那和吉地，想來想去只有一個安置的方法最為適當：給它們介紹合適的人家。八．一三以前，他們有一頭純白的貓，本來也是朋友送的，上海陷落以後，他們開始流浪生活的當兒，對於這頭白貓的安置，也曾煞費了苦心。在上海還有親戚，白貓於是被送到一家愛養貓狗而且大概不會離開上海的親戚家裡。當他們定好了到香港去的艙位，爸爸到那親戚家去辭別了回來時，媽媽曾問這白貓的狀況，而且說，如果孩子們也在上海，他們會為這白貓落眼淚的。

現在又一次要把差不多等於家族中一部分的兩個「啞口小東西」送出去，媽媽回想起前事，不勝感慨，她很感傷地說：「不知那小白貓現在還活著不？爸爸最後看見它，說它的毛色已經差了點。有當差、老媽、汽車夫一大堆的人家，對於貓狗每每會作踐，可是當初想來想去，還是他家最適宜，因為老太太是憐惜那些小動物的。」

媽媽的話，引起了各人對於頻年的流浪生活的回憶，都有點黯然。爸爸卻又想起他們離香港的時候，那男孩子將他一年之內收集來的英文連環漫畫包得好好地交給他，打算寄存在可靠的住在香港的親友家裡，而且對爸爸說：「我知道將來我再能夠看見這些小書的時候，我已經是大人了，不一定還喜歡這些東西了，可是我仍舊希望能夠好好保存著，讓我將來再看一看。」現在爸爸又因處置那兩隻小狗而想起這件事，便把當年的感觸和今天的黯然合流一處，看著他的男孩和女孩，覺得他們的童年多少還不免有些寂寞，便深深地感到抱歉。

媽媽又說：「國軍退出滬西那天，爸爸和你們到長沙去了，我一個人在家。那天下著雨，飛機老在滬西一帶盤旋，大炮聲沒有一分鐘間斷。我開了收音機，聽著廣播，心裡愁得什麼似的。那時伴著我的就是那白貓。它蹲在靠窗的桌子上，也像在聽無線電的廣播。這印像最深了，我永遠不會忘記的。」

他們這樣談著舊事，吉地躺在地氈上，列那則拱起前腿搭在女孩子的膝頭，一臉很懂事的樣子。

女孩子捧著列那的頭，拉著它，很激動地說：「明天要送你到別人家去了，你懂麼？」

男孩子微笑，但他心裡是難過的，他懶懶地走開。

終於決定了：列那送給劇團裡的朋友，吉地送給陳處長和他家的采采做伴。陳處長喜歡打獵，他會喜歡吉地，而且他曾誇讚過吉地的。

因為覺得列那太懂事，所以又打算早幾天就送去，看它在那邊住得慣不慣。媽媽和兩個孩子親自坐了馬車去辦這件事，第二天又要爸爸去探問劇團的朋友，列那住得慣不慣。他們自己又打電話去問。等到知道了列那在第一天就想著老家而且偷偷跑出來，可是因為不認識路才又回去，媽媽和兩個孩子一定要去看望一次了。劇團的朱君把列那關在他自己房裡，請他夫人照管。當媽媽和孩子們的聲音在院子裡響了起來，房裡的列那就聽到了，嗚嗚地叫，跑到房門前，用爪抓那門。放它出來後，它繞著他們三個，跳來跳去，媽媽和孩子們連一步也走不開。它直立起來舐他們的手，不住地嗚嗚地叫，而且還落了眼淚。媽媽和孩子們難過得很，但又有什麼辦法呢？他們叫朱君將列那騙開，就逃也似的回了家來。

從此他們不敢再去看望列那了，可是幾天後男孩子進城去買東西，又在十字路口看見了列那，它蹲在路旁，樣子很是疲倦。原來它偷偷跑出來已經一夜又半天，不認識路又不肯回去，便蹲在十字路口，大概是希望看見爸爸的馬車就追上來。男孩子抱它回到劇團，它嗚嗚地叫，表示不願；然而又有什麼辦法呢？劇團的朱君是最可靠的新主人了，他們的確能夠愛護它的，而且他們也有小孩子。

因為這些經驗，決定將吉地留到最後一天。

在這些天內，吉地常常尋找它的同伴，可是似乎也知道終於找不到了，便終日懨懨地躺在地氈上。當最後一天帶它到陳處長家去的時候，它默默地走，到後，放它在屋裡，它又沒精打采平伏在地上，只在媽媽孩子們和陳太太告別的時候，它似乎吃驚地一跳，可是也沒掙扎著要走。吉地是這樣一個悲觀的命運論者似的！

兩條狗都安置好了，他們忙著整理行李，明天要走，然而他們的心是寂寞的。

一年以後，爸爸和媽媽從香港逃難到了桂林，在接到兩個孩子從西北的邊區寫了信來的時候，又知道劇團裡的人們在迪化吃冤枉官司，便連帶想起了列那，說「不知道列那怎樣了？」又說「不知道吉地在陳處長家裡有沒有逃過？」不久以後，聽說陳處長也離開了那城市，便又說，「不知吉地怎樣了？」

於是媽媽又一次想到那白貓，深深地嘆了一口氣。

一九四一年，桂林。

臺灣版後記

為重寫中國兒童文學史做準備

眉睫（簡體版書系策畫）

二〇一〇年，欣聞俞曉群先生執掌海豚出版社。時先生力邀知交好友陳子善先生參編海豚書館系列，而我又是陳先生之門外弟子，於是陳先生將我點校整理的梅光迪講義《文學概論》（後改名《文學演講集》）納入其中，得以出版。有了這個因緣，我冒昧向俞社長提出入職工作的請求。俞社長看重我對現代文學、兒童文學研究的能力，將我招入京城，並請我負責《豐子愷全集》和中國兒童文學經典懷舊系列的出版工作。

俞曉群先生有著濃厚的人文情懷，對時下中國童書缺少版本意識，且缺少人文氣質頗不以為然。我對此表示贊成，並在他的理念基礎上深入突出兩點：一是以兒童文學作品為主，尤其是以民國老版本為底本，二是深入挖掘現有中國兒童文學史沒有提及或提到不多，但比較重要的兒童文學作品。所以這套「大家小書」，頗有一些「中國現代兒童文學史參考資料叢書」的味道。此前上海書店出版社曾以影印版的形式推出「中國現代文學史參考資料叢書」，影響巨大，為推動中國現代文學研究做了突出貢獻。兒童文學界也需要這麼一套作品集，但考慮到兒童讀物的特殊性，影印的話讀者太少，只能改為簡體橫排了。但這套書從一開始的策劃，就有為重寫中國兒童文學史做準備的想法在裡面。

為了讓這套書體現出權威性，我讓我的導師、中國第一位格林獎獲得者蔣風先生擔任主編。蔣先生對我們的做法表示相當地贊成，十分願意擔任主編，但他畢竟年事已高，不可能參與具體的工作，只能以書信的方式給我提了一些想法，我們採納了他的一些建議。書目的選擇，版本的擇定主要是由我來完成的。總序也由我草擬初稿，蔣先生稍作改動，然後就「經典懷舊」的當下意義做了闡發。可以說，我與蔣老師合寫的「總序」是這套書的綱領。

什麼是經典？「總序」說：「環顧當下圖書出版市場，能夠隨處找到這些經典名著各式各樣的新版本。遺憾的是，我們很難從中感受到當初那種閱讀經典作品時的新奇感、愉悅感、崇敬感。因為市面上的新版本，大都是美繪本、青少版、刪節版，甚至是粗糙的改寫本或編寫本。不少編輯和編者輕率地刪改了原作的字詞、標點，配上了與經典名著不甚協調的插圖。我想，真正的經典版本，從內容到形式都應該是精緻的、典雅的，書中每個角落透露出來的氣息，都要與作品內在的美感、精神、品質相一致。於是，我繼續往前回想，記憶起那些經典名著的初版本，或者其他的老版本——我的心不禁微微一震，那裡才有我需要的閱讀感覺。」在這段文字裡，蔣先生主張給少兒閱讀的童書應該是真正的經典，這是我們出版本套書系所力圖達到的。第一輯中的《稻草人》依據的是民國初版本、許敦谷插圖本的原著，這也是一九四九年以來第一次出版原版的《稻草人》。至於解放後小讀者們讀到的《稻草人》都是經過了刪改的，作品風致差異已經十分大。俞平伯的《憶》也是從文津街國家圖書館古籍館中找出一九二五年版的原著來進行重印的。我們所做的就是為了原汁原味地展現民國經典的風格、味道。

什麼是「懷舊」？蔣先生說：「懷舊，不是心靈無助的漂泊；懷舊也不是心理病態的表徵。懷舊，能夠使我們憧憬理想的價值；懷舊，可以讓我們明白追求的意義；懷舊，也促使我們理解生命的真諦。它既可讓人獲得心靈的慰藉，也能從中獲得精神力量。」一些具有懷舊價值、經典意義的著作於是浮出水面，比如孤島時期最富盛名的兒童文學大家蘇蘇（鍾望陽）的《新木偶奇遇記》；大後方為少兒出版做出極大貢獻的司馬文森的《菲菲島夢遊記》，都已經列入了書系第二批順利問世。第三批中的《小哥兒倆》（淩叔華）《橋（手稿本）》（廢名）《哈巴國》（范泉）《小朋友文藝》（謝六逸）等都是民國時期膾炙人口的大家作品，所使用的插圖也是原著插圖，是黃永玉、陳煙橋、刃鋒等著名畫家作品。

中國作家協會副主席高洪波先生也支持本書系的出版，關露的《蘋果園》就是他推薦的，後來又因丁景唐之女丁言昭的幫助而解決了版權。這些民國的老經典，因為歷史的原因淡出了讀者的視野，成為當下讀者不曾讀過的經典。然而，它們的藝術品質是高雅的，將長久地引起世人的「懷舊」。

經典懷舊的意義在哪裡？蔣先生說：「懷舊不僅是一種文化積澱，它更為我們提供了一種經過時間發酵釀造而成的文化營養。它對於認識、評價當前兒童文學創作、出版、研究提供了一份有價值的參照系統，體現了我們對它們的批判性的繼承和發揚，同時還為繁榮我國兒童文學事業提供了一個座標、方向，從而順利找到超越以往的新路。」在這裡，他指明了「經典懷舊」的當下意義。事實上，我們的本土少兒出版是日益遠離民國時期宣導的兒童本位了。相反地，上世紀二三十年代的一些精美的童書，為我們提供了一個座標。後來因為歷史的、政治的、學術的原因，我們背離了這個民國童書的傳統。因此我們正在努力，力爭推出真正的「經典懷舊」，打造出屬於我們這個時代的真正的經典！

但經典懷舊也有一些缺憾，這種缺憾一方面是識見的限制，一方面是因為審稿意見不一致。起初我們的一位做三審的領導，缺少文獻意識，按照時下的編校規範對一些字詞做了改動，違反了「總序」的綱領和出版的初衷。經過一段時間磨合以後，這套書才得以回到原有的設想道路上來。

欣聞臺灣將引入這套叢書，我想這對於臺灣人民了解大陸的兒童文學是有幫助的。林文寶先生作為臺灣版的序言作者，推薦我撰寫後記，我謹就我所知，記述於上。希望臺灣的兒童文學研究者能夠指出本書的不足，研究它們的可取之處，為重寫兩岸的中國兒童文學史做出有益的貢獻。

二〇一七年十月於北京

眉睫，原名梅杰，曾任海豚出版社策劃總監，現任長江少年兒童出版社首席編輯。主持的國家出版工程有《中國兒童文學走向世界精品書系》（中英韓文版）、《豐子愷全集》《民國兒童文學教育資料及研究》，主編《林海音兒童文學全集》《冰心兒童文學全集》《豐子愷兒童文學全集》《老舍兒童文學全集》等數百種兒童讀物。二〇一四年度榮獲「中國好編輯」稱號。著有《朗山筆記》《關於廢名》《現代文學史料探微》《文學史上的失蹤者》，編有《許君遠文存》《梅光迪文存》《綺情樓雜記》等等。

民國時期經典童書 A0801008

大鼻子的故事

作　　者 茅　盾
版權策劃 李　鋒

發 行 人 陳滿銘
總 經 理 梁錦興
總 編 輯 陳滿銘
副總編輯 張晏瑞
編 輯 所 萬卷樓圖書 (股) 公司
特約編輯 沛　貝
內頁編排 林樂娟
封面設計 小　草
印　　刷 百通科技 (股) 公司

出　　版 昌明文化有限公司
　　　　 桃園市龜山區中原街 32 號
電　　話 (02)23216565
發　　行 萬卷樓圖書 (股) 公司
　　　　 臺北市羅斯福路二段 41 號 6 樓之 3
電　　話 (02)23216565
傳　　真 (02)23218698
電　　郵 SERVICE@WANJUAN.COM.TW
大陸經銷
廈門外圖臺灣書店有限公司
電郵 JKB188@188.COM

ISBN 978-986-496-061-3
2017 年 11 月初版一刷
定價：新臺幣 480 元

如何購買本書：
1. 劃撥購書，請透過以下帳號
帳號：15624015
戶名：萬卷樓圖書股份有限公司
2. 轉帳購書，請透過以下帳戶
合作金庫銀行古亭分行
戶名：萬卷樓圖書股份有限公司
帳號：0877717092596
3. 網路購書，請透過萬卷樓網站
網址 WWW.WANJUAN.COM.TW
大量購書，請直接聯繫，將有專人為您服務。(02)23216565 分機 10

如有缺頁、破損或裝訂錯誤，請寄回更換

國家圖書館出版品預行編目資料

大鼻子的故事 / 茅盾著 . - 臺北市 : 萬卷樓發行 , - 初版 . -- 桃園市 : 昌明文化出版 ; 2017.11
面；　公分 . -- (民國時期經典童書)
ISBN 978-986-496-061-3(平裝)
859.08　　106018351